U0109488

人民共和國文化與文學叢書

十二編

李　怡　主編

第 10 冊

網絡國風：流行語與社會記憶（2007～2013）

李明潔　著

花木蘭文化事業有限公司

國家圖書館出版品預行編目資料

網絡國風：流行語與社會記憶（2007 ～ 2013）／李明潔　著 --
初版 -- 新北市：花木蘭文化事業有限公司，2024〔民 113〕
序 4+ 目 4+160 面；19×26 公分
（人民共和國文化與文學叢書　十二編；第 10 冊）
ISBN 978-626-344-862-9（精裝）
1.CST：網路語言　2.CST：網路文化　3.CST：流行文化
4.CST：社會語言學
820.8　　113009402

人民共和國文化與文學叢書
十二編　第 十 冊　　ISBN：978-626-344-862-9

網絡國風：流行語與社會記憶（2007～2013）

作　　者　李明潔
主　　編　李　怡
企　　劃　四川大學中國詩歌研究院
總 編 輯　杜潔祥
副總編輯　楊嘉樂
編輯主任　許郁翎
編　　輯　潘玟靜、蔡正宣　美術編輯　陳逸婷
出　　版　花木蘭文化事業有限公司
發 行 人　高小娟
聯絡地址　235 新北市中和區中安街七二號十一三樓
　　　　　電話：02-2923-1455／傳真：02-2923-1452
網　　址　http://www.huamulan.tw　信箱　service@huamulans.com
印　　刷　普羅文化出版廣告事業
初　　版　2024 年 9 月
定　　價　十二編 10 冊（精裝）新台幣 26,000 元

網絡國風：流行語與社會記憶（2007～2013）

李明潔 著

作者簡介

李明潔，1968 年生人。語言學博士，獨立學者。1991 年至 2023 年執教於上海華東師範大學，在中文系和社會發展學院任社會語言學和民俗學教授、博士生導師。曾在美國印第安納大學、哥倫比亞大學和香港中文大學等從事訪問研究。著有《元認知和話語的鏈接結構》、《語病百講》、《口語交際新視點》和《神交：紐約哥倫比亞大學「中國紙神專藏」研究》等語言學和民俗學專著，另撰有《那是風》、《紐約的傷》等海外調研札記。現居上海和紐約。

提　要

2007 年，「人民網」輿情監控室開始逐年發布藍皮書《中國互聯網輿情分析報告》；2013 年，政府加大了網絡輿論的監管力度。相對而言，2007 年至 2013 年的民間網絡話語空間，呈現出相對自由發展的狀態。這七年促進了整個民間社會的文化轉型和意識轉變，正是在這一相對沉澱了的、仍然觸手可及的時段，中國的網絡語言應用和網絡文化生態乃至整個中國民間社會，都因為網絡的普及而發生了重大轉型。

《網絡國風：流行語與社會記憶（2007 ～ 2013）》將社會語言學與文化人類學、歷史民俗學結合起來，對 2007 年至 2013 年間的網絡流行語的語言符號特質、重大網絡輿情個案以及對社會記憶型塑的影響，展開了要言不煩的記錄、整理和研究；試圖通過多種批評方法，討論社會的網絡語言交際和媒體運作之於日常生活和社會記憶之間的相互構型關係。

專家推薦

In this deeply researched and crisply argued volume, Professor Li Mingjie uses meticulous analysis of buzzwords circulating on the Chinese internet between 2007 and 2013 to illustrate how these digital innovations have altered vernacular Chinese. Tracing the emergence of new buzzwords, she also demonstrates how recirculation of new buzzwords reconfigured both self-representations and interpersonal relationships. Because of the vast scope and high density of internet speech, the speech of Chinese netizens stands at the frontier and this volume opens the door to understanding their vanguard position.

—— Deborah S. Davis（戴慧思），Professor Emerita of Sociology, Yale University

譯文：在這本研究深入且討論清晰的文集中，李明潔教授對 2007 年至 2013 年在中國互聯網上風行的流行語進行了細緻的分析，以說明這些網絡創新是如何改變了中國的民間話語的。通過對全新流行語的追蹤，她還演示了這些新流行語的反覆互動如何重新形塑了人們的自我表達與人際關係。網上交際範圍廣、密度高，這就使得中國網民的言論始終立於潮頭，這本書為理解他們的先鋒地位打開了一扇大門。

——戴慧思，耶魯大學社會學系榮休教授

一百多年前，曾經有一場白話文運動。今天的中國，可能處於又一場語言革命之中，李明潔教授以非凡的敏銳力和深邃的洞察力，對時下流行的各種網絡語言，從社會與文化的雙重視角，作了令人嘆服的分析。未來是屬於後浪們的，想瞭解新的一代中國青年，請從他們的網絡語言開始！閱讀本書，就是進入後浪文化的最佳視角。

——許紀霖，華東師範大學歷史系終身教授

李明潔老師用「網絡國風」來描述她給我們展示的這段浸泡在網絡流行語裡的社會記憶。這個「風」字給人非常多的聯想，前面加上個「國」字更是絕妙。兩者恰好是相互依存的前提及應答。在 2007 年到 2013 年這段特定的社會記憶裡，「國」與「風」之間有著一種持續的近密關係，這是一段十分值得珍惜與回味的社會記憶。

——邵京，南京大學社會人類學研究所教授

面對紛繁複雜又快速流變的網絡之海，李明潔教授切入精準，化繁為約，將網絡流行語置於日常生活和社會記憶中加以審視，觀察敏銳，分析深入，立論獨到，行文流暢，顯示了作者深邃的研究素養。本書採用的多學科研究方法和展示的駕馭材料技巧，對從事網絡研究的學者們尤其具有借鑒意義。相信此書將成為當代中國網絡和社會研究領域的必讀書之一。

——周永明，威斯康星大學（University of Wisconsin-Madison）人類學系教授

謹以此書獻給
先父李光煜先生和母親劉幗英女士

文學「地方性」問題的發展——《人民共和國文化與文學叢書‧十二編》代序

李　怡

文化發展與文學發展的「地方性」話題自古皆然，至今更成為自我凸顯的一種有效的方式，老話題中不斷醞釀出新的動向。近年來持續討論的「新東北文學」與「新南方寫作」就是兩大當代文學批評的熱點。在這裡，本文無意直接加入對「南北文學」的這場討論，倒是覺得可以通過梳理一下這批評新動向的來龍去脈，對由來已久的「地方性」的資源價值再作反思。

一

「新東北文學」與「新南方寫作」並不是一種既有的文學史建構工程的全新章節，也就是說，到目前為止，它們都還不是業已成熟的文學傳統的當然的構成，而屬於當下文學發展與批評活動中的一種「潮起潮落」的現象，它們的創作者、闡述者主要都是活躍於文學現場的 80 後一代。這在很大的程度上決定了問題的鮮活性、時代性與理想性，當然，也為我們的進一步追問留下了空間。

「新東北文學」是最近四、五年間在東北文學與東北文藝的某種浪潮的基礎上形成的概念。上世紀 30 年代在抗戰文學潮流中出現過「東北作家群」，新時期的東北雖然才俊迭出，但要麼另有旗幟，如名屬「先鋒」的馬原、洪峰、刁斗，要麼鍾情白山黑水卻難成群體陣勢，如遲子建。至新世紀第一個十年行將結束之際，終於在電影、音樂、曲藝和某些文學中湧現出了具有地方個性的新動向，這讓壓抑已久的東北文藝家點燃了希望，「東北文藝復興」與「新東北作家群」接踵提出。2019 年 11 月 30 日，東北網絡歌手董寶石在《吐槽大會》上，以調侃的方式提出「東北文藝復興」的口號，在媒體發酵中，又連續出現了「東北文藝復興三傑」「東北野生文藝」「東北民間哲學家」等等概念，雖然這些主要由樂隊、脫口秀演員、短視頻博主等為主角的聲音在很大程度上沒有超出自娛自樂的範圍，但卻是呼應了 2003 年國家提出「振興東北老工業基地」戰略，也將一些東北學者「振興東北文化」的願望體現在了大眾文化的層面上。〔註 1〕2020 年初，黃平發表《「新東北作家群」論綱》，以「雙雪濤、班宇、鄭執等一批近年來出現的東北青年作家」為中心，鄭重提出了新東北文學作為群體現象的現實。〔註 2〕此後，「新東北作家群」「東北文學復興四傑」與「新東北文學」等概念便在批評界傳播開來，成為各種文學批評、學術座談會討論的主題，也引發了不同的意見。

「新南方寫作」，在一開始只是針對某些嶺南作家作品的批評概念，後來隨著範圍不斷擴大，而成為了一個各方關注的文學現象的指稱。2018 年 5 月 27 日在廣東東莞（松山湖）文學創作基地舉行的一個文學活動上，評論家楊慶祥與作家林森、陳崇正、朱山坡等的對話涉及到了「在南方寫作」的問題，林森、陳崇正、朱山坡同時就讀於北京師範大學與魯迅文學院聯辦的文學創作方向研究生班，據說他們也討論過「新南方寫作」作為一種批評概念的意義。當年 11 月 30 日至 12 月 2 日，由《花城》雜誌與潮州市作協、韓山師範學院合辦的「花城筆會暨第三屆韓愈文學月活動」，在廣東潮州舉辦。11 月 30 日文學沙龍的主題之一是「當代文學格局中的地方性寫作」。陳崇正、朱山坡、林森、王威廉與楊慶祥等作家、批評家、編輯聚首，熱烈討論了「新南方寫作」這個概念的學術可能性。11 月 9 日，陳培浩在《文藝報》上發表文章《新南方寫作的可能性——陳崇正的小說之旅》，「希望借助『新南方寫作』這個概念來彰顯陳崇正寫作中的獨特想像力來源」，「新南方寫作」一說正式見諸主流媒體。而與之同時，楊慶祥也在積極籌備相關的學術討論，他的思路也從嶺南延伸到了更遠的地方：「大約是在 2018 年前後，我開始思考『新南方寫作』這個概念。觸發我思考的第一個機緣是當時我閱讀到了一些海外作家的作品，主要

〔註 1〕2004 至 2012 年間，東北學者邴正、張福貴、逄增玉、谷曼、吉國秀等都撰文論述過「振興東北文化」的可能，刊發於《社會科學戰線》《社會科學輯刊》《長白學刊》《遼寧大學學報》等期刊上。

〔註 2〕黃平：《「新東北作家群」論綱》，《吉林大學社會科學學報》2020 年第 1 期。

是黃錦樹。」〔註3〕

從「南方」的角度來定義文學現象當然不是始於此時，只不過，因為江蘇浙江一代的文學歷來發達，「江南文學」幾乎就被視作「南方文學」的當然代表，今天，「『新南方寫作』是指跟以往以江南作家群為對象的『南方寫作』相對的寫作現象，這個概念既希望使廣大南方以南的寫作被照亮和看見。」〔註4〕換句話說，「新南方」指的不是新的今天的南方，而是「南方之南」的還不曾進入人們視野的那些「南方」。更準確地說，這個概念的提出，原本是提醒一種隨著經濟和文化的發展，而日益重要的「南方之南」的文學存在現象，即在將蘇童、格非、葉兆言等江南區域作家的視作傳統意義的「南方寫作」，而將嶺南等在改革開放時代湧現的區域文學寫作名之為「新南方寫作」。楊慶祥發表於《南方文壇》2021 年 3 期上的《新南方寫作：主體、版圖與漢語書寫的主權》是到目前為止最完整、影響也最大的文章，它和黃平的《「新東北作家群」論綱》遙相呼應，成為新時代中國當代文學「地方性」建構的南北綱要。按照楊慶祥的劃定，「將新南方寫作的地理範圍界定為中國的廣東、廣西、海南、福建、香港、澳門、臺灣等地區以及馬來西亞、新加坡、泰國等東南亞國家。」〔註5〕這已經從陸地伸向了海洋，從中國擴展至了域外，臺灣學者王德威有具體的建議，他認為相關的文學批評可以跨越「閩粵桂瓊作家的點評」範圍：「許假以時日，能有更多發現？如張貴興、李永平的南洋風景，吳明益、夏曼・藍波安的地理、海洋書寫，董啟章、黃碧雲的維多利亞港風雲，極有特色，可作為研究的起點。」〔註6〕也有學者進一步論述了「世界南方」的可能性：「在地域上以兩廣、福建、海南等中國南方沿海省份為主體，同時延伸至臺港澳地區、東南亞的華語文化圈，並不斷向更為廣闊的『世界南方』拓展。」〔註7〕

當然，也有學者提出了橫向拓展的設想，即將過去那些身處南方卻不屬於

〔註3〕楊慶祥：《新南方寫作：主體、版圖與漢語書寫的主權》，《南方文壇》2021 年 3 期。

〔註4〕陳培浩：《「新南方寫作」及其可能性》，《韓山師範學院學報》2020 年 4 期。

〔註5〕楊慶祥：《新南方寫作：主體、版圖與漢語書寫的主權》，《南方文壇》2021 年 3 期。

〔註6〕王德威：《寫在南方之南：潮汐、板塊、走廊、風土》，《南方文壇》2023 年 1 期。

〔註7〕盧楨：《行走的詩學與新南方寫作的域外生成》，《南方文壇》2023 年 6 期。

典型南方——江南之外的區域文學現象也一併納入：「從空間上看，以往南方文學主要是江南文學，現在談新南方文學，囊括了廣東、福建、廣西、四川、雲南、海南、江西、貴州等等文化上的邊地，具有更大的空間覆蓋性，因而也有更多文化經驗異質性。」〔註 8〕

如今，「新東北文學」與「新南方寫作」的論述和探討早已經超出了本地域發聲的層面，發展成了一種全國性的乃至在一定程度上影響著國際漢學界與華文創作圈的文學動向、批評動向。《文史哲》雜誌與《中華讀書報》聯袂開展的 2022 年度「中國人文學術十大熱點」評選活動中，新「南」「北」寫作的興起成為文學類唯一入選話題。

二

中國文學有南北之議或者說各區域地理的概念，這已經是我們源遠流長的傳統，《詩經》與《楚辭》的差異早就為人們所注目，「辭約而旨豐」的《詩經》，「耀豔而深華」的《楚辭》，都為劉勰所辨明，〔註 9〕唐代魏徵在《隋書・文學傳序》的討論已經出現了「南北」、「江左」、「河朔」等重要的文學地方視野：「江左宮商發越，貴於清綺；河朔詞義貞剛，重乎氣質。氣質則理勝其詞，清綺則文過其意。理深者便於時用，文華者宜於詠歌，此其南北詞人得失之大較也。」〔註 10〕《漢書》《隋書》闢有「地理志」，專門概括各地山川形勝、風土人情，是中國文化與中國文學地方性論述的集中表達。近現代以後，引入西方的文學地理學、空間理論，使之論述更上層樓，文學的區域研究、地域考察不斷結出重要的果實。在新時代的今天，東北與南方問題的再度提出，很令人想起一百年前，在中國文學從古典至近現代的歷史轉換之中，一批學者也讓中國文學的南北論隆重出場，即是對文學發展史實的陳述，也包含了自我辨認、清理的思想根脈以激發文化的活力之義，那麼，這一百年以後的議題，都有著什麼樣的思想意義，是不是亦有同樣的歷史效應呢？

對中國現當代文學進行系統的「地方性」的觀察和總結是在 1990 年代中期，嚴家炎先生主編的《二十世紀中國文學與區域文化》叢書於 1995 年開始由湖南教育出版社陸續推出，這是新中國成立後、當然也是百年來第一次系統

〔註 8〕陳培浩：《「新南方寫作」及其可能性》，《韓山師範學院學報》2020 年 4 期。

〔註 9〕分別見《文心雕龍・宗經》、《文心雕龍・辨騷》，范文瀾《文心雕龍注》22、47 頁，人民文學出版社 1958 年。

〔註 10〕《隋書》卷 76，中華書局 1973 年版第六冊 1730 頁。

梳理總結中國新文學發展與地方文化內在關係，是文學地方經驗與地方路徑的全面展示和挖掘。值得一提的，這些中國文學的地方性研究幾乎都是各個地方的學者來完成的，絕大多數是當地籍貫的學者，極少數籍貫不在當地卻是生活多年或者已經就是第二故鄉。

著作名	作　者	籍　貫
黑土文化與東北作家群	逄增玉	出生於吉林
江南士風與江蘇文學	費振鍾	出生於江蘇
都市漩流中的海派小說	吳福輝	出生於浙江，在上海度過童年
現代四川文學的巴蜀文化闡釋	李怡	出生於重慶
山藥蛋派與三晉文化	朱曉進	出生於江蘇，從事相關研究
齊魯文化與山東新文學	魏建、賈振勇	出生於山東
雪域文化與西藏文學	馬麗華	生於山東，在藏工作 27 年
「S 會館」與五四新文學的起源	彭曉豐	在杭州讀書和任教
	舒建華	出生於浙江，在杭州讀書和工作
秦地小說與「三秦文化	李繼凱	出生於江蘇，在陝西讀書和工作
湖南鄉土文學與湘楚文化	劉洪濤	出生於河南，從事相關研究

以上簡表可以看出，《二十世紀中國文學與區域文化》叢書的作者，除了朱曉進、劉洪濤因為前期分別從事山藥蛋派與沈從文研究而參加了相關叢書外，其他所有的學者都可以說具有深刻的「本鄉本土」淵源，他們的研究在很大程度上來源於對「本土文化」的一種自我感受，學術的表達也具有自我開掘、自我說明的鮮明的意圖。在新時期中國現當代文學的實績還有待全面總結和彰顯的時候，這種「地方性」的開掘和展示幾乎也可以說是必然的，他們解釋的是「走向世界」的文學主流敘事所需要的細節，也是對「中國文學」主體敘述所難以顧及的地方內容的放大呈現，除了「地方性」的學者或者對「地方」有特別研究的基礎，似乎也難以熟悉這些特定地域的被遮蔽的陌生的內容。

不過，這樣一來，也為我們提出了一個新的問題：除了對主流文學細節的補充與完善，「地方」究竟還有沒有可能凸顯自己的發現？而且這種發現最後的意義又不僅僅屬於「地方」，而是指向對整個文學格局的再認識？在這個意義上，我認為《二十世紀中國文學與區域文化》叢書的工作屬於中國文學地方性研究的第一階段，它的重要意義就在於為我們展示了百年來中國文學發展的無比豐富的地方性，這些地方性的存在從根本上說就是中國新文學發生發展的基礎，也是它的歷史實績，因為有了不同地方的文學成果，我們百年文學的建構才是充實的和多樣化的。當然，在大量紮實的奠基性的工作之外，這一階段的努力基本上還沒有展開新的追問，即這些「地方性」的文學有沒有貢獻出一種獨特又具有整體性指向的可能？《二十世紀中國文學與區域文化》叢書對各區域文學的解剖、分析新見迭出，不過似乎都沒有刻意挖掘那些地方性文學創作中蘊含的導向未來文學發展的律動和線索，沒有放大性地揭示「當下地方」中暗藏的「通達中國」、「激活世界」的機緣。

《二十世紀中國文學與區域文化》叢書出版至今，二十年的時間過去了，中國學者對文學地方性問題的研究依然在持續推進中。這種推進表現在三個方面，首先是一系列相關理論的引進和運用，例如文化地理學（Cultural geography）、列斐伏爾（Henri.Lefebvre）的空間生產理論（Theory of space production），段義孚的「空間與地方」（Space and Place）、愛德華・雷爾夫（Edward Relph）「地方與無地方性」（Place and Placelessness）、詹明信（Fredric Jameson）的超空間概念（hyperspace）、多琳・馬西（DoreenMassey）的「全球地方感」（A Global sense of place）等等，使得我們的學術視野更為深邃，從過去的感性總結上升到更為理性的概括與分析；其次是對地方性考察邁向更為廣闊的領域，除了對中國現當代文學創作現象的分析，也進一步擴展到了古代文學領域，使之結合中外文學的比較，在世界文學的視野中考察更大範圍中的文學地方性問題，「文學地理學」的充分闡發和廣泛運用就是在我們的中國古代文學研究中進行的；其三是對中國新文學的考察、研究也開始超越了主流思想的「補充」這一層面，努力通過對「地方」獨特文化資源的再發現重新定義現代，洞見中國現代性的自我生成路徑。「地方路徑」概念的提出、闡發和討論可以被看作是這一努力的理論性嘗試，而陳方競教授 1999 年出版的《魯迅與浙東文化》則是學術超越的較早的成果。

作為一位浙江籍的學者，陳方競教授致力於魯迅與浙江文化關係的闡發並不奇怪，這十分符合 1990 年代中國文學地方性研究的動向，從總體上說還是屬於「二十世紀中國文學與區域文化研究」的脈絡。但是，陳方競教授卻以自己細膩的梳理和深入的思考展示了地方性研究的新的可能，從而實現了對同一時期的學術模式的某種超越。《魯迅與浙東文化》不是在魯迅的文學中尋找時人關於「浙東文化」常識性概括，從而迅速地總結出魯迅文學中的浙東「基因」或「元素」，最終證明一個不受人質疑卻也並不令人興奮的事實：魯迅的確屬於浙東文化。這樣的地方性闡發僅僅是對文學史「常識」的一次側面的印證，它本身沒有提出什麼新的問題，或者說根本就沒有能夠發現新問題，因此對學術思想的啟發和推動也十分有限。陳方競教授卻是將對浙東文化傳統的發現與對魯迅內在精神特質的挖掘緊密結合，他不是企圖對盡人皆知的常識展開別樣材料的印證，而是在重新發現魯迅思想構成的意義上挖掘出了被人們所忽視的「浙東文化」的存在，無論是對於魯迅還是對於浙東文化傳統，這裡的發現都是深刻的，也可以說是創造性的，例如著作對魯迅所「復活」的浙東地緣血緣傳統的論述就始終在多層面多維度中展開，不斷作出個體性的比較和時間性追蹤，從而呈現了這種地方性傳統延續承襲的複雜和變異，而所謂文化傳統的影響也從來就不可能是本質化的、理所當然的，它們都得在歷史的轉換中被重新選擇，所以，「發現」傳統絕非易事，「繼承」文化需要付出：

> 魯迅作為破落戶子弟，反叛於他「熟識的本階級」，這樣，血緣性地緣文化在他身上的「復活」又並非是順其自然的。顯然，這裡還存在一個主體意識的「認同」過程，由「認同」而「復活」。〔註11〕
>
> 魯迅與瞿秋白同為士大夫家族子弟，血緣性的地緣文化，他們身上都表現出某種根深蒂固的「名士氣」。但瞿秋白的「名士氣」表現為「潔身自好」；魯迅則不同，他仰慕浙東先賢而表現出近於「魏晉名士」憤世嫉俗的硬氣與骨氣。〔註12〕
>
> ……周作人又不得不正視他與乃兄魯迅之間互有濡染又涇渭分明的不同文風……周作人的文風不無「深刻」但更顯「飄逸」，魯迅的文風則是，不無「飄逸」但更顯「深刻」。〔註13〕

這樣的魯迅精神也就是一種前所未有的「再發現」，也可以說是對中國新文學內在精神的創造性提煉，而由此被闡發的「浙東文化」，也就不再屬於歷史的陳跡，它理所當然就是中國現代性的參與者、激發者，這裡的魯迅和浙東既來自浙東，蜿蜒生長在地方性的土壤裏，但又最終超越了具體鄉土的狹隘性，與更為廣大的世界性，和更為深刻的人類性溝通關聯在了一起，從而賦予未來中國文學的發展以啟發。

今天的「新東北文學」與「新南方寫作」，從創作到批評也都呈現了中國

〔註11〕陳方競：《魯迅與浙東文化》58頁，吉林大學出版社1999年。
〔註12〕陳方競：《魯迅與浙東文化》59頁，吉林大學出版社1999年。
〔註13〕陳方競：《魯迅與浙東文化》44、45頁，吉林大學出版社1999年。

文學地方性意識的一種深化。

作為創作現象的「新東北文學」與「新南方寫作」已經超過了地方彰顯的意圖，寫作和作家本人的跨區域性向我們表明，地方本身已經不是他們集中表達的內容，超出地方的更深的關切可能是他們更有意包含的主題。有人統計過，這些活躍的「新東北」與「新南方」作家未必都固守在東北和南方，故鄉也並非就是他們唯一關注的焦點，文學的故土更不等於就是現實的刻繪。「被視為東北文藝復興文學代表的「鐵西三劍客」——雙雪濤、班宇、鄭執他們其實是在北京書寫東北」「廣西籍作家林白，她的長居地是武漢和北京，她的寫作很多時候與故鄉和區域並不直接相關。但《北流》卻無疑動用了故鄉的精神文化資源，濃厚的地方性敘事、野氣橫生的方言敘事為人所津津樂道。與林白相近的還有霍香結。桂林人氏，走遍中國，定居京城近二十年的霍香結近年以《靈的編年史》《銅座全集》頗受矚目。霍香結無疑是自覺將「地方性知識」導入當代文學的作家。〔註 14〕書寫「新東北」的班宇在南昌市青苑書店書友會上說過：「我覺得我現在寫的東北，其實並不是 90 年代真實存在的那種東北」，他還表示，「即便今天經濟情況不再一樣，但精神困境也許一樣，所以會有感同身受。讀者和我不是尋找記憶，而是對照當下處境」〔註 15〕雙雪濤則稱「豔粉街是我虛構的場域」〔註 16〕「新南方」的東西表示要拒絕「根據地」般的原鄉、尋根公式，〔註 17〕梁曉陽十五年間輾轉於廣西和新疆，沒有新疆這個北方異域的參照也無所謂獨特的廣西，他的長篇小說《出塞書》的主人公梁小羊因為一次次的出塞，才得以從本土的空間中掙脫而出。「新南方」作家朱山坡說得好：「我們只是在南方，寫南方，經營南方，但我們的格局和目標絕對不僅僅是南方。過去不少作家沉迷於地方性寫作，挖掘地方奇特的風土人情，聳人聽聞的怪人怪事。這是偽鄉土寫作。這不是寫作的目的，也不是文學的目的。寫作必然在世界中發生，在世界中進行，在世界中完成，在世界中獲得意義。一個有志向有雄心的作家必須面向世界，是世界性的寫作。」朱山坡自己不僅書寫了「米莊」和「蛋鎮」這樣的南方小鎮，他其實已經走出了國境，荒涼的

〔註 14〕陳培浩：《「新南方寫作」與當代漢語寫作的語言危機》，《南方文壇》2023 年 2 期。

〔註 15〕班宇：《我不太理解很多人一想到東北就難受》，《城市畫報》，2020 年 7 月 9 日。

〔註 16〕雙雪濤：《豔粉街在我心裏是很潔白的》，《三聯生活週刊》，2019 年第 4 期。

〔註 17〕東西：《南方「新」起來了》，《南方文壇》2021 年第 3 期。

非洲，索馬里、薩赫勒、尼日爾，在不同文化中探究人性的幽微。「在世界中寫作，為世界而寫，關心的是全人類，為全世界提供有價值的內容和獨特的個人體驗。這才是新南方寫作的意義和使命。」〔註 18〕

批評也是如此。與 1990 年代的地方性文學研究不同，參與「新東北文學」與「新南方寫作」研討的批評家相當部分已經不再是「地方的代言人」，「新東北文學」與「新南方寫作」的問題引起的普遍參與的熱忱。黃平是東北人，但長期求學、生活、工作在上海，楊慶祥是安徽人，長期求學、生活、工作在北京，「新南方」只是他遠眺的方向。遠在美國的漢學家王德威原籍福建，生長於臺北，工作於美國哈佛大學，他密切地關注了我們的討論，不僅關切著「新南方」的體驗，更對遙遠的東北充滿興趣，甚至繼續跳出新東北／新南方的二元架構，繼續就「大西北」發聲，激活更多的文學「地方性」話題。〔註 19〕這恰恰說明，「新東北」與「新南方」都不再是地方對主流文化發展的一種補充和完善，它們本身的問題已經足以引發全局性的思考。正如黃平對「新東北文學」的一個判斷：「這將不僅僅是『東北文學』的變化，而是從東北開始的文學的變化。」〔註 20〕「這批作家不能被簡單理解為東北文學，他們的寫作不是地方的，而是隱藏在地方性懷舊中的階級鄉愁。」〔註 21〕「新南方寫作」的提出者也將「以對文明轉型的預判把握『新南方』將為中國當代文學創造的前所未有的『可能性』。」〔註 22〕或者云「潛藏其中的由地域詩學向文化詩學、未來詩學的演變，使新南方寫作在世界時空中獲得了新的意義。」〔註 23〕曾攀認為，新南方寫作「儘管發軔於地方性書寫，卻具備一種跨區域、跨文化意義上的世界品格」〔註 24〕楊慶祥在南方精神的發掘中提出反離散論的問題，「南方的主體在哪裏？它為什麼需要被確認？具體到文學寫作的層面，它是要依附於某種主義或者風格嗎？如果南方主動拒絕這種依附性，那就需要一個新的

〔註 18〕朱山坡：《新南方寫作是一種異樣的景觀》，《南方文壇》2021 年 3 期。

〔註 19〕參見王德威《文學東北與中國現代性——「東北學」研究芻議》（《小說評論》2021 年 1 期）、《寫在南方之南：潮汐、板塊、走廊、風土》（《南方文壇》2023 年 1 期）及《現代歷史　西北文學》（《大西北文學與文化》2020 年第 1 期）。

〔註 20〕行超：《黃平：讓我們破「牆」而出——「新東北文學」現象及其期待》，《文藝報》2023 年 6 月 26 日第 3 版。

〔註 21〕黃平：《從東北到宇宙，最後回到情感》，《南方文壇》2020 年 3 期。

〔註 22〕陳培浩：《「新南方寫作」及其可能性》，《韓山師範學院學報》2020 年 4 期。

〔註 23〕盧楨：《行走的詩學與新南方寫作的域外生成》，《南方文壇》2023 年 6 期。

〔註 24〕曾攀：《新南方寫作：經驗、問題與文本》，《廣州文藝》2022 年 1 期。

南方的主體。」〔註25〕

與某些地方文學倡導者的「自戀」式地方彰顯有異，「新東北」與「新南方」的論述者都在跳出自設主題的束縛，在更大的框架中建構對中國文學的整體認知，也不無反省，例如黃平就曾以「新東北寫作」為參照，對照性地來討論「新南方寫作」。他認為兩者創作表現的差異有五：第一點是邊界，「新東北寫作」的地域邊界很清晰，但「新南方」指的是哪個「南方」，邊界還不夠清晰，不僅僅是地理意義上的邊界，同一個區域內部也不夠清晰，所以楊慶祥等評論家還在繼續區別「在南方寫作」和「新南方寫作」；第二點是題材，「新東北寫作」普遍以下崗為重要背景，但「新南方寫作」並不共享相近的題材；第三點是形式，「新東北寫作」往往採用「子一代」與「父一代」雙線敘事的結構展開，以此承載兩個時代的對話，但「新南方寫作」在敘述形式上更為繁複多樣；第四點是語言，「新東北寫作」的語言立足於東北話，但「新南方寫作」內部包含著多種甚至彼此無法交流的方言，比如兩廣粵語與福建方言的差異，而且多位作家的寫作沒有任何方言色彩；第五點是傳播，「新東北寫作」依賴於市場出版、新聞報導、社交媒體、短視頻以及影視改編，「新南方寫作」整體上還不夠「破圈」。故而，在思潮的意義上，「新東北寫作」比較清晰，「新南方寫作」還有些模糊〔註26〕。

這樣的反省無疑將推動中國文學地方意識的發展。

三

從1990年代中國文學研究地方視野的系統展現到今天文學批評中南北話題的深化發展，我們可以見出中國文學創作地方意識的興起和自覺，也可以梳理出學術思想日趨成熟的一種態勢。不過，嚴格說來，學術發展和文學創作一樣，歸根結底並不是一種進化式的躍遷，而是在不同的歷史時期盡力表達最獨特感受，或者努力解決這一階段的思想文化問題。它們最終的價值取決於感受的不可替代性或提出問題、解釋問題的深度。在這個意義上，今天我們面對中國文學地方性問題的學術態度又不能與古代中國的「地理志」簡單類比，無法因為數十年前區域研究的簡易而滿懷自信，譯介自西方的各種「空間」理論好

〔註25〕楊慶祥：《新南方寫作：主體、版圖與漢語書寫的主權》，《南方文壇》2021年3期。

〔註26〕行超：《黃平：讓我們破「牆」而出——「新東北文學」現象及其期待》，《文藝報》2023年6月26日第3版。

像更不能回答我們自己的問題，歸根到底，今天的地方性討論和未來的其他文學討論一樣，都還得通過本時代我們批評的有效性來加以檢驗。

於是，透過當前中國文學批評對「南北」問題的關注，我們都有責任來繼續探討和提高理論的效力。我覺得，這種理論的效力至少還可以體現在兩個方面，一是它捕捉文學現象獨特性的能力，即相關的概念和闡釋是不是切中了相關文學現象的核心和根本，可否在於相似現象的區隔中透視其中最獨有的精神秘密；二是它參與思想文化建設的能力，也就是通過文學批評的理論問題，能否昇華出一種更大的思想文化的啟示。

當代文學的「南北」命名及討論顯然是對文學創作的一種有價值的捕捉和發現。例如「新東北文學」由「下崗」主題而重述文學的「階級」主題，進而引發關於「復興現實主義」的猜想，「新南方寫作」由「一路向南」的版圖的擴展而生出「重構華文文學世界」的可能，即打破長久以來的漢語寫作的國境線，甚至挑戰「華語語系文學」所暗含的文化牴牾……這都是一些令人激動的文學批評的未來前景。不過，平心而論，這樣的前景在目前尚不是觸手可及，我們依然必須面對更為複雜的創作現實：寫作的活力總是體現為不斷變化，這些「狡黠」的媒介時代的精靈並不願意乖乖就範，事實上，「新東北」的幾位作家本來就置身在比過去紙質出版時代更為複雜的傳播環境之中，他們並不甘於受制於某一「古典」的程序，語言和行動上脫離「被定義」，在逃逸批評家指稱的道路上自由而行，同樣是這個時代文學「思潮」的重要特點。正如有評論指出：「這樣立意宏大的批評路徑似乎並未和小說家的自我指認之間達成順滑的對接，在闡釋者一方試圖將「新東北作家群」的寫作圈定在預設的階級話語框架，從而完成對其文學價值的確認之際，創作者一方卻往往不甘於被外界給定的標簽所束縛，不斷尋找著「逃逸」的出口。」〔註27〕在命名的爭論當中，也有以「新東北作家群」人數有限，不足以匹敵歷史上有過的「東北作家群」而頗多質疑，其實，對於一個新興的文學現象，關鍵的問題還不在人數的多寡，而在於它所包含的問題的不可代替性。如果「新東北作家群」揭示的創作問題前所未有，數個作家也值得認真考察。這裡可以深入探究的東西其實不少——無論他們對弱勢群體命運的披露是不是可以歸結為「左翼思想」，也無論「現實主義」的概括還是否恰當，我們都不能否認其中所存在的深刻的左翼

〔註27〕常青：《「新東北作家群」：多元視野中的文學個案新探》，《華夏文化論壇》第二十八輯。

思想背景，還有那種曾經沉淪了的現實批判的追求，當然，就像新時代的中國不會再現 1930 年代的左翼文學與批判現實主義一樣，一種綜合性的全新的底層關懷混雜於新媒介文化的形態正在蓬勃生長，可能是我們既有的文學思潮難以概括的，也亟待我們的批評家認真勘察，準確命名，我們不僅需要流派的命名，也需要藝術形態的命名，一種跨越左／右、主流／邊緣、雅／俗的融媒介式的藝術概括？

「新南方」的跨境向南是鼓舞人心的學術前景。當林森、陳崇正、朱山坡與張貴興、李永平、吳明益、夏曼・藍波安、董啟章、黃碧雲與黃錦樹都被置放在「南方」的大背景上予以呈現，我們當可以洞悉多少新鮮的景致！不過，在這裡，迫切需要我們思索的可能還在於，當大陸中國的寫作者真的不再「回望」北方，一意南行之時，這種勇往直前的豪邁是否可以類同那些「下南洋」的華人？而黃錦樹回望魯迅的《傷逝》，又有怎樣的心態的距離？林森的《海裏岸上》寫卸甲歸田的一代船長老蘇，「他已經很久沒有機會到海上去了」「一九五〇年之後，老蘇剛剛上船不久，那時基本不去南沙，而隨著船在西沙和中沙捕撈作業。二十多年以後，響應國家戰略的需要，他踏上了前往南沙的征途」，所過之地，木牌上寫下大紅油漆文字：「中國領土不可侵犯。」字裏行間，更傳達了激昂的民族情懷：「我們一個小漁村，這些年就有多少人葬身在這片海裏？我們從這片海裏找吃食，也把那麼多人還給了這片海，那麼多祖宗的魂兒，都游蕩在水裏，這片海不是我們的，是誰的？」〔註 28〕在這裡，個人的情感深深地滲透了我們源遠流長的家國意識，一路向南的行旅中清晰迴蕩著來自「北方」的責任和囑託，它和其他的「南方情懷」是否已經消弭了界線？我想，「新南方寫作」的邊界劃定，還可以有更多的追問。

文學的「南北」之論從來都超出了文學批評本身，指向一種更大的思想文化目標。一百年前的 20 世紀之初，中國知識界也有過一次影響深遠的「南北論」，其代表人物包括梁啟超、章太炎、劉師培、王國維等等，他們各具風采的論述開啟了現代中國從南北地理視野入手解釋中國文學、語言及文化的理論時代。梁啟超《中國地理大勢論》、王國維《屈子文學之精神》、章太炎《方言》及劉師培《南北文學不同論》，就是當時傳誦一時的名篇。《中國地理大勢論》從政治、文學、風俗與兵事四個方面入手，論述中國南北文化的差異與互動關係，其目標在於探究歷史上「調和南北之功」，從文化融合的方向上推動

〔註 28〕林森：《海裏岸上》，《人民文學》2018 年第 9 期。

社會的發展，他對現代文明的讚賞即導源於此「今日輪船鐵路之力，且將使東西五洲合一爐而共冶之矣，而更何區區南北之足云也」。〔註29〕而南北之「合」則是與民族之「合」相契合，所謂「合漢合滿合蒙、合回合苗合藏，組成一大民族，提全球三分有一之人類，以高掌遠蹠於五大陸之上」。〔註30〕一句話，南北文化之合與民族文化之合是中國的歷史大趨勢，是中國走向強盛的必由之路。在《屈子文學之精神》中，王國維將情感、想像等西學文學概念引入對中國南北文學的評述，建立了一種嶄新的以情感表達為中心的現代意義的文學觀念。章太炎與劉師培各種劃分南北的標準並不相同，對南北的推崇也剛好相反，但是卻都將他們所崇尚的南北文化當作復興民族生氣的根基。「對於章太炎和劉師培，『南北論』都不是純粹知識性的理論構想，而是在舊學新知中不斷調試以回應時代變局的積極嘗試。如何在現代民族國家的敘事結構內重新凝聚起中華文化的根脈，是章、劉最關鍵的問題意識。」〔註31〕總之，一百年前的文學「南北論」，具有宏大的問題意識和文化理想，其意義遠遠超出了對具體文學現象的是非優劣的辨析，最後都昇華為一種社會文化重建的目標。

世易時移，今天的文學問題當然不可能是清末民初的重複，然而，在一個傳播手段和交流策略逐漸淩駕於內容之上的時期，在許多貌似顯赫的聲浪都可能流於暫時的「話術」的氛圍中，我們也有必要維持一定的理性的堅持，否則就可能如人們的擔憂：「『新南方寫作』作為一種建構意義大於實際影響力的文學現象，它未來的命運是被短暫地討論後就如秋風掃落葉般被人遺忘，還是承擔起豐富當下文學實踐現場這一使命？」〔註32〕而「新東北文學」的前景也可能在戲謔的玩笑中被後人所調侃：「2035 年，80 後東北作家群體將成為我國文學批評界的重要研究對象，相關學者教授層出不窮，成績斐然。與此同時，瀋陽被聯合國教科文組織命名為文學之都，東北振興，從文學開始。〔註33〕

文學的地方性追求歸根到底並不真正指向地方，而是人自己。漢學家王德

〔註29〕梁啟超：《中國地理大勢論》，《飲冰室合集》第四冊（文集之十），中華書局 2015 年第 945 頁。

〔註30〕梁啟超：《政治學大家伯倫知理之學說》，《飲冰室合集》第五冊（文集之十三），中華書局 2015 年第 1194 頁。

〔註31〕吳寒：《空間與秩序——章太炎、劉師培「南北論」之比較》，《文學評論》2023 年 2 期。

〔註32〕何心爽：《地方性、媒介屬性、實感經驗——理解新南方寫作的三條路徑》，《創作評譚》2022 年 5 期。

〔註33〕班宇：《未來文學預言》，張悅然主編：《鯉・時間膠囊》，九州出版社 2018 年。

威來到西安，面對原本與他無甚關係的大西北，也不禁發出了這樣的感歎：

> 當我們行走在土地之上，千百年的歷史就在我們的腳下，只能體會自己的渺小卑微。當土地上的人在思想、信仰、利益之間你爭我奪，土地之下的一切提醒我們生而有涯，蒼茫深邃的大地承載著看不見的一切。這是海德格爾式的思考。如此無限無垠的大地，它名叫「西北」。我們對於西北文學、歷史的理解和深切反省，從這裡開始。」〔註 34〕

這其實應該就是一切地方性話題的開始。

〔註 34〕王德威：《現代歷史　西北文學》，《大西北文學與文化》2020 年第 1 期。

序　考察語言是審視社會的路徑

邵　京

新冠疫情中，我周圍的人幾乎都有幸能待在家裏繼續上班，也就少不了時常要在自己家電腦屏幕上裏跟一大群擠進一個個小格子的熟人和生人開會。我疫情前不久退休，很少有機會體驗這個新的社會交往方式。據說，開這種面對面的網會，最容易鬧笑話的是誰忘記按下自己的靜音鍵，把本來只是說給自家身邊人的話說給所有開會的人聽了。所有網會工具也會讓你可以隨時關掉視頻。忘記使用這個功能，笑話可能會鬧得更大。這無非是向我們展示，見人說人話，見人做人事，是每個人社會交往能力的標配。我們還可能看出，要把說話與做事分得一清二白，也還會做容易的事。說話本身也是做事，這才使得考察語言成為審視社會的一個路徑。這其實是件很難做的事，因為我的研究對象本身也是我的研究工具。

說話，做事，隨波逐流過日子，就好比我們把兩隻腳都踩進社會生活的河水裏。作為靠審視這條河為生的社會生活研究者，我們也許會自信到認為自己可能走到岸上來觀察河水裏的別人。我總覺得我們能在河裏偶而拎起一隻腳就不錯了。謙卑一點，後現代一點，就大可不必去追求堅實的河崖。我面對筆記本電腦的屏幕打字，我也啟用了我的社會交往能力標配。我言說的指涉是一項極有意義的語言研究，而我的言說依舊是一個社會舉動。這時，我說的話，做的事，都在試圖呼應一個既定的社會交往場景的前設。由此看見，或多或少的言不由衷才是實情實境中的社會行動，不然話出的話也就只能是語言教材裏那種從不沾水的例句。不過，我們也沒有必要把言話看得如此無力。就算是最不由自主的言說，比如所有宗教裏都少不了的語錄經文背誦，也會有非常強勁魔幻的創造性，不然誰還會去宣誓或者禱告？

言說與其場境是相互依存的，非要說出個孰先孰後就有失迂腐了。開網會忘記按靜音關視頻會鬧笑話，但這種可能本身就是網會這個社會情境的一個構成部分。我反正不會相信意外一定在先，故意一定在後。故意不按靜音，其效果無異於戲臺上的演員穿透那堵看不見牆與跟觀眾直接說話，不過在戲裏這叫旁白罷了。其實，僅說旁白還不夠，多少也得擠眉弄眼一番，這到了網絡這個社會交往場境裏就成了表情符號。意外的叫「鬧」，故意的則叫「搞」，搞笑。「搞笑」其實跟我們研究者做的事情異曲同工，都是一隻腳在河裏，一隻腳在水外，人類學裏叫「參與式觀察」，更加本土化一些叫「文化自覺」。

李明潔老師用「網絡國風」來描述她給我們展示的這段浸泡在網絡流行語裏的社會記憶。這個「風」字給人非常多的聯想，我特別喜歡；前面加上個「國」字更是絕妙。兩者恰好是相互依存的前提及應答。如果去看戲，沒有正戲裏主人公的一本正經，盡是旁白，那旁白也就一點不逗人，會跟聽大報告一樣索然無味。其實，在 2007 年到 2013 年這段特定的社會記憶裏，「國」與「風」之間有著一種持續的近密關係，跟一些其他的宗教文化背景里正統與狂歡的交替呈現有所不同。作者把這一段時間內的社交網絡比作一個廣場，我們也不妨將其看作一條穿過一座城市的大道。這個由網絡支撐的新的社會交往平臺進入我們平常百姓生活時，也就賦予了我們「網民」這種前所未有的社會身份，讓我們每個人都可以在理論上暫時扮演網下不可能獲取的角色，走進這個廣場，走上這條大道，加入到狂歡節的行列。這是一段十分值得珍惜與回味的社會記憶，因為單純的網民頂多只是一些角色或行頭，到頭來，算數的還是些實名的社會身份或角色。廣場不會一直閒置，遲早會塞滿商場與機關，大道上也終究會只有手續齊全的車輛。

李明潔老師這部精彩的著作也喚醒了我在那些年裏作為一個相對單純的網民的個人記憶，我在一個網址是「t.people.com.cn」的社交平臺上的一段生活。這個網址現在已經聯不上了。它是《人民日報》在自家門戶搭建的一個也許是當時唯一的實時網址社交平臺。我在這個平臺陸續註冊了不下 30 個用戶，很多用戶名都會跟當時熱門的新聞人物（比如韓峰、鄧玉嬌）有關。每天我都要花費很多時間戴這些不同面具發言，參加各種論壇的討論，著實體驗了一番多重人格症可能帶來的愉悅與煩惱。連續幾個月我都可以說是一個重症網癮患者。可惜當時沒有想到保留這段真實生活的經歷。當時我給自己「不務正業」的藉口是我是在做研究，其實「參與」比「觀察」的成份要多得多。

眼下，社交網絡早已經成為我們社會生活中理所當然而常常不被察覺的一個部分了。也正是因為這個原因，重溫李明潔老師為我們留下的這段社會記憶就變得更加重要了。

邵京　邵京

2021 年 1 月 16 日於美國加州阿克塔（Arcata）

目次

表目次

圖目次

引言　網絡、民間與流行語（2007～2013）

如果說語言可以分為書面語和口語的話，那麼互聯網可能就發明了一種新的語言形式——網語。中國的網語可謂日新月異。我在華東師範大學中文系任教的時候，指導的第一名研究網絡語言的碩士研究生是在 2006 年畢業的〔註 1〕。在那以後的十年裏，幾乎每一年的網絡語言熱點，都成了我和我的研究生的研究課題。這使得我們能夠以一種相對連貫的方式，來回顧中國網絡語言發展中的重要事件。

這種持續性的研究固然受到我個人專業興趣的影響，但更是時代的發展與年輕人的敏感共振所致。1987 年 9 月我到上海華東師範大學讀本科，進計算機房上 Basic 語言課還要求必須穿鞋套，那是我第一次親手摸到了所謂「電腦」；而就在 9 月 14 日，中國發出了第一封電子郵件「Across the Great Wall, we can reach every corner in the world（越過長城，走向世界）」；1994 年 4 月，中國通過美國公司，實現了與國際互聯網的全功能連接，成為被國際上正式承認為真正擁有互聯網的國家。1997 年元旦，《人民日報》主辦的「人民網」進入國際互聯網絡；11 月，中國互聯網絡信息中心開始發布《中國互聯網絡發展狀況統計報告》〔註 2〕，那時中國網民只有 62 萬。然而到了 2008 年 6 月，

〔註 1〕參見王春，《技術條件下的會話結構研究》，華東師範大學 2006 屆研究生碩士學位論文。

〔註 2〕參見中國互聯網絡信息中心（CNNIC）2004 年修訂的《中國互聯網發展大事記（1986～2003）》。涉及該中心的所有文件可於其官網 http://www.cnnic.net.cn 查證。

中國大陸網民數量達到了 2.53 億，儘管普及率只有 19.1%，低於全球平均水平 21.1%，但網民的總數首次大幅度超過美國，躍居世界第一位〔註 3〕。最近的數據截至 2020 年 6 月，中國網民規模已達 9.4 億，普及率升至 67%〔註 4〕。恐怕沒有其他的國家，有這樣電影快進式的便利，來觀察網絡語言演變與社會變遷之間的關係。在網民數量年年刷新〔註 5〕的情勢下，一個值得特別關注的社會變化浮出了水面——民間表述逐漸擁有了與體制媒體相提並論的現實可能。

一、作為節點的 2007 年與 2013 年

在二十一世紀最初的年份裏，相比有諸多限制的紙媒，互聯網開放、無中心，由用戶驅動，是中國民眾網絡交流的「處女地」。2005 年，中國的網民數量第一次突破 1 億大關，人們開始相對自由地聚集在網絡聊天室發表言論。技術的介入改變了日常的面對面會話，不論是角色關係、談話方式還是交流內容，都疊加了很多不確定的因素，若干具有全國影響的網絡公共事件，其引爆點幾乎都是在聊天室和討論帖中，這是中國網民最早的「廣場議事廳」。

在中國網絡文化的發展進程中，2007 年是一個路標性的時間節點。2007 年 1 月 23 日，中共中央政治局就世界網絡技術發展和中國網絡文化建設與管理問題進行集體學習。時任總書記胡錦濤在主持學習時指出，能否積極利用和有效管理互聯網，關係到中國特色社會主義事業的全局。2 月底，中共中央機關報《人民日報》發布手機版〔註 6〕。「人民網」輿情監控室開始逐年發布藍皮書，第一篇為《2007 年中國互聯網輿情分析報告》，該報告在定位 2007 年「是中國網絡輿論繼續活躍的一年」的同時，也聲明這一年「也是中國政府對互聯

〔註 3〕參見中國互聯網絡信息中心，《第 22 次中國互聯網絡發展狀態統計報告》，2008 年 7 月。

〔註 4〕參見中國互聯網絡信息中心，《第 46 次中國互聯網絡發展狀態統計報告》，2020 年 9 月。

〔註 5〕這裡依據中國互聯網絡信息中心的數據，列舉超過一億網民的年份和網民數：1.11 億（2005）、1.37 億（2006）、2.1 億（2007）、2.98 億（2008）、3.84 億（2009）、4.57 億（2010）、5.13 億（2011）、5.64 億（2012）、6.18 億（2013）、6.49 億（2014）、6.88 億（2015）、7.31 億（2016）、7.72 億（2017）、8.29 億（2018）、9.04 億（截至 2020 年 3 月），9.40 億（截止 2020 年 6 月）。

〔註 6〕中國網信網，2014 年 2 月 24 日，http://www.cac.gov.cn/2014-02/24/c_126182777.htm。

網輿情的引導工作趨於穩健和有序的一年」。2007 年因而被認定為「網絡輿情元年」。

另一個路標性的時間節點是 2013 年 8 月全國宣傳思想工作會議提出「要把網上輿論工作作為宣傳思想工作的重中之重來抓」，9 月最高人民法院和最高人民檢察院《關於辦理利用信息網絡實施誹謗等刑事案件適用法律若干問題的司法解釋》出臺。中國政府公開整頓網上的「言論領袖」，即俗稱之「大V」，這個稱呼開始僅僅指稱經過認證的賬號，後來「大 V」被廣泛用於指代在微博網站上具有較強影響力的網絡名人，他們大多擁有數以百萬計的粉絲，其傳播的新聞和觀點經由粉絲造成多輪傳播，進而對社會輿論產生快速而廣泛的影響。人民網發布的《2013 年中國互聯網輿情分析報告》中說，「網絡輿論在 2013 年遭遇拐點，輿論熱度大幅下降，『吐槽』〔註 7〕社會負面現象的聲音明顯減少。大 V 們謹慎發聲，風光不再。眾多網友從微博客的公眾意見平臺轉向更為私人化的微信朋友圈。互聯網與體制進入新一輪磨合期。」與之對應的是，2013 年也是中國電子商務發展迅猛的一年，網絡零售交易額達 1.85 萬億元，首次超過美國成為全球第一大網絡交易市場〔註 8〕。經濟力量的介入，使得隨後的網絡話語在內容上越來越脫離時政性，而呈現娛樂化和商業化的全球性傾向。

輿情翻轉，迅雷烈風。回顧 2007 年至 2013 年這段「正在發生的歷史」，互聯網與體制之間，在緊張中保持著某種意義上的張力與平衡。在這一輪的劇烈磨合中，重大網絡輿情事件繁多，與之對應的是生成並傳播了大量的網絡流行語，這些流行語超越網絡，成為民眾日常生活「加速度變革」的真實寫照。比如，2008 年的「山寨」可以形容一切仿造的、非主流的人事物，像「山寨手機、山寨明星」；2009 年的「拼爹」，預示了改革開放後中國社會階層重新固化的開始；你如果不明白 2010 年出現的「親」，你就沒有辦法在網上購物了；至於 2011 的「萌」，幾乎成為中國當代流行文化的關鍵詞之一。網民也樂於利

〔註 7〕「吐槽」是 2011 年出現的網絡流行語，指從對方的語言或行為中找到某個漏洞或關鍵詞作為切入點，進行調侃、質疑或嘲諷。網絡技術尤其是彈幕等功能為網絡吐槽現象的早期發生提供了可能，吐槽現象反過來又影響了公眾輿論場。個案研究可參見池文匯，《吐槽語及其鏈接結構研究》，華東師範大學 2013 屆研究生碩士學位論文。

〔註 8〕中國網信網，2014 年 5 月 22 日，http://www.cac.gov.cn/2014-05/22/c_126535820.htm。

用自媒體報導各自感興趣的新聞事件，一個典型事例就是網民們發明了一類新興詞族，如：「犀利哥、寶馬姐」。這類詞大多是階段性的，但是它們是網民所在的「公共領域」中某個時段的熱點人物，其所代表的民間趣味和獵奇心態，明顯區別於以往國有媒體的人物宣傳。

這一時期有太多值得玩味的與網絡語言相關的社會事件，例如，民間話語登陸輿情陣地大抵是從 2007 年 BBS（Bulletin Board System，即電子公告板）的討論帖開始的，僅以「重慶釘子戶事件」〔註 9〕為例，從 2007 年 3 月 22 日 11 點 42 分首帖發出，到 24 日被封為止，共計有網民跟帖 242 個。網絡時代的輿情博弈一下子迴異於僅有政府信訪辦和主流媒體「群眾來信」的時代。「屌絲」是 2012 年和 2013 年間的網絡熱詞，人民網宣布它是「網絡低俗語言」。但是，2014 年它在微博中還是出現了超過 1 億次，這個網絡詞語既表達了網民對社會階層固化的抗議，又體現了他們對犬儒主義的認可。2013 年 9 月「土豪，我們做朋友吧」的網絡話語事件和 iPhone5S「土豪金」款的熱銷，使得革命話語體系中指地方上的豪強的「土豪」，變成了對那些有錢無腦、一擲千金者的網絡流行稱呼語。網絡和商業事件取代了所謂「時政事件」，成為語言變異的新動因，這在當代漢語史上也是新鮮的現象。

總體而言，2007 年至 2013 年 7 年間的網絡話語，促進了整個民間社會的文化轉型和意識轉變。「廣場式的輿論場」對網民產生了塑型的效果，官方話語的規訓逐步瓦解，體制媒體的公信力被削弱，網民養成了自媒體的表達傾向，與官方話語的分野日益明顯，「一個中國，多種表述」的博弈格局初步定型。我曾經從 2007 年到 2013 年的體制媒體和網絡上的流行語中，每年抓取前十個高頻詞語來進行對比，結果發現 7 年的 70 個詞語中僅有 4 個是重合的（參見表 20）。一窺而見全豹，這 7 年是民間表述直接或間接影響官方話語規訓的「歷史時期」，正是在這一階段，中國的網絡語言應用和網絡文化生態乃至整個中國民間社會，都因為網站、微博、微信等網絡空間的普及而發生了重大轉型。

〔註 9〕重慶釘子戶事件，是指 2005 年至 2007 年期間，重慶一戶市民拒絕拆遷，被開發商告上法庭判處強制拆遷的事件，因為該事件涉及拆遷、公民私有財產權限等問題，又發生於《中華人民共和國物權法》公布前和公布期間，故而被媒體廣泛報導，成為社會影響非常大的公眾事件。該網絡輿情事件的具體分析可參見魏夢曉，《討論帖的互文性研究》，華東師範大學 2007 屆研究生碩士學位論文。

二、2013 年後的網絡交際

2011 年騰訊註冊「微信」商標，2013 年這款即時通訊軟件的用戶突破三億，微信開始得寵於網絡江湖，形成「圈子化」的交際新格局，微信公眾號漸成「網絡沙龍」，近似價值觀和生活觀的網民抱團消費與被消費，成為新的線上景觀。比如，網絡紅人「咪蒙」從 2015 年 9 月至 2016 年底的 474 篇公號推文，用了 167 個「傻逼」、90 個「單身狗」及其他各類粗口，卻為她換來她自稱超過千萬的點擊量，這是在只有體制媒體的年代難以想見的社會事實〔註 10〕。但到了 2019 年 2 月，「新華微評」發文稱，多個自媒體平臺關閉了「迷蒙」相關賬號，「迷蒙」微信公眾號注銷。再如極具代表性的中國「雙 11」網購廣告。2013 至 2017 年，中國電商們掀起白熱化的網絡廣告大戰，「雙 11」即 11 月 11 日的網上促銷活動火爆，電商衝撞語言禁忌，發布以涉及性行為、顛覆社會倫理為噱頭的網絡廣告〔註 11〕，但在中產階級和青年人中卻頗有市場，這類針對特定人群的「沙龍式的輿論場」漸成新常態。截至 2020 年 6 月，微信朋友圈使用率已達 85%，取代使用率分別為 41.6%和 40.4%的 QQ 與微博〔註 12〕，坐穩了第一把網絡社交應用的交椅。

2013 年由此拉開了移動通訊應用軟件「網絡戰國時代」的序幕，一來越來越多的應用軟件強化圈層內容和體驗的深度構建，二來視頻軟件異軍突起，攻城掠地，激戰市場前沿。2013 年「快手」轉型為短視頻社區，2020 年 3 月活躍用戶達 4.43 億；2016 年「抖音」短視頻應用軟件上市，2020 年 3 月活躍用戶數更高達 5.18 億；2009 年創立的「嗶哩嗶哩」視頻平臺（簡稱「B 站」），以年輕一代為主要用戶，2020 年 3 月活躍用戶數也達到了 1.21 億〔註 13〕。這些視頻社區熱議話題廣泛，參與社群豐富，價值觀念多元，其在生產生活、文化風俗、政治輿情方面都正在產生著靜水深流般的影響，其結果還有待後續的觀察。

〔註 10〕參見李夢娜，《網絡不禮貌稱謂語的社會語言學研究》，華東師範大學 2017 屆研究生碩士學位論文。

〔註 11〕參見邰夢溪，《「泛禁忌化」網絡廣告語的社會語言學研究》，華東師範大學 2017 屆研究生碩士學位論文。

〔註 12〕數據來源自《中國互聯網絡信息中心》發布的《第 46 次中國互聯網絡發展狀況統計報告》。

〔註 13〕參見 QuestMobile（北京貴士信息科技有限公司）發布的《2020 中國互聯網春季大報告》。

三、當代中國的「網絡國風時代」

「從思想史的角度來看，歷史記憶不僅是回憶那些即將被遺忘的往事，或是遺忘那些總是會浮現的往事，而且是在詮釋中悄悄地掌握著建構歷史、改變現在以控制未來的資源」〔註 14〕。網絡如海，前浪後浪。相較於發蒙之初網絡輿情的零散稚幼和當下基於國內外多方因素的動盪不定而言，2007 年到 2013 年，是相對沉澱了的、觸手可及的歷史；歸納描寫與品評討論，既有可能，又很必要。在某種意義上，這一時期的網絡流行語是在特定的社會發展中辯證性地生產並被強化了的民間的象徵權力，整個社會由此形成的組織方式、行動模式以及公共生活相關的群體心理和社會記憶，都呈現為有變動的且可能經歷結構轉型的再生產狀態。這種非正式的民間的話語實踐，與正式的社會制度和文化圖式一道，成為形塑「當代中國」概念的動態內驅力。

我國最早的詩歌總集《詩經》搜集了西周到春秋時期 311 篇詩歌，反映了周初到周晚期約五百年間的社會面貌，是漢語現實主義文學的光輝起點。在其《風》、《雅》、《頌》三個部分中，尤以 160 首「十五國風」為核心及精華，這些採集於民間各地市井的民歌風謠，反映了老百姓的歡樂疾苦，成為周代社會的生活之鏡。互聯網在中國情理之中而又意料之外地成為了民間輿論的息壤，2007 年至 2013 年這 7 年間，出自網民之手的網絡流行語應運而生，蔚為大觀；其民間草根的創作底色，其直面現實的寫作手法，其「興觀群怨」之社會功能，難道不是《詩經・國風》跨越三千年歷史的現實迴響嗎？正是在這樣的意義上，我們說，網絡流行語，就是二十一世紀第一個十年的「網絡國風」；2007 年到 2013 年，是當代中國的「網絡國風時代」。存錄並研討這一特別時期及其標誌物，既是在延續《詩經》的現實主義風雅傳統，更是在書寫與分析中國網絡初民的身份認同。

《網絡國風流行語與社會記憶（2007～2013）》，是本人十餘年間在這一議題上教學與研究工作的一次小結，試圖將社會語言學與文化人類學、網絡民俗學結合起來，對 2007 年至 2013 年間的網絡流行語的語言符號特質、重大網絡輿情個案以及對社會記憶型塑的影響，展開要言不煩的整理、提煉和討論；努力通過多種批評方法，討論當代中國的網絡語言交際和媒體運作之於日常生活和社會記憶之間的相互構型關係。

〔註 14〕葛兆光，《思想史的寫法——中國思想史導論》，復旦大學出版社，2004 年版，第 110 頁。

本書主要分為引言、正文、結語和附錄等內容。引言部分概述了 2007 年至 2013 年間中國網絡流行語發展的簡要歷程，涉及互聯網普及、網絡流行語現象興起以及民間社會輿論場的形成等現象，說明了這 7 年作為歷史時段對理解當下中國的特殊意義。正文第一章《網絡流行語》基於社會語言學的視角，論證了網絡流行語作為網絡言語社區的語言事實，以其獨特的符號本質和意指結構，形成了具有極強擴散能力的輿論載體和新形態的語言民俗，從而成為不能忽視的社會現象。第二章《網絡國風》是本書的核心章節，在分析了自 2007 年開始繁盛的兩類基本形態的流行語，即語錄流行語與詞語流行語的差異的基礎上，選取了三類最典型的代表，以點帶面地論證了網絡流行語是如何以象徵權力的方式，成就了互聯網時代的「國風」地位的。首先是借助 2012 年至 2013 年的「霧霾網絡流行語」這類集群式案例，分析了網絡作為民間輿論的結集地，如何以「弱者的武器」書寫民間記憶的路徑、特征和效用；第二，選取 2010 年至 2013 年流行的「屌絲」以及「犀利哥」和「土豪」等作為個案，論證了流行語以創建新詞為表，以語言身份的建構與解構為裏的以言行事過程，挖掘了這類詞語流行語在當下中國所承載的潛而未彰的價值觀博弈；第三類是以「被自殺」（流行於 2008 年至 2013 年並波及至今）為代表的語法構型類的網絡流行語，論證了事件動因影響下的社會事實是如何以語言化的方式來達成社會記憶的完形過程的。上述三類層層遞進地再現了在互聯網時代，網絡流行語是如何型塑了民間的社會記憶，並進而獲得文明關懷、道德建設和政治批評的合法性的。第三章《民間表述與社會記憶》將這 7 年發生在中國的語言流行與輿論建構的事實，置於人文社會科學全球化的語言轉向和敘事研究的歷史轉型背景中，強調以流行語為象徵意義體系的實踐性，以關注流行語是如何替代了現當代文學的啟蒙作用，並最終嵌入到特定權力矩陣之中去，以及其如何在當代中國的歷史進程中本質化為具體的社會關係的。結語總結並強調了 2007 年至 2013 年，由於流行語書寫了「網絡上的中國」，型塑了民眾的社會記憶，使得這 7 年成為社會轉型期一段特別值得重視和研究的歷史時期。

網絡流行語作為流行文化的一種，自然也會有其發生和消亡的歷史。但是，它們所記錄的社會事件及其變遷、它們所傳達的民眾感受及其共情，卻會以社會記憶的形式留在一代人的生命歷程裏，並進入到人們對現實的認知中；哪怕最後還是可能會被主流敘事邊緣化甚至遮蔽掉，但這些「短暫的存在」卻是回填歷史肌理的珍稀細節。

2007 年至 2013 年，互聯網在中國普及生根，成為民間話語和輿論博弈的重要展演臺，流行語則是這臺上的奪人先聲。儘管因為網絡的虛擬性，一定程度上會造成對社會現實映像的變異甚至失真，但是這種民間情緒與群體意志的社會性述說，這種確實發生過的民間話語的全方位實踐，無疑是需要認真直面的「網絡上的中國」。

第一章　網絡流行語

任何時代都有專屬於各自時代的流行的話語模式，所謂的「網絡流行語」，既是一個時間概念，也是一個空間概念。在本書中，它是指借由互聯網的普及，才得以在二十一世紀初的中國漸成風潮的話語流行現象。它當然也是一種語言的社會應用，但它又具有網絡時代格外鮮明的一些特徵。那麼，因為交際在網絡上發生，當代漢語中的流行語發生了哪些變異？是正常現象還是病態現象？為什麼會在這一時期井噴式流行，又以何種具體的方式傳播？在網絡流行語變幻不羈的表象之下，又是否存在著較為特定的本質與較為穩定的結構呢？

名正則言順，讓我們從「網絡流行語」這一概念的正名開始。

第一節　病態現象抑或正常現象

二十一世紀以來，中國的社會經濟快速發展，對外交流越發頻繁，文化價值日趨多元。與之相對應的是，語言的社會應用前所未有地呈現出紛繁複雜的色彩。像「粉絲」、「酷」等英文音譯詞，「CEO」、「HSK」、「SPA」等直接用拉丁字母表示某個概念的字母詞，「稀飯（喜歡）」、「偶（我）」等網絡新詞以及網絡聊天狀態下的全新句式等等，風起雲湧般地進入了現代漢語的日常使用中，令人應接不暇，各方對此頗多爭議。流行語涵蓋了上述種種變化，其複雜性可想而知。在對這一文化現象進行深入討論之前，首先需要明確回應，在現實生活中廣泛出現的上述現象，究竟是正常的還是病態的？

一、語言事實與語言潮流

回答這一問題的前提是認定上述現象是否已經具備了「語言事實」的資格。我們可以借鑒法國社會學家迪爾凱姆（Émile Durkheim，又譯為「涂爾幹」）對「社會事實」〔註1〕的分析來定義「語言事實」。所謂「語言事實」是指：一些言語行為的方式（不論它是有特定形式的還是沒有特定形式的），只要它普遍客觀地存在於言語交際中並能從外部對個人產生制約，不管它在具體個人身上的表現形式如何，都被叫做「語言事實」。它有兩個特徵：獨立於個人和具有強制性。

比如說，漢語中的外文字母詞或者帶外文字母的詞語（以下簡稱為「字母詞」，如：「HSK、MTV、卡拉 OK」等）就其是否是規範漢語的一部分，儘管近年來爭議很多，但是其中有一部分早在 2000 年就已經進入了商務印書館《現代漢語大詞典》和 2001 年的《新華字典》等工具書，上海辭書出版社 2001 年還出版了《字母詞詞典》。因此，這類現象已經成為存在於個人意識、好惡之外的一種言語方式，不管個人是否願意接受，它都對個人具有一種強制的力量。這時，我們就可以認為：字母詞中的這一部分已經成為了「語言事實」。

當然，如果個人心甘情願接受這種強制力，就會感覺不到它是強制的；但這並不意味著這種強制性不存在。比如說，如果你不願意使用任何字母詞，在當前社會交際的通常狀態下，你會很難用所謂的「正宗漢語」來表述「今晚我們要在市中心的 MTV 包房唱卡拉 OK」這樣一個句子了。

與「語言事實」相對應，還有一些言語方式也是在人們的言語活動中客觀存在的，也對個人產生影響，但沒有「結晶化的形式」，我們就稱其為「語言潮流」。

比如說，在網絡語言中，可以用「偶稀飯」來表示「我喜歡」的意思，對於目前規範的普通話而言它只能屬於「語言潮流」。一方面，它具有客觀性。因為在網絡情境下，「偶稀飯」這樣的表達方式不論你是否認可，都會受到影響——有人會情不自禁地使用這類語言，而試圖反抗的一些人則會受到「懲罰」（在網絡上被疏遠和嘲笑）；但是另一方面，這類言語形式並不是固定的和不可替代的。有人在網絡上會使用它們，而在網絡外則不使用；有人隨時隨地都熱衷於使用，而另一部分人則會漠然視之；有人用「頂」而另一些人用「贊」

〔註1〕〔法〕迪爾凱姆，狄玉明譯，《社會學方法的準則》，商務印書館，1995 年版，第 34 頁。

來表示「支持」。也就是說，「語言潮流」的強制性相對於「語言事實」而言要小得多。

需要注意的是，「語言事實」和「語言潮流」都具有相對性，都只適用於一定的語域。如在「全民共同語」這樣的語域中，網絡語言如「88（再見）、戀愛 ing（正在戀愛）」無疑屬於「語言潮流」，不是人人必說的；而在網絡狀態下，網民對這些用法的認同程度很高，使其對網民而言具有了獨立性和強制性，這時網絡語言就成為網聊情境下的「語言事實」了。

當然，我們也不難看出，很多言語方式都經歷過從「語言潮流」到「語言事實」的過程。像「MTV、卡拉 OK」就是從娛樂界這一特定語域的「語言潮流」升格為娛樂界的「語言事實」，進而成為「全民共同語」這一更大的語域中的「語言事實」的。

由此可見，「語言事實」和「語言潮流」具有性質上的一致性：兩者都是客觀存在的言語方式，只是適用的語域有寬窄之別、對個體的強制性有大小之分而已。從社會語言學的立場來看，只要不是個人的而是一定範圍內具有普遍性的言語使用，都屬於相應語域中的「語言事實」。任何言語方式的存在都可能經歷一個從小語域中的「語言事實」到大語域中的「語言潮流」進而獲得大語域中「語言事實」地位的過程。這一過程受到公眾認可和社會環境等因素的制約，可能完成，也可能半途而廢。

這樣的過程實質上就是「語言潮流」經過實踐的檢驗而獲得「語言事實」資格的過程，而實踐是需要時間的，不以個人意志為轉移。實際上，任何語言無不持續地在時間的長河裏一刻不停地新陳代謝，只不過在社會轉型期會呈現出「加速度」而已，這就是為什麼隨著互聯網在中國的普及，漢語的「語言潮流」會如此洶湧蓬勃的道理〔註 2〕。

二、病態現象與正常現象

基於這樣的認識，我們在認定任何社會語言應用的現象時，都要先明確下列問題：這一現象是否已經存在了一定的時間？在什麼樣的語域中來討論它？在這樣的語域中，它是語言潮流還是語言事實？

也就是說，我們無法也不應該在真空狀態下討論某一語言現象的性質，而

〔註 2〕參見王維敏，《年度新詞語隱退的個案分析：以 2006 年和 2007 年年度新詞語為研究對象》，華東師範大學 2014 屆研究生碩士學位論文。

是需要為其設定一些條件。在此基礎上，我們就可以進一步來判斷它是正常現象還是病態現象了。

迪爾凱姆「稱那些具有最普遍形態的事實為正常現象，稱其他事實為病態現象或病理現象」〔註3〕，並進而指出：判斷現象的普遍性時要與發生這種現象的條件相聯繫，如果條件還存在，就可以認定其為正常現象；尤其是當某一現象還處於尚未定型的過程中時，這樣的檢驗必不可少。這些看法為我們判斷某些語言現象的性質提供了有力的理論依據。

舉例說來，如果我們需要討論「88（再見）」、「戀愛 ing（正在戀愛）」這類語言現象的性質，首先需要承認這一現象已經客觀存在了一定的時間；接著，我們需要明確在怎樣的語域中進行討論。如果是在全民共同語、正式的政府文件這樣的語域中，它們顯然不屬於語言事實，而是病態現象；而在網絡聊天這樣的語域中，它們則是慣常的用法，是網絡語言輕鬆、快捷等客觀條件下的產物，因而變成了典型的語言事實。又比如，在五四時期，「民主」、「電話」和「科學」等詞語曾被翻譯成「德謨克拉西」、「德律風」和「賽因思」，這在當時有其特定的歷史原因，因而是正常現象；而到了今天，相應的條件已經不存在了，這樣的翻譯就成了歷史陳跡，為時代所淘汰，對現如今的日常交際而言就有些不合時宜了。

可見，特定語域中的語言潮流如果固化為語言事實（即，對使用者而言具有了獨立性和強制性）之後，都是正常現象。當然，「固化」需要時間的考驗，我們只有耐心地等待和觀察，適當地解析和引導，而不能根據一己之喜好給一些新出現的語言潮流情緒化地定性；更不能捕風捉影，將一些個人性的偶然的言語活動認定為是群體性的語言實踐。

也就是說，字母詞、網絡語言及其相關的現象，在一定的發展時期都可以是一種語言事實，在特定的條件下也都是正常現象。那麼，是怎樣的時代和條件催生了這類現象？或者說，這類現象產生的合理性體現在哪裏呢？

三、字母詞與外來詞

字母詞的出現和使用是語言融合過程中發生的一種現象。它在開始時，是一種臨時的語碼轉換手段，即「說話者在對話或交談中，從使用一種語言或方

〔註3〕〔法〕迪爾凱姆，狄玉明譯，《社會學方法的準則》，商務印書館，1995 年版，第 74 頁。

言轉換到使用另一種語言或方言」〔註4〕。這時它還屬於語言潮流。如果沒有合適的漢語譯詞來代替它而它的使用頻率又很高時，它就會在漢語中穩定下來，變成一個新的外來詞，從而成為漢語中的一個正常現象，像「MP3」、「X光」就是如此。

語碼轉換只能發生在熟悉兩種語言的雙語者身上，而一旦變成漢語中的一個外來詞，所有的漢語使用者就都可以使用它了。外來詞在漢語中有很多的表現形式，字母詞只是其中之一。按照漢語對外來概念的接受程度，我們可以把外來詞大致看成下表所示的一個連續統。

表1　漢語外來詞的連續統

外來詞	借用方式	例　子
字母詞	直接借用，完全保留來源語中的讀音、書寫形式和意義	WTO、NBA、F1
音譯詞	直接借用，但是書寫形式和讀音受到漢語的影響	託福、巧克力、沙發
仿譯詞	用漢語的語素逐一翻譯來源語的各個成分，較好地保留原詞語的詞義	黑板、足球、雞尾酒
意譯詞	用漢語的語素重新構造新詞去翻譯原詞的意義	民主、科學、鋼琴

從表1中我們可以看到，字母詞不是孤立的現象，而是外來詞連續統中的一個環節，隨著本土化的進程，外來詞或許會走完從字母詞到意譯詞的全過程，或許會停留在某個階段。而停留在什麼階段則完全取決於時代發展中大眾的認可程度。例如，「賽因思」現在被譯為「科學」就是走過了從音譯詞到意譯詞的歷史路程，「託福」則是由字母詞（TOFEL）發展為音譯詞的。在當前以普通話為代表的全民共同語的語域下，外來詞「科學」和「託福」都是固化了的語言事實，是正常現象；但是我們不能因此就否定「賽因思」和「TOFEL」在五四時期和上個世紀八十年代的「語言事實」的地位。正如迪爾凱姆早就提醒過我們的那樣：「說一個社會事實是正常的，只是對處於一定發展階段的一定的社會中而言的」。〔註5〕

所以，看待字母詞這種漢語外來詞連續統中的一份子，我們要有歷史的眼光。

〔註4〕游汝傑、鄒嘉彥，《社會語言學教程》，復旦大學出版社，2004年版，第92頁。

〔註5〕〔法〕迪爾凱姆，狄玉明譯，《社會學方法的準則》，商務印書館，1995年版，第75頁。

四、網絡語言與言語社區

網絡語言問題往往被想當然地歸屬為語言規範問題，或者與信息化、青少年網絡生存等問題生硬地相提並論。實際上，它是社會語言學中一個典型的「言語社區」問題。

美國交際社會語言學家約翰·甘柏茲（John Gumperz）指出，言語社區具有下列特徵：它是一種互動的社會範疇，以交際活動為主要目標；是「一種講話人的非正式組織，將這些人組織起來的是一些思想意識和相近的態度，是語言方面的共同的標準和追求」。〔註 6〕

網絡語言交際顯然貼切地具有上述這些特徵，網民無疑屬於同一個言語社區，他們作為「一個講話人的群體，其內部的某種統一性構成了與其他的群體的差異而區別於其他群體」。〔註 7〕他們相互認同彼此的話語方式，採取相似的言語行為，共同構建了網絡語域中具有普遍意義的「語言事實」。比如說，網民們常常用字母詞來縮略表意（如用 MM 表示「美眉、妹妹」），用諧音詞取代正詞（如用「木有」代替「沒有」），用表情符號表達態度（如不用文字而直接用表情符號來表示同意、無奈、反對等情緒）；最典型的就是在特定年份傾向於使用年度流行語而不是常規漢語去表情達意（如，2008 年網民流行用「囧」而不用「尷尬、狼狽」，2010 年用「神馬」來替代「什麼」），等等。

只要他們的言語活動沒有超越網絡的範圍，這些做法都應該看作是正常現象。網絡語言可能成為一個社會問題，但站在社會語言學的角度又根本不存在問題。健康多元的社會應該允許存在多個言語社區，網絡群體擁有自己的語言習慣很正常，就像男性語言也可能與女性有差異因而分屬於不同的言語社區一樣。但網絡語言也有自己的範圍，如果超越了網絡的範圍，它的勢力就很微弱了。

也就是說，網絡語言在自身的言語社區內是一種正常現象，而超越了這個社區就可能是病態現象了。

五、語言問題與社會問題

字母詞和網絡語言等現象，在一定的發展時期都可以是一種語言事實，在

〔註 6〕〔美〕甘柏茲，《會話策略》，徐大明、高海洋譯，社會科學文獻出版社，2001 年版，第 27 頁。

〔註 7〕徐大明、陶紅印、謝天尉，《當代社會語言學》，中國社會科學出版社，1997 年版，第 266～267 頁。

特定的語域中也都是正常現象。還有不少與之相關的現象，也大都同理可證。如，在語句中夾雜其他語言的詞彙。例如，一位外企主管這樣對下屬說：「Ben在總結的時候說，對你的 investigation（調查）很 satisfied（滿意）。他有一個 good news（好消息）要告訴你，你下個月可以去 New York（紐約）參加一個 training（培訓），free（免費）」。如果是在外企裏或者在類似的言語社區中，這樣的說法可以接受，是正常現象；否則，就是病態現象，可能會被理解為做作、崇洋媚外等等。再如，文學作品更是一個極其特殊的言語社區，為了描寫人物、烘托氣氛，使用某些外文詞語、甚至改變標點符號的某些用法都是可以被允許的，都屬於正常現象。

具體問題要具體分析，社會語言的應用問題要回歸到社會語言學的學科立場上來。「我們應該拋棄這樣一種至今仍然極其流行的習慣：一旦認為一種制度、一種習俗、一種道德準則是好的或壞的，就不加區別地認為它們對於任何類型的社會來說，都是好的或壞的」。〔註 8〕語言制度和言語習俗是對整個社會影響巨大的社會事實，要特別注意語言現象和語域之間的適應性——一個語言現象只要是在某一語域中屬於語言事實，對於該語域而言就是正常現象。規範的普通話只有在全民共同語的語域中才是正常的；而人們變化多樣的言語生活則需要其他相適應的形式——層出不窮的語言潮流、豐富多元的言語社區正是一個社會充滿生機、健康開放的最佳體現。相反，語言生活的極端一致化、簡單化、固定化（包括言語社區的單一性）卻是極權社會僵死壓抑的病態反映，文革時期萬馬齊喑、眾口一詞的社會語言應用就是一個歷史的例證。

當然，語言問題從來都不是一個單純的學術問題。字母詞和網絡語言的各種變形變種會波及到世界觀和文化認同等多個方面。比如，「近年來出現的流行語在語言使用心理上顯示出了一種非常明顯的遊戲心態，即把語言使用當成一種遊戲過程，在實現交際目的之餘，還費心尋找超常使用語言的方法，追求一種娛樂大眾的趣味。流行語的遊戲心態和遊戲成分有其存在的社會根源，主要表現為特殊群體的智力炫耀，契合了去神聖化的現代心態，並且具有身份認同的傳播價值。」〔註 9〕當然，有專家對此表達了憂慮，「語言作為思維工

〔註 8〕〔法〕迪爾凱姆，狄玉明譯，《社會學方法的準則》，商務印書館，1995 年版，第 75 頁。

〔註 9〕徐默凡，《流行語的遊戲心態和遊戲成分》，《當代修辭學》，2012 年第 1 期。

具、表達載體的功能已經讓位於它的遊戲功能。不分場合地隨意使用，導致的後果就是交際行為的格調降低，給人以趣味低俗的感覺」〔註 10〕。這樣的擔憂很有道理，我們要提防不分語域、過度自由化的言語使用。「一個興旺和自信的民族是不會排斥吸收外來文化和外來語的，然而直接使用原裝的外國語這種現象卻不是一種正常的語言現象，而的確只是一種殖民地才有的文化現象」。〔註 11〕

但是我們也不時可以聽到一些不負責任的過激的言論，將語言社會應用中的某些熱點問題簡單地以「不規範」論處，甚至不恰當地劃入意識形態和民族文化自尊的範疇，誇大了對網民尤其是青少年的負面影響〔註 12〕。這些做法反而會激化矛盾，加大各種言語社區與所謂主流價值觀的牴觸，引發社會文化觀念上的衝突，不利於對語言社會應用的正面引導和和諧建設。

六、本節小結

現代漢語現實使用中出現的字母詞、網絡語言及其相關現象中已經有一些在特定範圍內超越了語言潮流而成為了語言事實。這些語言事實都屬於正常現象而非病態現象，都是社會與語言發展相互作用的過程中出現的語言融合和言語社區等社會語言學現象的具體體現，是社會健康、多元、開放發展過程中的產物。流行語（尤其是網絡上的流行語）往往是處於不同語域和不同發展階段中的語言潮流或者語言事實，肯定它們是正常的而非病態的社會語言應用，那麼，對其進行全面且客觀的討論，才會擁有可能和價值。

第二節　流行語義與擴散方式

流行語在互聯網時代，是傳播力與影響力雙峰並峙的社會事實，作為語言變異尤其是輿情呈現的指標，受到了各方面的普遍重視。然而，如果僅僅將流行語看成一種單純的語言應用和輿論傳播現象，就會錯失了其作為典型的社

〔註 10〕劉大為，《網絡語言：節制還是任其擴散》，《新聞晚報》，2006 年 2 月 5 日。

〔註 11〕胡明揚，《關於外文字母詞和原裝外文縮略語問題》，《語言文字應用》，2002 年第 2 期。

〔註 12〕不少相關爭議曾引發廣泛的社會影響並見諸主流媒體，具體實例可參見董超，《碩士研究「呵呵」遭疑，導師稱語言學提倡小題大做》，《人民日報．海外版》，2013 年 6 月 24 日。另參見汪奎，《網絡會話中「呵呵」的功能研究》，華東師範大學 2012 屆研究生碩士學位論文。

會群體行為和流行文化風潮的標本意義。

對流行語性質的認定不同，直接決定著我們將用什麼樣的視角去審視它，用什麼樣的方法去研究它。

一、文化的流行

流行語首先是一種以語言為載體的流行文化現象。

無視流行語的集群行為本質和大眾傳播途徑，無疑是捨本逐末的；而不結合流行語在語言系統中的符號變異，則無異於隔靴搔癢。它具有一般語言符號的特徵，但是它首先顯示出的是一般流行物和流行行為的特徵。因此，認識流行語需要從認識流行開始。

那麼，什麼是流行呢？流行是某種新出現的事物樣態或行為方式，在短時期內被較多數量的民眾自發接受而迅速傳播開來，又逐漸衰落或因為成為常態而停止擴張式傳播的過程。流行往往具有以下的 5 個方面的特徵。

（一）事物樣態

流行必須以某種新鮮並可以重複操作的事物樣態或行為方式為載體。

仿傚的可能性和足以激發民眾興趣的實體形式和行為形式的存在，是流行的必要條件。

參與流行不是接受說教，所以，流行必須有新鮮的「事物樣態」或者「行為方式」足以激發民眾的興趣。所謂「新鮮」並非是一種絕對的性質，而是一種相對的心理感受。也就是說，新鮮感並不是由事物樣態或者行為方式自身的屬性就能決定的，而是取決於某一歷史階段內民眾接受它（它們）時的主觀感受。

流行是一種參與，新的事物樣態或者行為方式必須具有重複實現的可操作性，民眾才可能在操作過程中加入流行；而重複實現的操作又使得流行的載體可以無限制地擴散到每一個願意參與流行的社會成員身上。

（二）大眾行為

流行是一種自願的、無組織的「大眾行為」。

所謂「大眾行為」，是指介乎「初級集群行為」和「群體性事件」之間的群體行為。這種大眾行為出現在分散的社會群體中，以社會成員之間的刺激和互動為表現，具有無組織或組織化程度低的特點。

流行不具有政治、經濟上或來自其他權勢的強制性，也沒有實際功利的要求，社會成員對於流行的參與是自發自主的。流行以「從眾性的仿傚」為互動形式，分散的社會成員依靠從眾的仿傚行為和求異的創新行為而被整合到流行的潮流中去。沒有創新不可能引發仿傚，而仿傚本身則意味著將已有的流行置於新的情景中去從而帶動新一輪的創新。仿傚和創新使得無組織的大眾行為呈現出一種內在的秩序。

（三）傳播過程

流行是具有一定規模的週期性的大眾傳播過程。

流行需要較多的民眾參與。只有達到一定的規模，流行才得以呈現。同時，由於民眾的心理訴求無組織無計劃，訴求的熱點往往處在不斷更迭、變換的過程中，會造成流行的規模在短時間內形成，又在短時期內衰退，以迎接更新的流行。所以，流行具有很強的時效性。

規模和時效會造成流行載體在一定時期內會具有高頻發生的特點。因此，頻度成為檢測流行盛衰的重要指標。

（四）發生與傳播的層級

流行是在不同的社群層級上發生和傳播的。

民眾可被劃分為不同的社群。流行總是率先發生於某個社群內，然後或者衰落、在某個社群內常態化；或者向別的社群擴散，以至於擴散到更大的超社群。超社群的流行語就會成為全社會的流行語。

超社群具有全社會性，但並不等於全民社群。超社群往往由社會中的積極人群構成，它們在社會生活中表現活躍，積極參與公眾事物，他們所關注的也會引起官方的注意，並較多進入主流媒體的報導中。

由於網絡的普及和網民的特性，使得網絡上的流行往往具有超社群的性質，尤其是當與媒體和日常生活中的流行重疊時，網絡上的流行就更易具有全社會性。

（五）心理訴求

流行是大眾表達社會性心理訴求的手段。

「不管借由哪一種手段，成功的流行會通過象徵性的方式巧妙地反映出不斷變動且具有高度自我參照性的集體張力或情緒。」〔註 13〕民眾共同的心理

〔註 13〕Fred Davis. “Thing and Fashion as Communication”. In M. R. Solomon, ed. *The Psychology of Fashion*. Lexington, MA. Lexington Books, 1985. p. 25.

需求在某個流行物和流行行為上得到滿足和共鳴時，人們就會在這些對象上傾注熱情，在重複它們的過程中獲得心理的滿足和表達的快感。

這些具有「自我參照性」的「集體張力或情緒」，成為流行物和流行行為的「附加值」。人們參與流行，與其說是成為某個流行物的擁躉或是仿傚某個流行行為；不如說是在此過程中，通過支持和體驗這種「附加值」來聲明並滿足自己的心理訴求。

二、流行語的界定

流行的特徵可以幫助我們定位流行語的性質，也就是說，當流行文化以語言形式為載體的時候，它會呈現出哪些基本的表徵呢？

（一）流行語的表徵

流行語是流行的語言載體，其表徵為：某種新出現的語言項目或在一定的社會背景下顯出新意的原有的語言項目，在短時間內被較多數量的社會成員自發接受並加以使用，從而迅速擴散開來，又逐漸衰落或者因為成為常態而停止擴散。

（二）語言項目適於流行的原因

參照上述流行的五個特徵，我們會發現：語言自身的諸多特點使其非常適合成為流行的載體。

首先，儘管語言是約定俗成的穩定的符號系統，言語卻是靈活多變的。新的語言單位、新的意義和用法都可以成為激發民眾仿傚的語言項目。同時，語言的使用者具有社團和代際的差別，這些差別為言語新鮮感的主觀性存在提供了認知可能。

其次，語言具有社會性和大眾性，人人參與。相對於其他流行的實體形式和行為形式，語言的流行更具普遍性和操作性，更為簡便易行。人們在口耳相傳中，輪番實踐語言項目的仿傚與創新，由此壯大流行語的聲勢和規模，並促成其新陳代謝。

第三，流行文化在規模和頻度上的要求，致使作為流行載體的語言項目在數量上高頻發生，在使用方式上出現多種變異方式。時空的限制也必然導致流行語具有不可迴避的區域性和時效性。

第四，民眾會根據各自在語言使用上的偏好，形成不同的言語社團。流行語在開始時總是率先生發於某個特殊的語言社團，繼而影響到更多的言語社團。網民和網絡交際在社會生活中的日益重要，促使網絡語言最有可能成為具有超社群特徵的社會流行語。

最後，流行語同樣具有表達民眾社會性心理訴求的附加值，它穩定在語言項目上，附著於字面意義而呈現為言外之意，我們姑且可以把這種敏感的語義稱為「流行語義」。正是這種語義吸引人們為了傾訴某種心理訴求而頻頻使用相關的流行語。

（三）流行語生成的條件

如上所述，語言項目適合成為流行的載體，但是流行最終是由社會環境造成的，語言自身的任何特徵，都不是它們成為流行語的充分理由，無論是語法的、詞彙的、語音的以至於修辭的。任何語言單位都有可能成為被選項，而只有那些事實上被流行選中的載體，才能成為流行語。也就是說，流行語的生成是有條件的。

首先，在流行語形成之前，特定時期的社會環境要賦予某一語言項目以特殊的意義，或者公眾對某個語言項目的形式生發了特殊的感受，使其具備了成為流行語的基礎——流行語義。不具有流行語義，任何語言項目都不可能流行起來。其次，具有了流行語義的語言項目還必須順應流行的需要，將自身擴散開去，才能最終實現為具有公共意義的流行語。

可見，當我們將流行語認定為一種流行文化時，流行語義和語言擴散必然就成為了流行語生成的兩大條件，也就是認定流行語的基本要素。

三、流行語義和擴散方式

什麼是流行語義？流行語又是如何擴散的呢？

（一）流行語義的界定

流行語可以是任何一種語言項目：一個詞語、一段話語、一種語法格式、一項話語標記，甚至是一種字形、一種語調……只要該項目能夠被大量的社會成員在自己的話語行為中重複使用，它就能成為流行語。

這些語言項目，一旦具有流行語義，也就具備了成為流行語的資格。流行語義至少要滿足下面兩個條件中的一個。「第一，一定歷史階段中的社會環境賦予了這些語言項目以特定的意義成分——它或者因為宣洩了該階段公眾久受壓抑的社會情緒、表達了他們的當下處境以及面對這些處境時的群體感受，或者因為共鳴了他們深層的心理需求、喚醒了他們潛在的精神期盼、明確了他們對一種生活方式的嚮往和追求等等——而被人們所熱衷。這些意義成分不同於作為語言單位意義骨架的、可進行理性分析的邏輯語義，而是附加在邏輯語義之上的一種感受性的文化涵義。第二，這些語言項目的形式構成，至少是它們的新穎性迎合了人們當下的審美意趣，顯示出一種引人注目、耐人咀嚼的形式意味，往往會滿足人們求新求異、彰顯個性的心理需求。特別是在現代社會的壓力下，人們常在一種娛樂、遊戲的心態中使用它們，以釋放緊張情緒、排遣生活中的落寂無聊等情緒。這種形式意味也是一種感受性的意義成分。它與上述的文化涵義常常交融一起難以區分，所以我們將二者合稱為流行語義。」〔註 14〕每一個流行語的使用者正是在使用中感受到了這種語義，從而增強了安全感和認同感。

（二）流行語義的研究方法

作為流行語首要特徵的流行語義，首先是社會心理的表徵。所以，對流行語義的研究應該依賴於建立在社會學和心理學基礎上的語義分析。

從操作層面來講，流行語義可以進行量化或者形式化的分析。如上所述，即使一個語言項目具有了流行語義這個基質，但是如果缺乏擴散的過程，也是無法形成流行語的語義的。也就是說，對流行語語義的認識可以也必須通過對流行語擴散過程的分析而得以深入。辛儀燁的《流行語的擴散：從泛化到框填》較為全面地描述了流行語從直接使用開始，到語義泛化、格式框填的整體景觀。在該文的基礎上，我們進一步將流行語的擴散過程調整並歸納為三類，即：高頻使用、語義泛化、形式孳生。高頻使用的頻率是可以統計的，泛化的類型和泛化的程度可以進行形式分析，形式孳生的數量和種類也可以追蹤和摸排。

和所有流行載體一樣，流行總是在流行載體的仿傚與重複中展開，而仿傚與重複一定含有兩個方面：作為實踐者的仿傚性再現與作為觀賞者的重複指認。這一觀點為流行語的高頻考察提供了新的方法論視角，特別是網上的「圍觀」和流行語的識讀也應當被視作是高頻使用的具體方式。

（三）流行語的擴散方式

流行就是擴散，擴散方式不可能是語言項目在結構上的特徵，而一定是其在使用過程中發生的。

〔註 14〕辛儀燁，《流行語的擴散：從泛化到框填》，《當代修辭學》2010 年第 2 期，第 34 頁。

高頻使用、語義泛化和形式孳生是流行語在擴散過程中形成的三類方式，它們具有從右到左的負向蘊含關係，而沒有正向的蘊含關係。換言之，高頻使用只會是單純的高頻使用而已，不具有語義泛化的特徵；反之，語義泛化除了泛化之外，必定還會在高頻使用中體現出來的。同樣，形式孳生在從母體中產生次生體的同時，語義也必然發生了泛化。當然，並非所有的流行語都會順次經歷這樣的三個過程，很可能只經歷其中的一兩個過程。

1. 高頻使用

高頻使用意味著某一語言項目在一定歷史階段只是使用次數增加，而每一次使用都必須攜帶著原有的表達情景，也就是在原有的指稱範圍以及語義概括的範圍內使用。如下例中的「蟻族」〔註15〕。

（1）快報記者回訪這些地區，體驗「蟻族」的痛苦與彷徨，分享他們的希望與夢想。（現代快報，20101219）

高頻是語言項目被使用的結果。使用者使用某一語言項目，有時候是主動的，有時候是被動的。主動選擇是一個語言項目自身的魅力使得使用者努力尋找表達的機會而去使用該項目，是語言的項目在尋找表達的情景；被動選擇是表達的實際需要決定了使用者必須使用某一個語言項目，是表達的情景需要尋找語言的項目。通俗地講，前者是「為用而用」，後者是「不得不用」。我們把這兩種情景分別概括為「語言優先原則」和「表達優先原則」。兩個原則經常會在某一個語言項目上重合，上例中的「蟻族」就是如此。

流行語義的存在促使公眾在多種可選的語言項目中，主動地優先選擇使用流行語。換言之，流行語的高頻使用必須包含語言優先原則的驅動。

2. 語義泛化

流行語義是特定社會環境附加在某個語言項目上的文化含義和形式意味，而該項目要進入使用，必須與話語場景中的具體對象相關聯，就需要有邏輯語義。流行語義要擴展，會受到邏輯語義的制約，對制約的適應和抗衡就會造成語義泛化。也就是說，語義泛化是針對邏輯語義而言的。

產生語義泛化的流行語可以分為兩種情況：

一種是專指性和特指性流行語的泛化。這類流行語往往是由特殊個人和特殊事件引發的。專指性的詞語流行語，其最基本的泛化形式是隱喻，只要發

〔註15〕2009年廉思的《蟻族：大學畢業生聚居村實錄》出版，「蟻族」隨之流行，原指低收入聚居的高校畢業生群體，後用來形容城市低收入聚居群體。

現喻體中有涉及專指性流行語的某個特點，就可以在新的話語形式中將其嵌入。例 2 中的「美美」指涉嫌慈善醜聞的「郭美美」和「盧星宇」兩人〔註 16〕，人們借由隱喻的類指傾向也將後者稱為「盧美美」。可見，專指性的「美美」已經泛化為「打著公共慈善的幌子牟私利者」的語義了。

(2) 中非希望工程：「美美」們為什麼這麼美？（光明網，20110819）

特指性的話語流行語會通過「反類指化」、隱喻和「詞語化」來實現泛化。直接使用的話語流行語通過在在相似場景中使用某一已經被特指化的話語，而使特指性的話語流行語泛化，如例 3 中的「至於你信不信，我反正信了」是「7．23」甬溫線動車追尾事故後鐵道部發言人匪夷所思的發言〔註 17〕，用在「味千湯底」事件中，是因為情景類似而擺脫了特定情境的限制，重新實現了類指；話語流行語也可以通過隱喻來泛化語義，這時候就需要兩個場景中的多組對象之間構成隱喻關係，操作的心理難度較高。如例 4 中鐵道部發言人的「這是一個奇蹟」就是將「火車事故停止救援後又見生者」與「被貶損者被推至被稱頌者」進行類比，在「邏輯矛盾」的相似上構成隱喻關係；保留話語流行語的核心語義卻將其詞語化，是較為常見的泛化形式，詞語化使得該詞語擺脫特定場景的制約，作為獨立的詞語擴散到其他的場景中去，如例中的「欺實馬」來源於杭州飆車事件警察斷言的「七十碼」，經過了詞語化及其諧音訛變，擴散到與飆車無關的垮橋事件中。

(3)味千拉麵拿濃縮液兑湯是因為肉價上漲買不起骨頭！至於你們信不信，我反正信了。（現代快報，20110727）

(4) 第一時間，群眾們就去獻血了。共和國盲腸成為脊樑，這是一個奇蹟。（李承鵬博客，20110725）

(5) 垮橋事件後，在一些敏感數字前搖擺不一的株洲政府就正坐在這樣的「欺實馬」上，騎馬難下。（重慶時報，20090522）

〔註 16〕郭美美，新浪微博昵稱「郭美美 baby」，2011 年 6 月因在微博炫富並牽扯上中國紅十字會而引發關注及爭議。盧星宇，2011 年 8 月，時年 24 歲的她在微博上的認證為「中非希望工程執行主席兼秘書長」，引發網民爭議而被戲稱為「盧美美」。

〔註 17〕2011 年 7 月 24 日，鐵道部新聞發言人王勇平在回應「7．23」甬溫線動車追尾事故的救援情況時說，「至於你信不信，我反正信了」，「這是一個奇蹟」。在微博上，網民引用這兩句話來表達對事故發生及其善後工作的質疑。

語義泛化的另一種情況與類指性流行語相關。類指性流行語的語義泛化可以描繪為：以該流行語的邏輯語義為中心，以與該邏輯語義的諸多區別性語義特徵相關為連接線，不斷增多適應新的話語情景的內涵特徵。換言之，此類語義泛化實質上是在盡可能少地保持原有內涵特徵的前提下，不斷增加新內涵特徵的過程。這個過程其實與自然語言語義演變的一般規律是一致的，只是極快極濃縮而已。如例 6 中的「給力」是「給力氣」之原義，例 7 中已經是通過將內涵縮減為「力量」泛化為「支持」義，例 8 中已經虛化為「很好、很棒」。

（6）在現場，吳鎮宇擺出「給力」造型為影片造勢。（京華時報，20110831）

（7）江蘇給力「文化強省」。（人民日報，20101110）

（8）這次活動真是太給力了：看得給力，學得給力，做得給力，吃得給力……（中國常州網，20110830）

3. 形式孳生

一個流行語，如果保留了敏感於流行語義的成分而替換掉指向具體表達情景的不敏感成分，流行語就能獲得更為寬廣的擴散範圍。作為母體的流行語作為基質，為次生的流行語提供了提取和填充的可能；只要擴散的動因繼續存在，次生體流行語就會處在不斷增生的狀態中，並有可能成為新的母體。這樣的過程與細胞的分裂或者生物體的孳生相似，彷彿一個活著的生命過程，我們把它稱之為「形式孳生」。

根據母體的類型，形式孳生可以分為三類：

第一類是以話語流行語為母體的話語孳生，保留了話語母體的語義關係，構成關係的成分可以自由孳生。如例 9 就是基於母體「哥吃得不是麵，是寂寞」，其中有 4 個空位可供填充；孳生的成份數量越多，母體的語義關係的重複度就越小；第二類是以詞語流行語為母體的詞語孳生，保留了詞語母體中近似詞綴的部分，與具體的話語情景相配合的語素通過孳生的方式來完成，如例 10；第三類是以抽象的語言形式為母體的形式孳生，某些語法結構和習用語的結構都可以成為孳生的母體，如例 11。

（9）〔X〕〔V〕吃的不是〔Y〕，是〔Z〕

哥賣的不是花，是寂寞。（揚子晚報，20100423）

（10）裸〔X〕、〔X〕奴

裸捐、裸妝、裸退、裸機、裸考；房奴、孩奴、卡奴。

（11）被〔X〕、〔X〕一下

被自殺、被就業、被捐款；百度一下、電話一下、信用卡一下。

形式孳生和語義泛化會發生相互的作用：母體成分越少，語義泛化的程度就越高；次生體的附加成分越多，語義泛化程度就越高；語義泛化進入高潮時，母體的流行語義就會模糊乃至消失。

四、本節小結

從流行的視角去觀察，流行語作為集群傳播的流行文化性質一覽無餘。本節以流行文化的視角，明確指出流行語首先是一種流行文化現象，其特質是具有流行語義和擴散功能：特定的社會情境會賦予流行語義以公眾認可的文化涵義和形式意味；以擴散為動因，通過高頻使用、語義泛化和形式孳生這三種方式，流行語實現為流行文化。語言優先原則、極速的語義泛化和多樣的孳生形式使得流行語具有濃烈易變的流行語感以及不可預期的豐富樣態。這些特質不僅是流行語的語言學表現，更是顯示出了一切流行文化現象必然呈現的規律。

流行語是當代中國社會變革中具有普遍價值的社會事實，作為典型的社會群體行為和流行文化風潮，突顯了社會轉型時期，流行文化形成和傳播的特殊規律。明確流行語的流行語義和擴散方式，對於相關流行文化現象的社會學研究具有不可替代的標本價值。

第三節　符號本質與意指結構

無論是語言形式還是其擴散過程，流行語都為各學科敞開著巨大的闡釋空間。為什麼流行語能夠成為具有普遍意義的人文現象？這與它自身特殊的性質和結構有關。

我們不妨先從下面兩種表象來進行觀察。

首先，「流行語」是流行文化的新概念出處和必然伴生物。如上節所述，「流行文化」是「特定時期內，以一定週期和一定形式而廣泛傳播於社會中的各種文化」〔註18〕，具有大眾性、週期性和日常生活性；而「沒有話語，就沒

〔註18〕〔法〕高宣揚，《流行文化社會學》，中國人民大學出版社，2006年版，第61頁。

有完整的流行，沒有根本意義的流行」〔註 19〕。嚴格地說，所有的流行文化無不是由相應的流行語系統來建立和展示的。流行的時代浪潮固然有其流變性和多元性，但在現象的底層，其實存在著一個相對平衡和同質化的層面，即，用以表徵流行文化的流行語。流行語因流行文化而生：沒有流行文化，流行語便是無源之水；而沒有流行語，流行文化無異於空中樓閣。這些都是不言自明的。

其次，流行語作為表述手段，反映並傳遞著某一特定階段某種流行文化的特徵。同時，大眾流行文化在以市場經濟為主導的社會裏，與傳媒和資本同謀，演變為利潤驚人的經濟策源地。因此，不論是從民俗學、心理學，還是從社會學、經濟學的視角來看，流行語的價值都難以低估。

「流行語」是影響廣泛的文化和經濟表現，更是不可忽視的歷史和政治力量。雷蒙．威廉斯（Raymond Williams）早在 1976 年就完成了被譽為「詞語的政治學」的著作《關鍵詞：文化與社會的詞彙》，它以梳理詞義演變的方式證明「一些重要的社會、歷史過程是發生在語言內部」的；而在當下，「公眾通過流行語彙反映社會生活的變化，並通過這種方式記錄、展現、參與到社會變革的熱潮中去——語錄流行語及其詞語流行語成為了特定歷史時期的集體記憶」〔註 20〕。

流行語不僅記載了民俗時尚、市井消費的記憶碎片，也參與了歷史發展和政治變革的宏大敘事。為什麼小小的言語片斷，能夠承載如此豐富的信息？換言之，流行語提供了怎樣特殊的信息容納空間？這一堅硬的核心問題覆蓋在流行文化繁亂變幻的現象表層之下，其複雜性和難度就在於：流行語在語言系統中的符號變異既與語言到言語的變化相關，又與變化後新符號構成的進一步意指分化相關。

一、流行語的符號本質

當我們將流行語視作流行文化的符號時，就意味著分析手段將不同於以往：流行語不是引發聯想和感慨的刺激物，也不是需要歸納其所涉事件和闡釋其社會詞源的對象——我們不是從現成的流行語的形式和意義出發，「向外」

〔註 19〕〔法〕羅蘭．巴特，敖軍譯，《流行體系——符號學與服飾符碼》，上海人民出版社，2000 年版，第 3 頁。

〔註 20〕〔英〕雷蒙．威廉斯，劉建基譯，《關鍵詞：文化與社會的詞彙》，生活．讀書．新知三聯書店，2005 年版，第 15 頁。

尋找社會民情等方面的動因，並藉此對其進行解說和引申；而是要緊扣流行語的符號屬性，從符號的結構入手，著眼於其心理動因，「向內」探究它的構成。

作為流行文化符號的流行語，與表示日常概念的語言符號相比，其構成的層次要複雜得多，在此我們提出一個簡單的意指過程的模型，將流行語這種符號分為兩個部分：表達面和內容面。

（一）流行語的表達面

「表達面」相當於一般符號中的能指，其形式可以實現為任何語言單位和語言形式，可以是語音、字形，也可以是語素、詞語、句法結構、句子，乃至言語形式。如：以語音為載體的「港臺腔」、「女國音」即為「語音流行語」，以繁體字為時尚就形成了一種「字形流行語」，而市面上很多「語錄本」中的不少條目則屬於「語錄流行語」。

流行語的表達面實質上是語言的變體。所謂變體是指具有相同指稱對象的一組語言形式，因此可以有語音變體、句式變體和書寫變體等等，其中最常見的是詞語變體。比如，相對於「飛機、正在開會、震撼」等本體（記作 W）而言，變體形式（記作 W'）的「飛的、開會 ing、雷」就是流行的了，不僅說法不同了，而且語氣上還頗有些時髦、耍酷的意味。可見，確認流行語的表達面需要兩個要素：第一，必須是變體，與本體相對，也就是要具有標記性；第二，既然是流行語，就需要擁有流行語義。

「棄舊從新」是所有流行文化的特點，流行語是以表達面來呼應這一特質的。如果我們把日常語言形式看作是代表社會規約的「語言」的話，那麼，流行語無疑就是「個人的意志和智慧的行為」〔註 21〕，是「以說話人的意志為轉移的個人的組合」，〔註 22〕即言語。借助索緒爾（Ferdinand de Saussure）「語言」和「言語」概念的區別，我們就看清了流行語在語言符號系統中的位置，明確了流行語與一般詞語之間的依存關係——流行語帶有「言語」的兩大特徵：偶然性（它總是源於某人某次偶然的言語活動）和從屬性（它只是一個變體，儘管本體有時候並不出現，但它與本體的依附關係是明確的）；而不具備「語言」的全民性和社會性，我們因此可以理解為什麼流行語是有地域、人

〔註 21〕〔瑞士〕索緒爾，高名凱譯，《普通語言學教程》，商務印書館，1980 年版，第 35 頁。

〔註 22〕〔瑞士〕索緒爾，高名凱譯，《普通語言學教程》，商務印書館，1980 年版，第 42 頁。

群、語域、時期的限制的了——超越了特定的範圍，流行語的「流行度」就會減弱甚至消失。

（二）流行語的內容面

一般的語言符號都是由音響形式和概念構成，能指與所指的關係較為單純；而流行語由於是言語符號，與表達面相對應的內容面除了包含「所指」（Glossemes，義位，記作 G）之外，還包括「涵指」（Connotations，記作 C），即：隱含的涉及「個人的意志和智慧」的部分，是個性化的言語之「變」。這樣的話，流行語表達面上的能指就配套了這樣的內容面：一個相應的所指和一個或多個相應的涵指。這些涵指的組合，就是我們上一節所論的「流行語義」。

我們先看「所指」。流行語作為言語變體，與語言本體在所指對象上是一致的，因而，流行語的所指也就是其語言本體的所指，即：$G_W = G_{W'}$。舉例來說，「飛的」的所指與「飛機」所指一樣，都是指一種交通工具；「震撼」和「雷」的所指都是同一種情緒。

由於任何符號都包含能指與所指，人們不難理解流行語的內容面中所指的存在。可是，為什麼流行語還會有涵指呢？這是因為：「表達記號不僅指示意義，而且與動機和信念等意識因素相關」〔註23〕。同樣一個意思，不用流行語照樣能夠表達出來；而使用流行語，則是一種意向性活動，帶有明顯的交際意圖，是有標記的言語行為，這自然是基於個人的意志決定和意圖所向，同時也是「集體張力或情緒」的體現。因此，「涵指」也就是流行語內容面中凸顯的部分了。當然，這並不意味著與流行語對應的日常用語的內容面中完全不含有涵指，只不過由於全民規約化的語言形式，其中的涵指被壓縮到極弱的狀態了。

「涵指」的研究較為困難，這是由於「在表達物和所指之間的聯繫顯然比表達物和涵指之間的聯繫更直接。前者是固定的和社會上確定的，後者是鬆散的和模糊的、甚至是不易把握的意指聯繫，它是在文化上被確定的和隨著民族的想像習慣而改變的」〔註24〕。上一節在論及流行語義時，也一再說明「這些意義成分不同於作為語言單位意義骨架的、可進行理性分析的邏輯語義，而是附加在邏輯語義之上的一種感受性的文化涵義」〔註25〕。那麼，在定性之後，

〔註23〕李幼蒸，《理論符號學導論》，中國社會科學出版社，1993 年版，第 226 頁。
〔註24〕李幼蒸，《結構與意義》，中國社會科學出版社，1996 年版，第 414 頁。
〔註25〕辛儀燁，《流行語的擴散：從泛化到框填》，《當代修辭學》，2010 年第 2 期。

如何將涵指的分析深入一步呢？

任何詞語都有文化涵義，不同類型詞語的文化涵義會因為自身的形成流變而各具特色。對流行語而言，較適合於使用可觀察的「涵指」將籠統的「流行語義」分解和細化。我們參照人類認知的三要素「知、情、意」的分化，把流行語的內容面劃分為三個塊面：知覺界（Perceptions，記作 P）、情緒界（Emotions，記作 E）和意志界（Intentions，記作 I）。知覺界包括事物、事件、行為等通過感官可以知覺的對象，情緒界包括喜怒哀樂等情緒感知，意志界主要指主動性的意圖、願望和意志等等。後兩者都可以通過語感的調查來獲取。

我們以 2010 年的流行語「給力」為例，來圖解一個流行語完整的意指結構。「給力」除了所指是「有用、有助力」等概念意義外，還有兩個涵指：一是「爽快、興奮」的情緒，二是「肯定、歡迎」的意願。見表 2。

表 2　流行語「給力」的意指結構

內容面 / 表達面	所指 G	涵指 $_1$ C_1	涵指 $_2$ C_2
流行語 W’	P	E	I
給力	有用、有助力	爽快、興奮	肯定、歡迎

二、流行語的意指結構

當然，流行語是多樣化的，絕不只有表 2 所展示的一種結構。恰恰相反，作為一種符號的集合，流行語和日常語言系統一樣，也有分別側重於表達知、情、意的流行語，即表達知覺界的 W'_p、表達情緒界的 W'_e、表達意志界的 W'_i。這一言語系統中的每一部分，都有被表達的相應的所指和涵指，也對應著人類經驗的三個部分。也就是說，具體到每個流行語，所指既可以是知覺（P），也可以是情緒（E）和意志（I）；而涵指可分為與情緒（E）和意志（I）相關的兩類。

我們來看表 3 所示的流行語的意指結構類型。第一行是表達知覺界的流行語 W'_p，有其所指的 P（事物、事件、行為等知覺對象）和兩個涵指（表情緒的 E 和表意志的 I），表 2 所示「給力」就是這種情況。第二行表達情緒界的 W'_e 和第三行表達意志界的 W'_i 的所指分別是情緒和意志本身，並同時以其他表情緒的 E 和表意志的 I 作為涵指，例如一些表示情緒和意志的流行語可激發其他情緒或觀念的聯想。

表 3　流行語的不同類型的意指結構

表達面 ＼ 內容面		所指 G	涵指 1 C_1	涵指 2 C_2
流行語 W’	表達知覺界的 W'_p	P	E	I
	表達情緒界的 W'_e	E	E	I
	表達意志界的 W'_i	I	E	I

例如：2008 年極為流行的「囧」就是一個表示情緒的流行語，它的所指就是「窘迫、不如意」這種情緒，同時引發了「尷尬、不濟」的感受，並使人「感慨和歎息」。再比如：2009 年海派清口藝人周立波出演《笑侃三十年》後，他用上海話演繹過的「耐伊組特（把他做掉、幹掉他）」成了上海地區的流行語，甚至成了申花足球隊球迷們的最新加油口號。「耐伊組特」源於上海灘的黑幫行話，在上海方言俚語中是「幹掉他」的意思，這是一句表示意願、意志的祈使句，它的所指就是這個念頭；年輕人往往在需要處理某件事情時用它來表態——「就這麼解決掉」，這當然不是敲詐、殺人這類兇險的勾當，因而帶著「誇張、搞笑」的情緒，表達了一種類似嘴上逞能似的「決斷和洩憤」的意願。

我們用表 4 來示例上述三類流行語的意指結構。

表 4　流行語的三類意指結構示例

表達面 ＼ 內容面		所指 G	涵指 1 C_1	涵指 2 C_2
流行語 W’	W'_p：給力	P：有用、有助力	E：爽快、興奮	I：肯定、歡迎
	W'_e：囧	E：窘迫、不如意	E：尷尬、不濟	I：感慨、歎息
	W'_i：耐伊組特	I：幹掉他	E：誇張、搞笑	I：決斷、洩憤

在 2007 年至 2013 年的流行語中，分別屬於上述三類的還有，W'_p：山寨、蝸居、不差錢、杯具、裝忙族、蟻族、浮雲、裸、控、穿越、帝；W'_e：雷、槑、糾結；W'_i：歐了。很顯然，其中 W'_p 最為普遍，W'_i 數量最少。

可見，由情緒和意志成分構成的涵指是流行語的核心內容構件。作為流行文化的言語符號，流行語正是通過涵指來傳達「具有高度自我參照性的集體張力或情緒」的；人們認同這樣的涵指，通過傳播流行語的方式加入到了流行文化的行列中去。

三、流行語的意指關係網

從表 3 和表 4 不難看出，三類流行語，每一類都帶有相關的一種所指和兩種涵指，它們共同構成了一個多層次的意指關係網。我們不妨從表達面到內容面，來看這個意指關係網的運作過程以及所產生的影響。

（一）表達面系統與碎片的聚集

我們先看表達面。

表達面上的 W’不是獨立存在的，而是依存於言語系統的聚合關係中。我們知道，語言系統中的聚合關係有三種：由能指和所指共同構成的聯想系列，如某個主題詞以及有關的詞構成的聯想系列；由能指構成的聯想系列，如基於共同詞根、詞綴的聯想系列；有所指構成的聯想系列，如基於同義、反義或上下義關係構成的聯想系列。這三類在流行語的言語系統中也一樣存在。

比如，「山寨」至少與「冒牌、草根、創新、惡搞」等構成直接的聯想關係，這是第一類；以「裸」為詞綴的流行語，如「裸捐、裸官、裸退、裸妝」等，屬於第二類；「蒜你狠、豆你玩、薑你軍、糖高宗」基於「漲價」的所指意義進入了同一個語義場，屬於第三類。這些聚合關係導致了流行語必然會以系列的方式出現。

形成聚合關係的流行語構成了表達面的系統，它們的意義相互映襯，會形成一個公約性的意義內核。例如，2010 年，大蒜、綠豆、生薑和白糖等副食品價格瘋漲，「蒜你狠、豆你玩、薑你軍、糖高宗」遂成流行語。普通民眾未必知道每種說法的具體內涵，也不一定能說清楚究竟漲了多少，但是，「非理性的漲價」這個意義的內核卻是可以想見的；因此，2011 年出現了「鹽王爺」，老百姓也能估摸出其中的意味來。

人們尋找新的例證來呼應某個意義內核，並用不同的聚合關係來生成新的流行語，壯大了原有的流行語系統。這就使得原本零散在個人電腦中的、分散在不同地域的事件、情緒或者意志聚集到了一起。創造或者使用任何一個流行語，實質上就是在編織或者加固流行語的聚合網絡，而這種網絡化的表達面系統又總是指向社會性的知覺、情緒和意志。這是民俗學、社會學、傳媒學和政治學尤其需要關注的一點。

（二）要素激活與情意喚醒

接下來的問題是，聚合的表達面系統為什麼能將流行語的碎片聚集成社會性的力量呢？我們需要來看看流行語的內容面。

在一次具體的流行語的使用過程中，表達面中的某一 W'一旦被激活，表 3 中每一橫行的 3 個方格都會隨之被激活。表 3 中的例子很直觀地展現了這種由左及右的激活過程。

與日常語言符號相比，流行語的使用是一次有明顯意圖的修辭行為，表達面的出現除了必然激活所指之外，還激活了在語言符號中不顯明的涵指部分，即表達情緒的 E 和表達意志的 I。留意表 3，右邊兩列很清楚地表明：不論是哪一類型的流行語，都能引發情緒和意志的共鳴。甚至可以說，就是為了凸現 E 和 I，人們才選用流行語。「給力」中的快感和肯定，「雷」中的意外和震驚，「杯具」中的辛酸和自嘲，正是人們希望強調的；沒有日常語言向流行語的這種變異，其中的情緒乃至意志就無法得以充分表達和宣洩。

上述所論是單個流行語的情意喚醒功能，但流行語的使用與一般的言語表達不同，它屬於群體事件而非個人行為，沒有觀者和追隨者就沒有流行語，使用流行語本身就是一種旨在引發他人情緒反應和傳播意志的社會行為。韋伯（Max Weber）曾提出了「目的理性、價值理性、感情因素」〔註 26〕這三個引發社會行為的因素，其中，目的理性是指行為者根據外界事物的變化和他人的行為來權衡並採取自我的行動，價值理性則是指行為者自覺地信仰某一特定行為所固有的絕對價值，而情感因素尤其是情緒因素，則是指行為者依據當時的情緒或者感覺狀況來採取社會行動。具體到流行語的涵指，很顯然，目的理性與知覺界相關，感情因素與情緒界相對，價值理性則與意志界吻合。例如，人們在議論與傳播「蒜你狠、豆你玩、薑你軍、糖高宗」之時，對物價上漲的擔憂情緒（E）以及維權的意願（I）已經溢於言表。

正是流行語內容面中豐富的情緒界和意志界成分，以及在此基礎上的情意喚醒功能，從本源上決定了流行語生成和傳播的社會價值。民眾的口耳相傳是「具有理性的社會行為」，是不能忽視的民意輿情。

（三）「流行場」與輿情映像

最後讓我們再來注意表 3。如果我們以某一個時段為限，把當時的相關流

〔註 26〕〔德〕馬克斯·韋伯，胡景北譯，《社會學的基本概念》，上海世紀出版集團，2005 年版，第 32 頁。

行語都放入這個表格的時候，就會發現：由於一段時間內社會上某個話題的流行文化會出現某種一致性，會使得每個方格之間相互映像，從而生成一種類似磁場的散發著流行意味的「流行場」。

一個流行場就是一個時代的輿情影射。我們以 2009 年的流行語為例。「2009 年網絡流行語多戲謔，反覆引用和強調某些人的言論，突出其不合理性，以達到諷刺、鞭撻的功效，有些流行語也不乏自嘲或者搞笑的成分。」〔註27〕《2009 年中國互聯網輿情分析報告》公布的 10 個流行語參見表 5，它們構成了 2009 年的輿情實景圖。

在輿情映像的層面，尤其是著眼於情緒界和意志界，帶有話語訴求的網絡流行語甚至要比「主流媒體流行語」的影響還要強大，更值得政府和民眾關注。試看表 5，比較《2009 年中國互聯網輿情分析報告》中的十大網絡流行語和《2009 年度中國主流媒體十大流行語》〔註28〕。

表 5　2009 年主流媒體流行語和網絡流行語之比較

主流媒體流行語	新中國成立 60 週年、落實科學發展觀、甲流、奧巴馬、氣候變化、全運會、G20 峰會、災後恢復重建、打黑、新醫改方案
網絡流行語	哥 X 的不是 X，是寂寞、躲貓貓、欺實馬、替黨說話，還是準備替老百姓說話？、別迷戀哥，哥只是個傳說、你是哪個單位的？、心神不寧、XX，你媽喊你回家吃飯、草泥馬、跨省抓捕

比較之下，我們會發現，國家語言資源監測與研究中心等單位發布的主流媒體流行語接近於由於時政因素和突發事件而產生的「高頻詞」或者「新聞熱點詞」，而中國社會科學院通過 2010 年《社會藍皮書》發布的網絡流行語接近於本節所論述的「作為流行文化的符號」的「流行語」（我們將在下一節詳細論述這些概念之間的異同）。前者主要來自黨報大刊，與政策關聯緊密；這些高頻詞就是語言系統中的常規詞彙，與表達面對應的內容面在意義上都是社會性的、全民化的，只有所指，極少帶有情緒和意志因素的涵指，所謂「流行」，其實是與流通度相關的高頻而已；而後者由於是網民的自主行為，由說話人的願望和需求所驅使，因而，其涵指中表達情緒和意志的部分彰顯。出現頻率並

〔註27〕祝華新、單學剛、胡江春，《2009 年中國互聯網輿情分析報告》，《2010 年中國社會藍皮書》，社會科學文獻出版社，2009 年版，第 248 頁。

〔註28〕教育部官網，2010 年 1 月 6 日，http://www.moe.gov.cn/s78/A19/yxs_left/moe_813/s236/201005/t20100512_130336.html。

不能作為判斷詞語是否流行的首要依據，流行語是否負載公眾的情緒和意志才是確定流行語性質的關鍵。因此，儘管由於網民的人員構成複雜，匿名言論也使得網上輿論理性與非理性夾雜；但是由於網民來自民間公眾，是流行文化的直接參與者和主要消費者，他們的表達情意飽滿，與時代情緒的貼合度甚高，哪怕眾聲喧嘩，也是民間真切本色的聲音，是對輿情頗有影響的聲音，是執政者和思想者都務必認真傾聽的聲音。

四、本節小結

流行語本質上是一種意指符號，其結構相當獨特，它的表達面是有標記的言語變體，其內容面除包含所指外，還包含情緒飽滿的「涵指」。「涵指」負載流行語義，其中的「情緒界」和「意志界」是民意輿情的重要載體。流行語作為流行文化的符號，依靠自身意指結構的多重套疊，以巨大的意義空間容納了人們的認知表達和情意訴求。民眾通過流行語的話語實踐，參與到意識形態和社會權利的建構與變革中。

第四節　排行榜與概念辨析

進入二十世紀以來，作為國內影響較大的話語事實和文化現象，流行語已經成為社會變革和大眾精神文化生活的重要表徵。

2002 年，由北京語言大學、中國新聞技術工作者聯合會和中國中文信息學會第一次發布「中國報紙十大流行語」，這是國內年度詞語排行榜現象的肇始。自此，每到年末，各大研究機構和新聞傳媒都競相公布「年度詞語排行榜」，引發普通民眾乃至人文社會科學界的廣泛關注和熱情評議。由於對流行語的認識不同，評選標準各異，榜單之間差異較大；冠名也相當自由，除「流行語」外，「熱詞、關鍵詞、網絡用語、年度詞語、新詞新語」等，不一而足。僅以 2009 年為例，「甲流、奧巴馬、杯具、躲貓貓」都榜上有名，即便僅憑我們的語感，也會覺察到這些詞語的所謂「流行」其實並不相同；如果仔細辨析，更會發現，它們的選擇依據、實質所指以及社會功能也大相徑庭。下面我們不妨借助上述三節有關流行語的特徵的討論，結合近年來若干代表性的年度詞語排行榜，來辨析流行語與幾個代表性的相關概念之間的異同，進一步明確「網絡流行語」的特殊性。

一、流行語與熱詞

（一）熱詞的界定

「熱詞」即「社會熱點詞」（或「新聞熱點詞」）。某一詞語由於所指對象成為社會關注的熱點而導致該詞也被社會關注並獲得較高的使用頻率，那麼這個詞語便是「熱詞」。

某一社會在特定的歷史時期內，都會有對這一時期產生重大影響的一系列事件發生，會對民眾的生產生活產生影響。這些事件和事物必然會成為社會關注的熱點，其表現就是該社會的大多數成員都會頻繁地談論它們，使其成為「熱詞」。

「熱詞」之所以熱，是由於人們不得不使用指稱這些事件或者事物的詞語，只能通過使用它們才能表達對相應事物或事件的意見。比如，「蘋果手機、汶川地震」就是這樣成為熱詞的。越是重要，越有談論的必要。這些關乎社會重大事件和事物的詞語被社會高頻使用，在情理之中。現代社會，媒體是民眾表達關注的重要載體，詞語在媒體上的出現頻率往往也就可以作為篩選熱詞的重要指標。

需要留意的是，熱詞的「熱」是有歷史性的，任何具體事物或偶發事件對整個社會的重要性都難以永久保持，當某個社會熱點淡出人們的視野時，指稱它們的詞語就會失去熱詞的身份；同時由於社會實際上是分成不同的亞社會的，每個亞社會中也都會有自己的重大事件以及相應的熱詞。

（二）熱詞與流行語的比較

熱詞與流行語很容易混淆，其共同點在於它們都有歷史性和集群性，尤其是都會被高頻使用。兩者的差別主要表現在使用的動因、感受和方式上。

前文說過，流行語的高頻使用必須包含「語言優先原則」的驅動，儘管有多種選擇的可能性，流行語自身的魅力還是會誘使說話者將其列於優選地位。相比之下，熱詞的使用則往往是受「表達優先原則」的驅動，人們要表達對重大事物和事件的關注，就不得不選擇相應的熱詞。

這也導致了使用熱詞和流行語時的主觀感受會有很大差異。流行語在使用時會傳達說話人強烈的情緒、態度和價值觀；而熱詞只會是指稱性的，不可能帶來類似的主觀感受。

流行語的一大性質就是它的擴散方式，除了高頻使用外，一般都會伴隨語義泛化和形式孳生的過程。但是對於熱詞而言，除了高頻現象以外，並不會產生語義泛化和形式孳生。因為一旦出現這些跡象，熱詞也就已經轉化為流行語了——如下文還會提到的「美美」，就是熱詞「郭美美」經由語義泛化而變成流行語的。

（三）國家語言資源監測與研究中心「中國媒體十大流行語」評析

某些機構的流行語評選，忽視了熱詞和流行語的差別。我們以國家語言資源監測與研究中心發布的「年度中國媒體十大流行語」〔註 29〕為例，2007 年至 2013 年的排行榜見表 6。

表 6 「國家語言資源監測與研究中心」中國媒體十大流行語（2007～2013）

2007 年	十七大、嫦娥一號、民生、香港回歸十週年、CPI（居民消費價格指數）上漲、廉租房、奧運火炬手、基民、中日關係、全球氣候變化
2008 年	北京奧運、金融危機、志願者、汶川大地震、神七、三聚氰胺、改革開放 30 週年、降息、擴大內需、糧食安全
2009 年	新中國成立 60 週年、落實科學發展觀、甲流、奧巴馬、氣候變化、全運會、G20 峰會、災後恢復重建、打黑、新醫改方案
2010 年	地震、上海世博會、廣州亞運會、高鐵、低碳、微博、貨幣戰、嫦娥二號、「十二五」規劃、給力
2011 年	中國共產黨建黨 90 週年、「十二五」開局、文化強國、食品安全、交會對接、日本大地震、歐債危機、利比亞局勢、喬布斯、德班氣候大會
2012 年	十八大、釣魚島、美麗中國、倫敦奧運、學雷鋒、神九、實體經濟、大選年、敘利亞危機、正能量
2013 年	三中全會、全面深化改革、斯諾登、中國夢、自貿區、防空識別區、曼德拉、土豪、霧霾、嫦娥三號

〔註 29〕中華人民共和國教育部官網，2008 年 1 月 14 日，http://www.moe.gov.cn/s78/A19/s8358/moe_815/tnull_30717.html。中華人民共和國教育部官網，2009 年 3 月 12 日，http://www.moe.gov.cn/s78/A19/s8358/moe_815/201001/t20100129_45079.html。中華人民共和國教育部官網，2010 年 1 月 6 日，http://www.moe.gov.cn/s78/A19/yxs_left/moe_813/s236/201005/t20100512_130336.html。中華人民共和國教育部官網，2010 年 12 月 31 日，http://www.moe.gov.cn/jyb_xwfb/gzdt_gzdt/moe_1485/201012/t20101231_113648.html。中國網，2011 年 12 月 19 日，http://news.china.com.cn/zhuanti/2011zgxq/2011-12/19/content_24190745.htm。北京語言大學新聞網，2012 年 12 月 25 日，http://news.blcu.edu.cn/info/1011/6530.htm。中華人民共和國教育部官網，2013 年 12 月 23 日，http://www.moe.gov.cn/s78/A19/A19_ztzl/ztzl_yywzfw/shenghuoxz/201312/t20131223_161120.html。

從國家語委公布的評選方法來看，這份榜單是以大規模真實文本語料為提取的基礎，依據動態流通語料庫，利用計算機進行海量語料的數據處理後得出的，換言之，這些詞語入選的原因是「高頻」。然而，如前所述，「流行語」和「熱詞」都會具有高頻的特點。以 2010 年的榜單為例，我們會發現：前面的 9 個詞都是 2010 年中國出現或者面臨的重大事件或事物；從詞語的使用而言，說話人無法自願選擇，是順應「表達優先原則」的。同時這 9 個詞在使用過程中，都不會發生語義泛化和形式孳生，其形式是穩定的，指稱意義也始終是明確的。但是，「給力」除了有形式上的新穎之外，還包含了「愉悅、讚美、擁戴、酷」等複雜的流行語義，是符合「語言優先原則」的；語義也已經泛化。因此，我們認為，所謂「2010 年中國媒體十大流行語」中，只有「給力」才是流行語；而其餘都屬於體制媒體層面的「熱詞」而已。同理可證，2007 年、2008 年、2009 年和 2011 年，全部都是熱詞，一個流行語也沒有；而在 2012 年和 2013 年的榜單中，除「正能量」和「土豪」屬於流行語之外，其餘都是熱詞。

二、流行語與關鍵詞

（一）關鍵詞的界定

「關鍵詞」至今還缺少權威的界定，從目前的情況來看，大致可以歸納出兩種用法。

第一種是「檢索性關鍵詞」。關鍵詞指向所依附對象（如一篇論文、一則消息、一家餐廳、一個景點）的某個特徵，以保證只要這些特徵中的某一個或者某一些被提及，該對象就會從「芸芸眾物」中被挑選出來。例如，人們在「淘寶網」上搜索心儀之物的時候，輸入的就是這類關鍵詞。我們可以通過輸入不同的關鍵詞來找到同樣一件物品，可見，被檢索對象的特徵不止一個，指向其中任何一個特徵的關鍵詞對檢索該對象都具有相等的功能。

第二種是「解釋性關鍵詞」。對任何有待認識的對象的整體性質進行解釋，都有賴於一組詞語的語義，缺少其中任何一個都會影響到我們對該對象的完整認知，這組詞語就是該對象的解釋性關鍵詞。換言之，能夠充分闡釋一個論域的一組詞語就是這個論域的關鍵詞，如下例：

上海書展關鍵詞：局級大事、部長掛帥、準確定位。（中國新聞出版報，20110819）

這 3 個關鍵詞相互補充，對「上海書市」這個論域進行了闡釋，引導人們從特定的角度去認識它。一個年代、一篇文章、一個事件都可以形成獨立的論域，也就會有相應的關鍵詞。

可見，解釋性關鍵詞的最大特徵，在於它必須依賴於一定的論域。或者說，它們是圍繞著某個話題、事件、概念而言的相關性較強的若干個重要的語言項目。論域的存在意味著：關鍵詞是經過嚴格篩選與論證的，數量是確定的；同時詞義之間要相互制約和關聯，共同完成對同一個命題的解釋。與流行語、熱詞容易發生混淆的，正是這類解釋性的關鍵詞。

（二）關鍵詞與流行語、熱詞的比較

與關鍵詞相比較，熱詞是社會自然形成的，某個歷史時期發生了多少熱點事件，就會出現多少熱詞。熱詞不必為能否闡釋這些熱點事件之間的相互關聯負責。也就是說，熱詞的數量是不定的，詞義之間不必有關聯。如果某個論域恰好也是社會熱點，那麼相關的若干關鍵詞就可能會被高頻使用，成為熱詞。但是高頻不是關鍵詞必然的屬性，而熱詞卻一定是高頻的。

熱詞很多都是相關新聞事件中的關鍵詞，但是它們大多不是流行語。流行語可以同時是關鍵詞，只要它在相應的論域中是重要的；而關鍵詞不一定是流行語，因為一個詞語在某個論域中是重要的，並不意味著它必然是帶有流行語義的。在使用過程中，關鍵詞不會發生語義的泛化和形式的變異，其意義和形式都很穩定，不具有敏感的語義涵指，這也是關鍵詞與流行語不同的地方。

（三）《新週刊》「十大年度關鍵詞」評析

不少媒體的年度詞語排行榜並不以「流行語」命名。例如，品牌定位為「中國最新銳的時事生活週刊」的《新週刊》，其排行榜冠名為「十大年度關鍵詞」（見表 7）〔註 30〕。

表 7 《新週刊》十大年度關鍵詞（2007～2013）

2007 年	十七大、豬肉、「賭」奧運、首富、許三多、牛釘、華南虎、中石油、基民、下流社會
2008 年	地震、奧運、金融海嘯、改革開放 30 年、神七、加油、三聚氰胺、山寨、雷、志願者

〔註 30〕《新週刊》，2007 年第 24 期，2008 年第 24 期，2009 年第 24 期，2010 年第 24 期，2011 年第 24 期，2012 年第 24 期，2013 年第 24 期。

2009 年	六十大慶、國進民退、氣候、打黑、甲流、3G、被、釣魚、潛伏、偷菜
2010 年	尊嚴、漲、世博、亞運、微革命、非誠勿擾、強拆、國考、二、浮雲
2011 年	辛亥百年、建黨偉業、hold 住、限購令、郭美美、小悅悅、動車、核輻射、地溝油、喬布斯
2012 年	十八大、釣魚島、你幸福嗎、香港、北京暴雨、舌尖上的中國、中國好聲音、莫言、江南 style、2012
2013 年	中國夢、中國大媽、土豪、霾、勞教、《決定》、恒大、不明覺厲、大 V、單獨二胎

然而，這些詞語是不是能稱得上關鍵詞呢？抑或它們更接近於熱詞，或者是流行語？

如該刊所稱，他們的辦刊傾向是選擇重大的社會敏感事件，強調民生輿情，重視社會批判。提及這份榜單的產生，《新週刊》總主筆不迴避這樣一種轉變，「年度關鍵詞、年度流行語的發明與傳播路徑，由精英製造轉向民間製造，由向下傳播轉向向上傳播、橫向傳播。在這兩個轉向之中，傳媒由開始的始作俑者，變為後來的推波助瀾者。」〔註 31〕也就是說，最初這些詞語是由編輯挑選和論證出來的，那時候，的確是該刊所代表的利益集團所關注的以某一特定年度為論域的「關鍵詞」。由於關鍵詞帶有評價者主觀的分析和判斷，個性色彩彰顯，他人無法斷其對錯，也就會允許出現像 2009 年榜單中「國進民退」這樣的無法高頻使用的自創概念。

然而，這份榜單後來演變為「民間製造」。「民選」不具有政治上、經濟上或者來自其他權勢的強制性，這是流行語的顯著表現。如果用流行語的特徵來考察，這 7 年的榜單中，「山寨、雷、釣魚、被、潛伏、二、浮雲、hold 住、土豪、不明覺厲」都可以入圍流行語，它們都帶有明顯的符號變異並兼有擴散形式；脫胎於「郭美美」的「美美」有了泛化的意義，即「打著公共慈善的幌子牟私利者」，也進入了流行語的行列；「舌尖上的［X］」和、「［X］style」具有形式孳生的特徵，自然也屬於流行語的範疇。

至於熱詞，則包括「十七大、首富、許三多、奧運、神七、三聚氰胺、六十大慶、氣候、打黑、甲流、世博、亞運、強拆、辛亥百年、限購令、郭美美、小悅悅、動車、核輻射、地溝油、喬布斯、十八大、釣魚島、北京暴雨、中國好聲音、莫言、中國夢」等等，它們的形式和語義都很穩定，同時也是高頻的。

〔註 31〕閆肖鋒，《〈新週刊〉編輯大法——關於概念、關鍵詞與流行語》，《青年記者》，2008 年第 3 期（上）。

可見，這樣一份榜單，最初的時段曾具有過關鍵詞的屬性；後來的性質則較為雜糅，一部分是當年媒體曝光率高的熱詞，一部分則是民選的流行語。由於流行語也具有熱詞的高頻特徵，因而，整體而言，表 7 所示的這份榜單評選的實際上傾向於熱詞，而不是其標題所謂的「關鍵詞」了。與表 6 的熱詞榜有所區別的是，表 7 主觀性較強，而表 6 由於基本依賴動態語料庫的詞頻計算，其熱詞的認定要更為客觀些。另外，由於語料選取的來源不同，表 6 更代表體制語域，表 7 較為接近民間視角一些。

三、流行語與網絡用語

（一）網絡用語界定

互聯網上網民所使用的語言可以統稱為「網絡用語」〔註 32〕。這個概念有時候是專指與互聯網及其使用相關的詞語，尤指網絡論壇、網絡聊天中使用的語言，如 2008 年 BBS 上使用最多的 10 個網絡用語是：頂、帖子、樓主、偶、灌水、沙發、555、版主、mm、斑竹〔註 33〕，這些詞語的性質類似論壇和聊天室中網民慣用的網絡行話。其次，「網絡用語」也指限於網絡交際的不同於日常語言的特定語言項目，如「盆友（朋友）」、「嗨森（開心）」、「亞歷山大（壓力山大）」和「矮油（哎呦）」等。另外，「網絡用語」還指憑藉網絡在社會上流行開來的語言項目，也叫網絡流行語，尤其是指前文所論的具有特殊意指結構和擴散方式的流行語。

（二）網絡用語與流行語的關係

第一類網絡用語中有的由於具有流行語義成為了流行語，比如「頂、灌水」等；但是大部分由於局限於網絡，類似於行業用語，並不會在全社會廣為傳播。第二類是互聯網上產生並主要由網民在網絡交際中使用的語言變體，它們只能限定在網絡這樣特定的言語社區中使用。

第三類網絡用語可以看作是溢出了網絡的作為流行文化的流行語。流行語也並非是全民參與創造的，而是經由社會中的積極群體主動參與而形成的；而網民是其中最為活躍且日益擴大的一個社群。當前網絡已經成為主要溝通

〔註 32〕「網絡用語」當然可以指與硬件和軟件相關的網絡技術用語，如「閃存卡、網關、域名」等，但這類詞語不在本書的討論範圍中。

〔註 33〕國家語言資源監測與研究中心，《中國語言生活狀況報告 2008（下編）》，商務印書館，2009 年版，第 433 頁。

媒介之一，網絡上的流行用語往往會超出網絡，擴散到整個社會，進入普通人群的口語和書面語的使用中，成為全社會流行語的主要來源——因此，網絡流行語也就成為了流行語的主要形式，「網絡流行語」和「流行語」作為概念也就越來越沒有區分的必要了。

（三）「年度網絡流行語」評析

《中國社會藍皮書》中刊出的「年度網絡流行語排行榜」（見表 8）是由人民網輿情監測室發布的權威研究報告，僅限 2008 和 2009 兩年〔註 34〕。依據百度和谷歌兩家網站的統計，2008 年的跟帖超過了 70 萬次，2009 年的跟帖超過了 100 萬次，可見是以頻度作為評選標準的，完全基於網民的網絡語言使用實況來排序的。

表 8 《中國社會藍皮書》年度網絡流行語排行榜（2008～2009）

2008 年	囧、被自殺、山寨、很黃很暴力、俯臥撐、雷、很傻很天真、打醬油的、不明真相的群眾、是人民在養你們，你們自己看著辦
2009 年	哥 X 的不是 X，是寂寞、躲貓貓、欺實馬、替黨說話，還是準備替老百姓說話？、別迷戀哥，哥只是個傳說、你是哪個單位的？、心神不寧、XX，你媽喊你回家吃飯、草泥馬、跨省抓捕

這份榜單特別有這樣的說明：「2009 年網絡流行語多戲謔，反覆引用和強調某些人的言論，突出其不合理，以達到諷刺、鞭撻的功效，有些流行語也不乏自嘲或者搞笑的成分。必須結合具體網絡熱點事件，在熟悉該典故的人群中使用，它們才會有非常好的效果；單獨使用或者將給不熟悉典故的人聽，會顯得莫名其妙。」〔註 35〕這與我們所分析的流行語的特徵非常吻合：首先是「反覆引用」，即高頻；其次是具有帶著明顯情緒和意志信息的涵指，即所謂「戲謔、諷刺、鞭撻、嘲笑」。在使用中，由於「在熟悉該典故的人群中」，才能常常伴隨有基於語義泛化和形式孳生的情境遷移。所以，這份榜單所列的大部分都屬於「流行語」。

〔註 34〕「谷歌信息（中國）有限公司（Googe.cn）」（簡稱「谷歌中國」，「Google 中國」）成立於 2006 年。2010 年 3 月，「谷歌中國」申明退出中國大陸市場，在退出前的 2009 年第四季度，其所佔中國代搜索引擎市場的份額為 17.5%，到 2013 年滑落到 2%。

〔註 35〕祝華新、單學剛、胡江春，《2009 年中國互聯網輿情分析報告》，見汝信、陸學藝、李培林，《2010 年中國社會藍皮書》，社會科學文獻出版社，2009 年版，第 246 頁。

不過，其中「是人民在養你們，你們自己看著辦」和「替黨說話，還是替老百姓說話？」兩句，由於與特定新聞事件聯繫極為緊密，儘管網絡上複製、跟貼、圍觀者極多，仍然不可認定為流行語。因為，這兩句話，較難隨便移植到某個新情景中去，它們的形式都難以變化，意義的泛化不容易實現，因而只能具有類似於有關事件的「關鍵詞」和某個時期社會關注的「熱詞」的性質。

與網絡流行語相關的另一份較有影響的榜單，是由上海的一本語言應用類普及雜誌推出的。隸屬於上海市新聞出版署、由上海文化出版社主辦的《咬文嚼字》雜誌社從 2009 年開始逐年發布上一年度的「十大流行語」。編輯部宣稱：「『十大流行語』的推選並認定，遵循三個條件：第一，時尚性。要能夠體現每一年度新聞媒體語言的和社會交際語言的特點。第二，大眾性。至少是經常閱讀報刊的人群所熟悉所認可的。第三，具有某種表達效果。或言簡意賅，或形象生動，或追新趨異，或突顯語意，或發人深省，或引導聯想。」選取的辦法是「廣泛收集社會語文生活使用中的高頻詞語，約請應用語言學界的專家、學者，共同對這些詞語進行評議、甄別、比較，最後認定」〔註 36〕。可見，這是一份基於傳媒調研的專家榜單（見表 9）。

表 9 《咬文嚼字》年度十大流行語（2008～2013）

年度	流行語
2008 年	山寨、雷、囧、和、不拋棄不放棄、口紅效應、拐點、宅男宅女、不折騰、非誠勿擾
2009 年	不差錢、躲貓貓、低碳、被就業、裸、糾結、釣魚、秒殺、蝸居、蟻族
2010 年	給力、神馬都是浮雲、圍脖、圍觀、二代、拼爹、控、帝、達人、穿越
2011 年	親、傷不起、hold 住、我反正信了、坑爹、賣萌、吐槽、氣場、悲催、忐忑
2012 年	正能量、元芳你怎麼看、舌尖上、躺著也中槍、高富帥、中國式、壓力山大、贊、最美、接地氣
2013 年	中國夢、光盤、倒逼、逆襲、女漢子、土豪、點贊、微 XX、大 V、奇葩

這份榜單中的詞語大多數帶有明顯的情緒和意志信息，攜帶流行語義，作為流行語使用至今。不過，其中像「和、口紅效應、拐點、低碳、最美、中國夢、光盤、大 V」等還是更接近於時事「熱詞」；而像「不拋棄不放棄、正能量、點贊、中國式」等原本帶有一定的流行性，由於時過境遷，與之相關的新

〔註 36〕郝銘鑒，《咬文嚼字綠皮書（2009）》，上海錦繡文章出版社，2009 年版，第 27 頁。

聞熱點淡出公眾視野，這些詞語已失去流行的時效性，逐漸回退為一般詞語了。

四、本節小結

本節結合 2007 年至 2013 年間若干社會影響較為突出的年度詞語排行榜，對流行語的相關概念進行了實例辨析。流行語特殊的意指結構及其擴散方式是流行語特有的性質，流行語也因此明顯區別於熱詞、關鍵詞和某些意義上的網絡用語。

就社會功能而言，「流行語」的民意輿情功能是顯著的，「網絡用語」中的「網絡流行語」已經成為流行語的主要形式，尤其能傳達以網民為代表的流行文化的趣味並引導民眾的輿論導向；「熱詞」則更傾向於代表體制或者特殊利益群體的媒體的新聞焦點功能，而「關鍵詞」則側重於學術闡釋和個性化論證的功能。

明確流行語的特徵與功能，釐清其與日常語言的差異，辨析其與相關概念的區別，對於政府、學界、媒體與公眾準確把握與解讀與流行語相關的排行榜評比及其相關文化現象都有著現實的參考價值，對於人文社會科學的相關研究也具有基礎性的指導意義。

第二章　網絡國風

2007 年至 2013 年，互聯網在中國普及生根，成為民間話語和輿論博弈的重要展演臺。有文化生命的流行語在網上先聲奪人，它們與熱點時事相伴而生，以草根平民的體驗，發體制媒體所未發之聲，針砭時弊、表達認同，由此而來的集體記憶型塑了社會心態的巨大底層。由此，網絡流行語以社會批評、身份認同和文明建設等方面的合法性，將自身成就為代表當代民意的「網絡國風」。

本章深描了語錄流行語、霧霾流行語、語言身份流行語和語法化流行語等 4 種典型個案，試圖闡釋並討論網絡流行語型塑當代中國社會記憶的獨特過程，以點帶面地涉及下列議題：網絡流行語緣何而發？又是如何脫胎於熱點時事而進入社會流行的？為什麼更多更直率的社會批評類流行語只會出現在網絡上？這些網絡批評在語言形式上有哪些變異？其建設性意義何在？為什麼大量網絡流行語與其說是一種時髦說法，不如說是網民全新身份的建構或解構乃至新異生活方式的宣言或告解？哪些語言的流行會最終進入民眾的集體記憶？其間又需要哪些特別的動因並經歷哪些必要的過程？

第一節　語錄流行語與詞語流行語

語錄流行語是以語錄為載體的話語成品的流行現象，其中有一部分會經過語義投射和詞語提取等詞語化的手段轉換為詞語流行語而得以流行。本節將從社會動因、認知規律，尤其是語言特徵的層面綜合分析流行語傳播中這種源頭性的類型轉換現象，闡明語言流行的兩種載體間的差異，論證語錄流行語轉換至詞語流行語的方式和意義。

一、語錄流行語的發生

流行可以任何具有物質形態的對象為載體，但通常應當具備輕簡方便的特點，所以，語言的流行通常以詞語或者短語為單位。然而，進入多媒體時代以來，由於電腦、手機和互聯網等通訊傳媒手段具備快速大量複製和簡便即時轉發信息的功能，長於詞語的語言單位——話語（以句子為主要形式），甚至語篇（主要是較短的句群，也可以是較長的自然語篇）也具備了進入流行的物質條件。語錄作為真實發生過的話語，借助新型傳媒，一躍而成言語流行的主要方式之一。大量「流行語錄」的生成和傳播，對大眾語言應用的方式已經產生了很大的影響。

例如：

（1）某段時間，某電視臺記者在街頭隨機採訪市民：「請問你對豔照門有什麼看法？對陳冠希等明星又有什麼看法？」一位男性受訪者從容應答：「關我 X 事，我是出來打醬油的」。（新民晚報，2008 年 6 月 9 日）

（2）在李樹芬溺水之前，與其同玩的劉某曾制止過其跳河行為，見李心情平靜下來，劉便開始在橋上做俯臥撐，當劉做到第三個俯臥撐的時候，聽到李樹芬大聲說「我走了」，（李）便跳下河中。（南方都市報，2008 年 7 月 3 日）

（3）李蕎明同監室的獄友在天井裏玩「躲貓貓」遊戲時，遭到獄友踢打並不小心撞到牆壁，導致重度顱腦損傷，送醫後不治身亡。（南都週刊，2009 年 1 月 9 日～1 月 15 日）

（4）上次我上網查資料，突然跳出來一個網頁，很黃很暴力，我趕緊把它給關了。（中央電視臺．新聞聯播，2007 年 12 月 27 日）

（5）兩個人在一起生活了二十多年，總會有些審美疲勞。（電影《手機》）

我們把這些以語錄為載體的流行話語稱為「語錄流行語」。它們可以像例 1 到例 4 這樣來源於新聞報導和信息發布等真實的交際事件，也可以像例 5 出自電影《手機》一樣來源於影視作品。這些語錄形式上比語篇短小，又比詞語和詞組複雜。

在具體的言語活動中，語錄流行語有實錄和摘錄等多種實現方式。如例 1 就是完整的實錄，包括豔照門、記者採訪和市民回答等；也有摘選的形式，如例 1 中還引述了受訪者說的話「關我 X 事，我是出來打醬油的」，這句話常被摘錄出來，流行度似乎更高；例 4 在流行時，也常被摘錄為一個短語「很黃很暴力」。

同樣值得注意的是，語錄流行語中有一部分會逐漸凝縮為其中的某個詞語或者詞組。它們儘管在起始階段還依託著語錄，但隨著流行，會逐步脫離原有語錄的語境而具有相對的獨立性，實現和普通詞語流行語一致的功能，例如上述的五個例子就分別凝練出了「打醬油」、「俯臥撐」、「躲貓貓」、「很黃很暴力」和「審美疲勞」等詞語流行語（包含短語）。

不難看出，語錄流行語以及源於語錄流行語的詞語流行語一直處在不斷生成並傳播的過程中，已經成為了引人注目的語言事實。那麼，我們應該如何從理論上認識這些相互聯繫的語言現象呢？

二、語言流行的兩種類型

言語活動可以看作是語言和言語的總和，索緒爾曾這樣區分「語言」和「言語」，他說：「語言是每個人都具有的東西，同時對任何人又都是共同的，而且是在儲存人的意志之外的」；而言語則是「以說話人的意志為轉移的個人的組合」。〔註 1〕

可見，語言活動中包含兩種性質不同的單位：前者指的是語言系統中的備用單位，具有抽象性和穩定性，如語彙系統中的詞語和定型短語等；後者指的是言語單位，也就是具體的個性化的話語成品，是具體的。當然，語彙系統也有核心和邊緣之分，越是位於系統核心部分的詞語越是穩定，如每種語言中的基本詞彙就最不易變化；而位於邊緣部分的詞語則往往處於游移不定的狀態中。

上述兩種語言單位都可能進入流行，相應地也就產生了語言流行的下列兩種類型。

（一）詞語式流行與離境性

通常所說的「詞語流行語」是一種詞語式流行，即以詞語作為流行的語言載體，其實質是一種備用單位的流行。

我們說「腦殘」、「山寨」是流行語，是指：它們都是用詞語的形式表達的

〔註 1〕〔瑞士〕索緒爾，高名凱譯，《普通語言學教程》，商務印書館，1980 年版，第 41～42 頁。

一些概念，作為概念而存在的這些詞語是語言中的備用單位（儘管它們的地位還是邊緣性的）。也就是說，它們隨時都有被說話人編織進某一具體話語的可能。

詞語流行語作為備用單位，意義是高度概括的，不會與某個特定情境發生必然的勾連，我們把這種特點命名為「離境性」。「離境性」使得詞語流行語可以在使用中自由地與任何情境發生指謂關係，組織眼下的交際話語，參與到新句子的構造中去；進而將詞語所負載的文化意義傳播開去，並通過流行詞語的使用提供觀察所指對象的全新的文化視角，使新的對象在這一視角中呈現出不同的意義甚至不同的樣態。也就是說，由於詞語流行語能自由地參與句子的構造，所以，它們能夠在特定的流行意義中對所指對象進行認知處理。

「山寨」一詞的流行就是如此。「山寨」所負載的「仿造、劣質、草根、進取」等文化意味隨著「山寨」一詞的流行而傳播開來，並提供了哪怕是相互矛盾的認知新視角：「山寨手機」指向廠家的非正規性，「山寨禮服」著眼於複製性，「山寨演員」強調的是草根性，而「山寨金魚」恐怕則是「疑似金魚」的一種時髦說法了。〔註 2〕可見，像「山寨」這樣的詞語流行語，詞義完全是「離境性」的，即：它們的詞義本身是抽象的，所以，具有自由組合的能力，可以附加到任何情境上，實現為不同的具體意義。

（二）語錄式流行與入境性

「語錄流行語」與詞語流行語的情況完全不同，它是以言語單位即語錄為流行載體的，其本質是一種話語成品的流行。

作為話語成品，語錄已經是語言運用的結果，流行的內容保持著與特定情境的關聯，具有明顯的原創性和個案性。我們把這種特點命名為「入境性」。「入境性」意味著流行語錄的句義是「入境」的——必定保持著對特定情境的指謂關係，是不自由的。

例如，語錄流行語「我是出來打醬油的」，必定是指向例 1 中的那句話，那句話的情境一定是：某電視臺採訪某市民對豔照門事件的看法，該市民給出了「我是出來打醬油的」的這一回答。儘管任何人在任何時候都可以說「我是出來打醬油的」，但是，作為語錄流行語的這句話卻不是任指的，而是專指例 1 所涉及的那個特定情境。同樣，語錄流行語「做了三個俯臥撐」，說的就不

〔註 2〕繆俊，《「山寨」流行中的語義泛化》，《修辭學習》，2009 年第 1 期。

再是一個體育項目名稱了，而一定是指謂「貴州甕安少女李淑芬溺水事件」中的那個情境；「玩躲貓貓遊戲」，也絕不是隨便哪個人在談自己的少時遊戲，而必定是與「雲南李蕎明在看守所內的離奇死亡事件」相關。

所以，作為話語成品的語錄流行語是「入境性」的，即：意義是具體的，並指向特定的情境，因而不能再在使用中指向新的情景。如果言語行為的發出者（以說話人或者書寫者的身份）在自己的話語中提到它，也只是一段保留原樣的直接引語，並沒有用它作為一種語言單位來組織自己的話語。具體而言，說話人只是在特定的語境中，通過引用語錄，有針對性地說明某種特定的現象，藉以指出該現象的性質，從而表達共識，抒發共鳴。

可見，由於語錄流行語具有「入境性」，所以，從本質上而言，它們的使用就是一種「引語式的流行」——它們和引語一樣，在流行時一定要攜帶著相關的情境。這種特性還使得語錄流行語只能以下面的兩種方式流行，即：整體複製和引用類比。

三、話語成品的流行方式

話語成品的流行，即語錄流行語的傳播打破了詞語流行語所代表的以備用單位為語言流行載體的一統面貌，其新銳性或者特殊性正是在於語錄流行語的「入境性」：「入境性」使得語錄流行語保持著對特定情境的指謂關係，而正是因為這種關係，它才獲得了流行的價值。

（一）整體複製、流傳和閱讀的方式

整體性的被複製、流傳或者閱讀，顯然是保持著與特定情境的聯繫而進行的。人們通過復述語錄，來表達態度上的共鳴。當然，對於「原作」的忠實程度會有差異。

其中保真度最高的一類是：直接以完全實錄語錄的方式在手機和互聯網上流傳，包括網絡寫作中的高提及率和網絡閱讀中的高點擊率。論壇、博客、短信和微信等成為這類流行方式的主要領域。「點擊」、「下載」、「轉發」、「複製」等行為看似單純的社交活動，實則促成了語錄流行語的風行：「點擊」意味著一次「被閱讀的行為」，點擊率代表著被關注的幾率；「下載」是在閱讀基礎上的存儲，為另一次的傳播提供了可能；「轉發」則是實實在在的傳播行為，而且由於「群發」程序的存在而使一個人的某一次「轉發」行為具有了蝴蝶效應而造成大規模的「流行」；至於「複製」當然是最忠實和傳統的，是一種話

語的「傳真」。最直接的體現則是：在谷歌、百度等搜索引擎上，討論「俯臥撐、打醬油、躲貓貓」等事件的網頁數量巨大，以這些詞語為關鍵詞的檢索行為更是不計其數。

（二）引用、類比的方式

前面說過，語錄流行語是一種「引語式的流行」。由於「入境性」，它無法擺脫與原有情境的關聯，所以，人們只有通過在新的話語情境中引用它，然後經由當前情境與原有情境相類比的方式來引發聯想和共鳴。

說話人往往根據自身交際的需要，將當下的交際情境與語錄流行語的情境進行類比，然後摘錄部分語錄，編織到自創的話語中去，藉以實現具體的交際價值和特定的交際意圖。例如：

> （6）對談圍繞《紅樓夢》展開，易中天對《紅樓夢》作者是曹雪芹始終迴避，認為他是創作者之一。馬瑞芳問他（怕）不怕遭「紅學家」批，他稱自己不是紅學界的人，不怕板磚，「我不跟他們要飯吃，不跟他們躲貓貓，我就是一個出來打醬油的。」（南國都市報，2009 年 4 月 28 日）

在第 19 屆全國圖書博覽會上，易中天引用語錄流行語「我（就）是出來打醬油的」，是因為「我易中天談紅樓夢」這個當下所處的情境和「醬仔談豔照門」那個原先的情境非常相似，可以進行類比。而且，他想表達的意思與醬仔當時的想法也可以類比：對於《紅樓夢》這部名著，我易中天無非是個普通讀者，不是紅學家，個人意見無傷大雅、不值得與人爭辯。這就類似於例 1 中的那個普通受訪市民的態度：豔照門是很鬧猛，可是我的意見無關緊要。所以，易中天直接引用醬仔的原話就足以表達他目前的想法了。這種「引語式」的表述還有別的妙處：由於有這種類比關係的存在，易中天還隱含了「我有表達的自由」的態度，這也與那個「醬仔」的「不願表達、不屑談及」的率性言論頗為神似，易中天就這樣通過類比和引用將原有情境中的多層含義成功地轉移到了新的話語情境中。

四、詞語流行語的生成

（一）「詞語化」的內在必然性

如果語錄流行語所體現的觀察方式和價值觀念被廣泛認同而成為人們下意識的認知出發點時，「整體複製」和「引用類比」的流行方式再也無法滿足現實中民眾對大量表述的需求，矛盾也就開始出現了：一方面語錄流行語的語義「入境性」使其與原有情境緊密關聯，限制了其適用的話題範圍，阻礙了它的自由流傳；另一方面，人們強烈地希望在自己的話語中實現語錄流行語所附載的認知價值，萌發出亟待擴展的欲望——這就成為一種文化動因，促使語錄流行語的語義從「入境性」轉變為其對立的「離境性」，而離境性正是詞語流行語的特點。也就是說，流行的需要促發了語錄流行語的「詞語化」。

（二）詞語化的兩種手段

「詞語化」意味著把原先語錄入境性的意義從語句中提取出來加以概括提煉，「概括提煉」後的抽象化的意義自然就會脫離原先的情境，並進一步投射到語錄中的某個詞語上，以詞義的方式呈現出來。

1. 語義投射

語錄流行語作為一段話語成品，與具體的情境相連，其相關的信息自然是豐富的，語義投射的源點和落點之間就會出現多種可能的對應關係：語義投射的源點相同，而落點不同；或者，語義投射的源點不同，而落點相同。

前一種情況在語錄流行語中較為常見。原有事件所包含的意義往往是多方面的，每個側面的意思都可以投射到語錄中的同一個詞語上，以至於這個詞語會凝結著有差異的多個流行意義。

例如，2009 年 2 月雲南玉溪男子李蕎明在看守所中非正常死亡後，當地警方表述了如例 3 的言論，一時輿論譁然。下面的例子，語義投射的源點都是一樣的，而落點則大不相同：

> （7）要問當下最新的流行語，非「今天，你『躲貓貓』了沒」莫屬。疾病有時也愛和人玩「躲貓貓」，以挑戰我們的智力。（家庭醫生，2009 年第 9 期）

這裡的「躲貓貓」，被投射的就是這個詞語的原義，即「某種遊戲」。用在這裡，無非是趕個嘴上的時髦而已。

下面的例 8，語義投射的落點與例 7 不同，落在了當地公安機關的「低級謊言」上：

> （8）在這樣的大背景下，國企理當把主要精力放在研究政策促進發展上來，可中船重工的「上級」們卻大動干戈「指導」他的「下級」們，在指標上動「腦」，在利潤上挖「潛」，在「保增長」上玩起

了「躲貓貓」遊戲，通過「做小基數保增長」的核算行為藝術，調低利潤基數達到虛增國企利潤數字的目標。（南方都市報，2009 年 3 月 16 日）

還可以投射到「語焉不詳、環顧左右而言他」的搪塞態度及其這個意義的情感色彩的反面「無謂地爭辯」上，如：

（9）更讓家長們百思不得其解的是，這些「老師」對孩子的視力狀況和家庭詳細信息瞭如指掌，手中還拿著學生「表格」。究竟是誰洩露了孩子們的信息？當記者就體檢問題和學生信息洩露問題向相關部門採訪時，卻遇到了「躲貓貓」，一直沒有得到明確答覆。（新聞晚報，2009 年 5 月 20 日）

例 9 投射的是「搪塞敷衍」，而例 6 易中天說「不跟他們躲貓貓」則是指不與紅學家們爭來爭去之意。

除此以外，「躲貓貓」這個詞語還可以是「意外死亡」、「恐怖兇殺」和「愚蠢的掩飾」等等不同語義源點的共同落點。這時，詞語相同，但是意義不同。

與上述情況相對應，語義投射的另一種情形也是存在的，即：語義投射的源點不同，而落點相同。這時，詞語不同，但是意義卻是相同的。例如「欺實馬」、「躲貓貓」和「俯臥撐」分別來源於不同的語錄流行語，語義源點分別是「交通事故」、「囚犯暴亡」和「少女自殺」等不同的真實事件，但是都可以投射到同一個語義落點，即「公然愚民」上。

（10）副縣長之女「施暴」變「打架」，又是一個「欺實馬」。（南方報網，2009 年 5 月 27 日）

（11）一個主管教育的副縣長，可以原諒她沒有教育好自家的孩子，但不能原諒她在自己孩子發生不齒不法事件之後「躲貓貓」。（東北新聞網，2009 年 5 月 27 日）

（12）杜伊下課，到底誰在做俯臥撐？謝主席膽敢在奧運戰前 21 天換帥，是中國足協最牛逼的戰術發明。奧運比賽打好了，是換帥英明的決斷，打不好，是杜伊後遺症的結果，橫豎都是謝主席占盡便宜！如果一個洋教頭不行，球迷可以理解；兩個不行，可以解釋；三個不行，仍然可以忍受。如果每次都不行，我們應該如何理解足協的選帥？（復興論壇，2008 年 7 月 18 日）

上述三個例子中的「欺實馬」、「躲貓貓」和「俯臥撐」，詞義幾乎是相同的，即語義的落點是一致的。我們在下面的一個例子裏，更是可以明顯地看到這樣的一致：

(13)「俯臥撐」、「躲貓貓」也好，「欺實馬」也罷，這樣一個個讓人們啼笑皆非的網絡新名詞，卻是一次次地警醒著那些握有公權力的部門需要審視自己的工作態度和作風，需要公務人員正視公眾智慧，尊重常識的力量，關注常人的悲歡。(大河網，2009 年 5 月 14 日)

2. 詞語提取

實際上，語義的投射就是在某個詞語上突顯某個意義，最容易接受投射的往往是語錄中的名詞和動詞。與原有事件的某個方面有關的意義一般會投射到名詞上，而與整個事件相關的意義則往往會投射到動詞上。

一般而言，謂詞性的短語獲選率會高些。這是由於語錄流行語作為原發話者的一次言語行為，常常是對某個事件的陳述或者表態，其中關鍵的當然是謂詞性的成分，這些成分與原社會事件構成述謂關係，對應性最為顯著。例如，上述「打醬油」、「躲貓貓」都是如此，此外，還有「俯臥撐」、「開房洗澡」〔註 3〕等等。當然，某些語錄流行語中，名詞性的成分突顯度更高，這往往是由於這些語錄中產生了一些極為特異的名詞性概念，例如，「叉腰肌」〔註 4〕與 2008 年 8 月足協主席謝亞龍發表的奧運總結有關，「心因性」〔註 5〕與吉林化纖廠

〔註 3〕2008 年北京奧運會後，戰績不佳的中國足球隊成為被調侃的對象。有媒體爆料，中國足協副主席南勇在國奧總結會上稱奧運比賽期間，有國奧球員外出在賓館開房。有網民杜撰一封檢討信惡搞此事，模擬球員口吻，辯稱開房是為了去洗澡，因為駐地房間的淋浴器壞了。一時間，網上仿擬出近百個版本的「檢討信」。男足的成績和作風令球迷怒其不爭，「開房洗澡」一時間成為流行語，矛頭直指球員的不敬業。

〔註 4〕2008 年 8 月 17 日，無緣奧運四強的中國女足進行奧運總結，中國足協副主席謝亞龍批評隊員無鬥志無能力，並要求球員加強「叉腰肌」的訓練，但人體並沒有這個名稱的肌肉。經媒體報導後成為 2008 年的流行語，多用來諷刺冒充內行，不懂裝懂。

〔註 5〕2009 年 4 月 23 日起，吉林化纖廠近千人出現頭暈噁心等中毒症狀，與該廠臨近的生產苯胺的康奈爾化工廠被疑為禍因。5 月 10 日衛生部組織專家組，5 月 14 日得出「心因性疾病」(心理作用引發的心理疾病) 的結論，中毒者無法接受。這一因為調查滯後而無法查出毒物進而用「心因性疾病」來搪塞公眾質疑的做法，引發民意強烈不滿，「心因性」因此成為 2009 年的流行語。

近千人出現頭暈噁心等中毒症狀有關，這兩個詞語是由於怪異、甚至意義不明而被突顯的。

3.「詞語化」後的語義泛化

如上所述，語錄流行語中有一部分會經過語義投射和詞語提取等詞語化的離境手段轉換為詞語流行語。一旦轉化完成，它們就會按照詞語流行語的一般規律，通過高頻使用和詞義泛化而得以流行。其中，詞義的泛化大都會經歷以「語義隱喻、語義抽象和語義含混」〔註 6〕為特徵的三個語義泛化的等級。我們不妨以「欺實馬」為例。

「欺實馬」原為「70 碼」。源於 2009 年 5 月杭州的一次交通事故。最初的來源是西湖區交警大隊副大隊長王某對於事故認定的一段語錄：

> 「根據當事人胡某及相關證人陳述，案發時肇事車輛速度為 70 公里／小時左右，而肇事路段限速 50 公里／小時。胡某承認，當時未注意到行人動態。至於行人當時行走的確切位置，警方仍在進一步調查中。」
>
> 「同行的車子也證實，車速在 70 碼左右」。（浙江衛視・晚安中國，2009 年 5 月 8 日）

這一表述中最為敏感的就是「時速」，自然成為了被提取的關鍵詞語。而在上述電視採訪中，警方的表述極不嚴謹，「70 公里」和「70 碼」的說法竟然同時出現。我們知道：用於汽車速度的度量單位有兩種，一種是歐美叫法「邁」（即英里「mile」的中文音譯），另一種是國內常用的「公里／小時」，「碼」只是一種長度單位。1 碼＝0.914 米，1 邁＝1.609 公里。令人啼笑皆非的是：

> 「如此重要的數據，從公眾到媒體，卻是層層誤讀。在這起飆車案中，大部分公眾包括媒體報導基本都是循著『70 碼＝70 邁＝70 公里／小時』的思路來解讀。」（新民晚報，2009 年 5 月 19 日）

在上述三個說法中，之所以最終選取了「70 碼」，愛好賽車的作者韓寒在其博客文章《該關心的和不該關心的》中給出了一種解釋：

> 「為什麼交警部門能快速得出 70 碼的判斷，僅僅是因為肇事者說 70 碼。70 碼正好卡在超速是否達到 50％的一個區域內，如果超

〔註 6〕劉大為，《流行語中的語義泛化及其社會功能》，《語言文字學刊》（第一輯），漢語大詞典出版社，1998 年版。

過了 75 碼，那性質又不一樣了，這其中可能有對交通規則和事故處理比較熟悉的人在指點。」（http://blog.sina.com.cn/s/blog_4701280b0100d6w7.html）

而這種說法順應了民眾對公正執法的憂慮，因而最終「70 碼」勝出，成為源於警察語錄的詞語流行語。

在「70 碼」被提取之後，被流行的語義並沒有投射到「交通執法」上，而是落在「對公眾的矇騙式執法」上，即「對事實的隱瞞以及對公眾的欺騙」上，也正是基於這個意義，「70 碼」被諧音為「欺實馬」，量詞的「碼」也訛變為與「汽車」有意義聯想的動物的「馬」，「馬」成為了語義投射的新落點。

需要注意的是，起初，這個意義還依附於車禍事件，如《南都週刊》2009 年 5 月 22 日 318 期上新聞報導的標題《欺實馬蹄下的杭州》還是指向飆車案，但是意義已經偏向「讓天堂杭州成為了眾人眼中的馬路地獄」的「我們這個社會憑藉強權欺壓弱勢這種不公平的現象」。

而在下面的例子中，「欺實馬」開始脫離這個具體的飆車案，指向「一切欺騙百姓的公然的愚民舉動」：

（14）很顯然，垮橋事件後，在一些敏感數字前搖擺不一的株洲政府就正坐在這樣的「欺實馬」上，騎馬難下。除了玩弄數字的「欺實馬」，人們不禁要問，這個開端就被稱為「人禍」的事故，還有多少人為的「欺實馬」躲藏在權力的布幔後面，恣意地嘲弄著民意與民利。（重慶時報，2009 年 5 月 22 日）

這裡的「欺實馬」當然不再與「車速」相關，「已成為公權失範的代名詞」。（李妍，《株洲垮橋事件中還有多少欺實馬》）也就是說，「欺實馬」已經完全從飆車案中離境化，相當程度上實現了語義泛化。

至此，泛化後的「欺實馬」其實已然與之前的「躲貓貓」、「俯臥撐」和「做噩夢」等流行語「同化」了，四個詞語的詞義儘管語義投射的起點不同，但是由於都已經被高度泛化，而且語義投射即泛化的方向和落點又相當一致，所以，四個不同的詞語在「公權失範」的意義上，已經相當接近了。請看下面的例子：

（15）對死者最好的祭悼，對生者最好的告慰，對社會最好的「道歉」，是如何避免此類悲劇再次發生，避免可笑的「欺實馬」現象重演。（新民晚報，2009 年 5 月 19 日）

這裡的「欺實馬」換成「躲貓貓」、「俯臥撐」或者「做噩夢」〔註 7〕也未嘗不可，這又反過來證明了這些詞語已經實現了離境化，只是表達著「愚弄民意」這樣一個泛化的意義了。

五、情緒和行為的感染

從語錄流行語到詞語流行語的發生，僅以大眾傳達共同價值觀的欲望膨脹來解釋是遠遠不夠的。語錄得以流行，語錄所涉及的社會事件引起了廣泛關注自然是一個重要的原因，但是更重要的恐怕還是該事件在社會心理、文化訴求等諸多方面引發了深刻的共鳴和迴響。我們需要清醒地看到，在語言流行的類型轉換現象背後，有著洶湧的民意和強烈的集體行動的欲望。

每一段語錄流行語和每一個源於語錄流行語的詞語流行語在人們之間的傳遞還包含著觀念和態度的流傳和影響。不論傳遞者是彼此認同還是相互詆毀，都不能否定這些語錄和詞語及其中的價值觀被關注、被知會和被傳播了的事實。

推動「打醬油」由一人之語變為千夫所言的重要的原因還是在於其語義的深層編碼中所凝結著的對於社會事件的獨特思考——「關我鳥事」所傳達出的「干卿底事（與你何干）」的情緒是那麼深中肯綮，痛快傳神：無聊的花邊新聞何其多也，我只關心我的柴米油鹽。《南都週刊》（2009 年 1 月 9 日～1 月 15 日）總結得好：「作為年度表情，打醬油表明對公共事件參與的冷漠，背後則是對參與無效的無奈，也可以將之視為非暴力不合作」。正是由於「醬油男」用言傳的方式表達出了這種只可意會的公眾情緒，才使得這條語錄瘋傳起來。

從社會心理的立場觀察，語錄流行語及其相關詞語流行語在公眾間所引發的「共鳴和迴響」本質上是一種「情緒感染」，是「感情或者行為從一群人中的一個參加者蔓延到另一個參加者」；是情緒的認同和傳染。

「躲貓貓」的迅速詞語化，也是由於：

〔註 7〕2009 年 3 月，武漢男子李文彥在江西九江看守所關押期間猝死，死者額頭發現有青紫傷痕。看守所稱其是在半夜做噩夢後突然死亡，又稱監控錄像因為電腦故障無法查看。家屬後投書「人民熱線」質疑，最高人民檢察院和公安部在當年 4 月開展針對「牢頭獄霸」的監管專項檢查。「噩夢死」成為當年被曝光的眾多非正常死亡中的一種新死法，網民以流行語的方式對這一醜惡現象進行了鞭撻。

> 在公眾的表達和傳播過程中，它不再是一個單純的詞語，而是作為一個意味深長的符號。猜測、質疑、嘲諷、憤懣、同情、失望……也許每個接觸到它的人，對該符號意義的理解有所不同，但網友仍樂於接力，說明它喚醒了公眾內心深處的某種東西，公眾渴望獲知事件真相的心情是共同的。（中國青年報，2009 年 2 月 19 日）

「情緒感染」還會進一步發展為「行為感染」，即：「個人在有壓力的集體情境中不動，但又缺乏指導行為的規範」，於是「人群中的成員能相互刺激並相互強化反應，直到他們達到狂熱的一定程度為止」。〔註 8〕「點擊」、「下載」、「轉發」、「複製」等行為實質上就是受到「情緒感染」之後而生發的「行為感染」——醬仔對街頭無端採訪的「無釐頭諷刺」行為被迅速複製，「我是出來打醬油的」變為了流行語錄。弔詭的是，「狂熱」的跡象已經出現：某些論壇裏幾乎每個帖子都有「醬油大軍」的光顧，已經令一些網友產生了逆反心理，甚至有人提議封殺「醬油」帖圖。流行語錄社會心理的「狂熱」屬性可謂相當典型。

可見，只要能從語錄流行語中凝結出一個詞語足以表達「現實關懷」的深層語義的話，就能成功地誘發「情緒感染」並通過公眾言語行為的實踐（從語錄流行語中創造新的詞語流行語並傳播它）來完成「行為感染」。

六、本節小結

我們從社會動因、認知規律，尤其是語言特徵的層面綜合分析了流行語傳播中的類型轉換現象，闡明了語言流行的兩種方式間的差異，論證了語錄流行語轉換至詞語流行語的傳播價值。

我們感興趣的是，詞語流行語是如何從最具言語特徵的語錄流行語中獨立出來而具有了比母體更強大的生命力的？流行語言的這種類型轉換現象對於理解語言系統的形成是否有啟發性？

語言的詞彙系統包含基本詞彙和一般詞彙，而流行詞彙無疑處於一般詞彙的邊緣。只有極少的個例會最終進入一般詞彙的範疇，如來源於例 5 的詞語流行語「審美疲勞」似乎已經進入了這個範疇的邊緣。對於穩固的語彙系統而言，流行詞彙的影響確實並不顯著。

〔註 8〕〔美〕克特・巴克，南開大學社會學系譯，《社會心理學》，南開大學出版社，1984 年版，第 176～177 頁。

然而，流行詞語卻實實在在地體現著一個時代語言使用的偏好，特別是語錄流行語及其源於語錄流行語的詞語流行語，更是明顯地影響著一段時間內的焦點話題和言說樣式。公眾通過流行語彙反映社會生活的變化，並通過這種方式記錄、展現並參與到社會變革的熱潮中去——語錄流行語及其詞語流行語成為了特定歷史時期的集體記憶。對於這樣一種與當今社會緊密互動、在網絡背景下對文化價值的傳播有著特殊意義的社會語言現象進行描寫和研究，就不僅是社會學、語言學、心理學乃至民俗學的學科責任，更是這些學科的社會責任之所在了。

第二節　霧霾流行語與「網絡國風」

2013 年 1 年，北京和華北多地持續爆發霧霾天氣，引發國內外關注。根據中央電視臺的報導，當月有 25 天北京民眾處在霧霾之中。中國城鄉飽受霧霾之患的現實，由此進入公眾視野。此次重大污染事件前後，百姓創作的霧霾網絡流行語，以不可阻擋之勢，湧入網絡這一虛擬的公共空間。這場民眾利用「抗爭的語言」來進行的「語言的抗爭」，為 2013 年這一路標性的網絡時代節點畫上了一個難得一見的驚歎號。

一、網絡時代的抗爭與語言

抗爭是人類社會的基本主題，互聯網的出現使得抗爭進入了網絡時代。

二十世紀八十年代末，中國開始出現網絡抗爭運動；至本世紀第一個十年，中國網絡抗爭的實踐越來越成為社會和學界關注的熱點，在具體案例分析的基礎上〔註 9〕，開始出現基於經驗歸納的理論模型的研討。例如，鄭雯等概括了 40 個具有一定影響力的拆遷抗爭案例後，提出了「傳統底層道義

〔註 9〕中國網絡抗爭的個案研究，多涉及與個人、社群和企業相關的維權抗爭，側重網絡對抗爭信息的傳播和對民眾的組織功能。如，黃傑的《互聯網使用、抗爭表演與消費者維權行動的新圖景——基於「斗牛行動」的個案分析》(《公共行政評論》，2005 年第 4 期)、曾繁旭等人的《運動企業家的虛擬組織：互聯網與當代中國社會抗爭的新模式》(《開放時代》，2013 年第 3 期)、黃榮貴等人的《抗爭信息在互聯網上的傳播結構及其影響因素——基於業主論壇的經驗研究》(《新聞與傳播研究》，2011 年第 2 期）和卜玉梅的《從在線到離線：基於互聯網的集體行動的形成及其影響因素——以反建 X 餐廚垃圾站運動為例》(《社會》，2015 年第 5 期）等。

型框架」、「社會主義意識形態框架」和「現代法理型框架」三大抗爭文化框架〔註 10〕；這顯然有助於解釋當代中國抗爭的網絡話語模式，但其中對文化基因以及觀念性因素（尤其是中國民間的抗爭傳統）的關注，仍相對不足。同時，我們需要清醒地看到，在傳統威權運作的環境下，不應因為有上述集體的公開抗爭而忽視了更多個體的常規的謹慎反抗。已有學者理性地觀察到網絡抗爭對於線上的倚重：「一方面，網絡日漸與基於特定地點的傳統抗爭形式相融合，網絡被用來發動線下的抗爭活動。另一方面，在很多案例中，民眾抗爭是在網絡空間展開的。儘管它的影響力會向線下延伸，但其行動的中心舞臺卻是在網絡上，它構成了一種激進的、有訴求的傳播行為。」〔註 11〕實際上，網上的傳播仍舊是「抗爭的語言」的傳播，說到底，當下中國的網絡抗爭仍然難以脫離「語言的抗爭」之限。那麼，造成這種局面的原因就很值得深究了。

對中國上千年的抗爭歷史稍加回顧，首當其衝的無疑就是這類以語言為手段的傳播行為，檄文、口號、綱領，尤其是民諺歌謠，都是「革命的武器」。上述的問題和討論已經清晰地指向了網絡群體事件背後的核心要素，即「語言與抗爭」，而這一向是民俗學的經典母題。在互聯網普及的背景下，研討這一傳統關切，不僅有利於認識「語言與抗爭」在網絡時代的發展與變異，而且能加深理解「抗爭文化」借助網絡傳播，對當下中國民意輿情啟蒙和社會變革的建構；而後者的現實迫切性和未來指向則是不可也不應迴避的。

二、霧霾網絡流行語

2007 年至 2013 年的網絡流行語，不少都與抗爭的主題相關，僅以當年進入前十位的流行語為例，2007 年的「河蟹」，2008 年的「被自殺、俯臥撐」，2009 年的「躲貓貓、欺實馬、跨省追捕」，2010 年的「釣魚」，2011 年的「我反正信了、河蟹」，2012 年的「壓力山大」，2013 年的「倒逼」等，都屬此列。

霧霾網絡流行語始現於 2012 年，而成為民眾廣泛關注和抗爭的明確對象，則與時任（2011 年 8 月至 2014 年 2 月）美國駐華大使的駱家輝（Gary Faye

---

〔註 10〕鄭雯等，《中國抗爭行為的「文化框架」——基於拆遷抗爭案例的類型學分析（2003～2012）》，《新聞與傳播研究》，2015 年第 2 期。

〔註 11〕楊國斌，《網絡空間的抗爭》，《復旦政治學評論》第十輯《集體行動的中國邏輯》，2012 年。

Locke）關係甚大。2012 年他在任期間通過美領館開始發布北京的 PM2.5〔註12〕空氣質量指數，時任環保部副部長吳曉青於 2012 年 6 月 5 日公開回應：「希望個別駐華領事館尊重我國相關法律法規，停止發布不具有代表性的空氣質量信息」。僅據我們對任選的 10 萬新浪微博 2012 年至 2013 年的數據觀察，當月微博用戶「霧霾」的提及量遠高於當年的平均水平，出現明顯的民意聚焦（見表 10 中 2012 年 6 月）。

2013 年，政府打擊大 V，網絡輿論下沉。然而恰在此時，2013 年初在華北地區爆發了大面積霧霾事件，北京尤甚。「2013 年 1 月霧霾事件造成的全國交通和健康的直接經濟損失保守估計約 230 億元」〔註 13〕。「霧霾污染存在較強的持續性，高污染狀態存在黏滯效應。北京對周邊城市的霧霾污染衝擊的持續效應更長。」〔註 14〕這次大面積的霧霾，促使「霧霾」的網絡提及量上揚，數值與某些輿情事件呈明顯的正相關關係（詳見下文，見表 10 陰影部分）。如此嚴重的環境危機事件，加上主要事發地北京的特殊地位，使得原本是一種自然污染現象的霧霾，上升為影響全局的社會現象；而政府與民眾對其的反應，更使得與霧霾相關的輿情成為了與當下中國形象廣泛對應的一種代表性的社會認知。

表 10　10 萬新浪微博用戶「霧霾」提及量表（2012～2013 年 / 人次）〔註 15〕

日　期	出現數	微博總數	%	日　期	出現數	微博總數	%
2012-01	67	892695	0.007505	2013-01	4670	1973858	0.236593
2012-02	22	1012158	0.002174	2013-02	3556	1706459	0.208384
2012-03	67	1251698	0.005353	2013-03	3268	2141256	0.152621

〔註 12〕指直徑 2.5 微米以下的顆粒物質，會積聚在人體肺部深處，對人體健康造成巨大威脅。中國的年度 PM2.5 濃度長期高於世界衛生組織所建議的每立方米 10 微克的五倍以上。

〔註 13〕穆泉、張世秋，《2013 年 1 月中國大面積霧霾事件直接社會經濟損失評估》，《中國環境科學》，2013 年第 3 期。

〔註 14〕潘慧峰、王鑫、張書宇，《霧霾污染的持續性及空間溢出效應分析——來自京津冀地區的證據》，《中國軟科學》，2015 年第 12 期。

〔註 15〕本節與下一節中的微博數據處理，完成於 2013 年至 2015 年。期間承蒙華東師範大學計算機科學與技術學院楊靜副教授和碩士研究生李明耀同學的技術支持，他們提供了相關論題的微博原始數據抓取、建模和計算等方面的專業協助。特此鳴謝。

2012-04	7	1310746	0.000534	2013-04	1639	2243576	0.073053
2012-05	4	1460484	0.000274	2013-05	885	2274574	0.038908
2012-06	152	1514153	0.010039	2013-06	689	2276822	0.030261
2012-07	18	1641646	0.001096	2013-07	1015	2815660	0.036048
2012-08	12	1690772	0.000710	2013-08	405	2812347	0.014401
2012-09	10	1660672	0.000602	2013-09	655	3013020	0.021739
2012-10	64	1664737	0.003844	2013-10	4604	3860289	0.119266
2012-11	80	1912659	0.004183	2013-11	7217	3883973	0.185815
2012-12	50	2112586	0.002367	2013-12	29080	4769074	0.609762

由於霧霾與生產、生活緊密關聯，涉及每一個人，使得對於這一話題的討論具有了敏感而堅硬的內核，甚至擁有了某種難以刪改檢控的「政治正確性」，因此不斷發展到關涉國際與國內、政府與民間、政治經濟與文化生活、輿情與政策，等等諸多方面。一度沈寂的網絡流行語，圍繞霧霾的討論風頭再起，並且全面發展為層次疊加的民間輿情。

本節的語料，都是 2012 年和 2013 年間，從表 10 所示的隨機選取的 10 萬新浪用戶的微博中選取的。這些由百姓在網絡上「機網相連、轉帖相傳」的霧霾網絡流行語，構成不可多得的具有多重價值和全面代表性的真實語料，為「語言與抗爭」這一文化母題提供了現實的典型案例。

2019 年 6 月，中華人民共和國生態環境部發表《中國空氣質量改善報告（2013～2018）》，指出「2013 以來，中國經濟持續增長、能源消費量持續增加，2018 年全國 GDP 相比 2013 年增長 39%，能源消費量和民用汽車保有量分別增長 11%和 83%，多項大氣污染物濃度實現了大幅下降，全國環境空氣質量總體改善。」但霧霾網絡流行語以及據其形成的社會認知卻並沒有隨著政府治理工作的展開而消散淡化，而是以多種形式存留了下來。原央視記者柴靜製作的有關霧霾的紀錄片《蒼穹之下》，在 2015 年被公映、被熱議、被禁播的複雜境遇便是一個旁證。

三、網絡的尺度與語言的抗爭

人類自有語言始，語言就是無所不在、無所不及的抗爭的工具、載體乃至抗爭本身。不論是作為抗爭伴隨行為的檄文、口號或者綱領，還是作為抗爭主體的民諺歌謠，都是以抗爭的語言來抒發情志、表達訴求甚至號召民眾的。防民之口甚於防川，但在互聯網時代變得越來越難以操作了。網絡的匿名性、複製編輯的便捷性與網絡監管的防不勝防之間的張力，使得民間話語能以豐富的樣態海量地流傳開去。

與詹姆斯·斯科特（James Scott）在《弱者的武器》（Weapons of the Weak）中記錄的馬來西亞的農民抗爭一樣，當今的網民在網絡匿名性的保護下，幾乎不需要事先的協調或計劃，利用心照不宣的理解和非正式的網絡，以避免公開反抗的集體風險。流行語成為弱者以語言來進行抗爭的武器，非直接地對抗霧霾以及與此相連的無法抗拒的所謂「命運」。其實這在網絡在中國普及之初就已經出現端倪，周永明是較早對中國網民的社會參與進行實地調查的學者，他在 1999 年至 2002 年的走訪觀察就已經發現，「民間網民的案例表明，中國政府和網絡使用者不斷地協商著這一新領域的新界限。在這一過程中，網民採取了各種策略來應對政治壓力、主流偏見以及資源匱乏。儘管如此，這些民間網民所使用的極其多樣的方式，還是展現了比『互聯網烏托邦』這一臆想更為複雜的圖景，展現出中國網絡空間的豐富性、流動性和混雜性」。〔註 16〕

（一）對「空氣裏的霧霾」的抗爭

語言抗爭的對象通常是非常直接的，其起點往往直指抗爭的對象。霧霾網絡流行語首先是對空氣中的霧霾，即空氣的嚴重污染進行抗議。比如，早期流傳的順口溜：

（1）遛狗不見狗，狗繩提在手，見繩不見手，狗叫我才走！

之後，出現了很多流行歌曲的仿擬版，如改編自知名歌手汪峰的霧霾版《北京北京》：

（2）我在霧裏呼喊，我在霧裏呼吸。我在霧裏活著，不想霧裏死去。我在霧裏奔波，我在霧裏哭泣。我在霧裏掙扎，不想霧裏窒息。北京！北京……。

借助類似《北京歡迎你》、《再活五百年》等原有歌曲的知名度，這類改編過歌詞的霧霾版流行歌曲在民眾中傳佈甚廣。影響顯著的（見表 10 中 2013 年 1 月至 3 月），則要提到 2013 年 1 月吳法天在其微博發表的戲仿《沁園春·雪》的《沁園春·霾》：

（3）北京風光，千里朦朧，萬里塵飄。望三環內外，濃霧莽莽，鳥巢上下，陰霾滔滔。車舞長蛇，煙鎖跑道，欲上六環把車飆。需

〔註 16〕Zhou Yongming. *Historicizing Online Politics: Telegraphy, the Internet, and Political Participation in China*. Stanford: Stanford University Press, 2006. p.16.

晴日，將車身內外，盡心洗掃。空氣如此糟糕，引無數美女戴口罩。惜一罩掩面，白化妝了，唯露雙眼，難判風騷。一代天驕，央視褲衩，只見後座不見腰。塵入肺，有不要命者，還做早操。

2013 年 3 月 4 日，中共中央總書記、中央軍委主席習近平到駐地看望出席全國政協十二屆一次會議的科協、科技界委員，並參加他們的聯組討論。中科院姚檀棟院士當著習總書記的面背誦了前面的幾句，《人民日報》、《中國青年報》和《光明日報》等主流媒體及其官網，在第二天的報導中都稱「現場發出一片笑聲」。這是頗值得玩味的標誌性事件，霧霾話題正式進入了高層官方及官媒的公開表述。

（二）對「社會上的霧霾類似物」的抨擊

這是由霧霾引發的第二層次的語言抗爭，已經從一時一地的空氣污染問題，聯想到其他地區、其他類型的環境污染問題。比如下面兩個網絡段子：

（4）北京哥們說他們那霧大，站天安門邊上看不到毛主席相片。唐山哥們說你跟我裝吶？我這掏出一百塊錢都看不到毛主席的影子！

（5）北京人打開窗戶就能免費吸煙。在上海，打開自來水就是免費的排骨湯。

一是說河北地區的霧霾形勢更為嚴峻，二是指向 2013 年 3 月違規棄置死豬污染黃浦江的水質污染事件。

由污染問題開始，語言抗爭進一步引申到日常生活中所遭遇的不公不義的民生問題，即「霧霾的類似物」。從空氣污染開始，食品安全、油價上漲、房價飆升、稅收高企、看病難、上學難，直至官員腐敗、社會失信、分配不公等等方方面面的社會問題，悉數進入網絡流行語的諷刺範疇。比如仿擬電視劇《紅樓夢》主題曲的網絡段子：

（6）一個滿眼黄呀，一個是毒氣大；一個是全城堵，一個是高房價。一感動，就有多少淚珠兒，必然得秋流到冬，春流到夏！

霧霾問題無疑是首要的導火索，因為呼吸是最基本的人權，民眾對它的抗議最有理由、最無忌憚。這樣的仿擬已經直指當前綱領性的國家口號——「中國夢」。聯想到《紅樓夢》的原型和主旨，就可知道看到困難和問題的民眾意在指出：「中國夢」絕不應該是如此的現實「幻境」、「驚夢」甚至「噩夢」。中國社會科學院中國輿情調查實驗室 2013 年 3 月和 4 月，對全國 20 個城市實施的有效樣本2000份的隨機抽樣〔註17〕，可以證實民眾通過網絡流行語所表達的關切的客觀性，民眾最關注的前八位重大社會問題分別是：食品安全（70.4%）、空氣污染（67.9%）、房價（59.7%）、醫療（58.9%）、水質污染（58.2%）、官員腐敗治理（48.8%）、就業（37.2%）、收入分配不公（35.3%），等等。

（三）對「思想的霧霾」即「喂人民服霧」的警惕

霧霾發生後，由於主流官方媒體的宣傳報導不足，尤其是與民間輿論缺乏直接的對話，對霧霾的抗議直接隱喻為對「思想的霧霾」的抗議。在2013年的霧霾期間，北京大學發生了給蔡元培等名人塑像帶上口罩的行為藝術，清華大學的校訓也被惡搞為「自強不吸、厚德載霧」〔註18〕。發生在這兩所頂尖學府的對霧霾的抗議，似乎已經帶有政治諷刺的意味了。

少數主流媒體採取了娛樂化的處理方式，使得自身立場曖昧化，進一步惡化了有關霧霾的輿論環境。有兩個事例最為典型。2013年12月9日，CCTV央視網刊載《霧霾給中國帶來的五大好處》。同日，《環球時報》發表《霧霾對武器影響多大：偵察看不清，導彈打不准》。這兩篇文章同日發表絕非偶然，不論立場還是觀點都相當曖昧，甚至明顯不妥。從我們的數據庫觀察，當月微博出現的相關言論飆升至29080條（見表10中2013年12月），而且措詞都相當激越。民眾對極少數官媒（但是有相當的權威性）這樣的娛樂化、曖昧化表述表達了極大的憤慨。新華社「中國網事」官微當晚即明確表態：「在環境問題廣受關注、民眾焦慮不斷升級的當口兒，如此嬉笑怒罵的『娛樂化』顯然不合時宜」。

隨即，網絡上出現大量政治笑話和政治漫畫，很多直接脫胎於十年動亂時期的宣傳畫，由於時代記憶的喚醒和互文，其中強烈的諷諫意味不言自明；網絡上甚至出現將「為人民服務」惡搞為「喂人民服霧」的漫畫。1949年後，「為人民服務」這一國家口號家喻戶曉、深入人心；在某種意義上，它就是民眾認可的（或者直接可以認作民間版的）中國共產黨的執政綱領和政權合法性的基石。因此，當「為人民服務」變成了「喂人民服霧」，不是簡單的泛娛樂

〔註17〕參見劉志明，《中國輿情指數報告（2013）》，社科文獻出版社，2014年。

〔註18〕參見武衛政，《美麗中國，從健康呼吸開始》，《人民日報·人民時評》，2013年1月14日。後包括央視網在內的諸多網站以《「厚德載霧、自強不吸」不是全面小康》為題廣泛轉載。

化、甚至所謂「歷史虛無主義」和「非意識形態化」就能解釋或者說化解的。

語言是人類的交際工具，更是人類的記憶系統，語言的抗爭具有層遞性和孳生性。上述三層抗爭既有內容上的內在邏輯推進，又有外延上的相互指涉疊加，由此指向了多方面多層級且具有聯想性的抗爭對象。與霧霾的網絡抗爭非常近似的一個例子，是 2003 年非典型性肺炎爆發時網絡上的疾病笑話現象。這些笑話「構成了一種集體心理的防衛機制，讓人們能夠應對可怕的疾病、災害或是其他。」〔註 19〕不僅如此，「在非典危機中，中國公眾運用非典笑話，不僅應對恐懼和焦慮；而且對當代中國社會生活的各個方面進行了道德評論。」〔註 20〕

乍看之下，對霧霾的語言抗爭幾乎已無尺度之限，網民看似擁有了自由表達的無限權利；然而，我們不應忽視這樣一個事實：這一切都是發生在互聯網這張巨大的技術保護網之下的。「掩飾是大多數時間中任何地方的從屬階級典型的和必要的姿態，這是一個當這種姿態被放棄時非常的和危險的時刻就變得明顯的事實」〔註 21〕，網絡無疑成了網民的迷彩服和保護傘。可見，作為一種抗爭形式，霧霾網絡流行語是一種民主之聲，但卻是始終處在權力和可能的監控使公開的不敬舉動變得危險的情境下的。與其說，「在對政府的複雜批評和遭到嚴厲鎮壓之間，網絡給中國公民提供了一種中介」〔註 22〕；不如說，網絡就是抗爭的現實尺度。

四、弱者的武器與抗爭的語言

語言的抗爭很多時候是弱者的抗爭，由此導致了其所使用的語言歷來都是直抒胸臆的少，委婉迂迴的多。抗爭的詩學總體上必然是隱晦的，而所使用的語言手段卻非常豐富；到了網絡時代，「弱者的武器」更是多樣化。「網絡民俗不再是面對面的口耳相傳、代代相傳的了。作為一種表情達意的行為，它是由顛覆性的遊戲構成的，在與大眾媒體類的官方渠道平行的地下交際空間裏

〔註 19〕Alan Dundes. “At Ease, Disease-AIDS Jokes as Sick Humor”. *American Behavior Scientist*, Vol. 30, Issue 3, 1987, p. 73.

〔註 20〕Hong Zhang. “ASRS humor for the virtual community”. in Deborah Davis, Helen Siu (eds.), *SARS: Reception and interpretations in three Chinese cities*, Routledge, 2007, p. 142.

〔註 21〕〔美〕詹姆斯・斯科特，《弱者的武器》，鄭廣懷等譯，譯林出版社，2011 年版，第 345 頁。

〔註 22〕Ashley Esarey and Xiao Qiang. “Political Expression in the Chinese Blogosphere”. *Asian Survey*, Vol.48, Issue 5, p. 752.

流傳並對其惡搞、嘲弄和尖刻地評論。」〔註 23〕

（一）戲仿與反諷

在中國的抗爭傳統中，斯科特所言的「隱蔽的文本（hidden transcript）」佔據了相當重要的比重。「權力的運作幾乎總是使得完整文本的一部分處於秘密狀態。對依賴性的個體而言，正常的趨勢是在面對強權時，他或她的完整文本只能展現其安全的和適於展現的那一部分。何為安全和適當當然是有權勢者單方面定義的。雙方權力上的不平等越大，完整文本中可能被隱藏的部分也就越大。」〔註 24〕。在當代網絡「語言的抗爭」經驗中，以黑色幽默來隱藏完整文本從而傳達底層群體的意識形態的做法最為顯著。

就手段而言，通過戲仿而達成反諷是最常用的方式。所謂戲仿（Parody），是指語言對語言的模擬，它包含了不甚恭維、不太嚴肅的成分，有開玩笑、戲謔、逗哏、調侃的性質。比如對蘇軾「日啖荔枝三百顆，不辭長作嶺南人」的戲仿：

（7）日啖霧霾三百口，不辭長作北京人。

再比如將「APEC 藍」〔註 25〕曲解為「Air Pollution Eventually Controlled（空氣污染終於被控制了）」，也是一種廣義的仿擬；以及前文提到的對流行歌曲、著名詩詞的戲仿等等。

反諷（Irony），則是將兩個不兼容的意義放在一個表達方式中，用它們的衝突來表達另一個意義。作為一種相反相成的修辭形式，反諷利用兩個符號文本的排斥衝突，求得對文本表層意義的超越。霧霾段子中無處不見反諷的例子。比如：

（8）芮成鋼：「中國是你的故鄉，你走了，不想帶一把故鄉的泥土嗎？」

駱家輝：「帶了！肺裏裝得滿滿的呢」。

（9）美：我們有 B52。中：我們有霧霾。

〔註 23〕Russell Frank. *Newswire: Contemporary Folklore on the internet*. University Press of Mississippi, 2011, p.9.

〔註 24〕〔美〕詹姆斯．斯科特，鄭廣懷等譯，《弱者的武器》，譯林出版社，2011 年版，第 347 頁。

〔註 25〕APEC 藍，是 2014 年的網絡流行語，形容 2014 年 10 月 10 日至 12 日 APEC 會議前後的北京藍天。為保障會議順利進行，京津冀實施道路限行和污染企業停工等措施，使得原本霧霾嚴重的北京出現了短暫的空氣質量良好天氣。

美：我們有精準的雷達！中：我們有霧霾。

美：我們有制導導彈！中：我們有霧霾。

美：我們有能力讓你們的城市從地圖上消失。中：不，你們沒有，我們有。

美：你們有？！中：我們有霧霾！

在「帶與沒帶」、「美方有與中方有」的「隱蔽的文本」中，民眾利用反諷對抗表達了超越其上的「對霧霾的抗爭」的真實意願。需要重視的是，這類政治笑話只是弱者的抗爭，「政治笑話只是隱喻性的革命，它們只想取得道義上的而非實際的勝利。政治笑話談不上是抗爭的方法。革命者和自由衛士從事的是嚴肅甚至致命的事業，他們不屑於給敵人罩上光環或者用笑聲浪費他們的仇恨。」〔註26〕但是，當戲仿與反諷的規模不再局限於個別語句、作品，而是擴大到社會乃至歷史階段的時候，它們的多規模變體非但不再具有幽默的意味，反而被賦予了強烈的悲劇色彩。

（二）互文與多媒體

流行語的傳播本質上是情緒和意志的社會互動。流行語義中存在著共通的信念和欲望，通過社會模仿而擴散並逐漸制度化，公共輿論和普遍意志因此實現；經由時間的檢驗，民間意志爭奪到了當下中國社會的部分話語權和價值觀。「情緒和意志的社會互動」依憑的是作為群體行為的流行語的傳播，需要特別重視的就是，語言的群體性傳播依賴於廣泛和深遠的「互文」激活，戲仿和反諷說到底就是最低層次的雙層的互文，而更多層次的互文則發生在語言文化和心理的更深層次。

互文（Intertextuality），是指一篇文本中交叉出現的其他文本的表述。文本總是對話性的（dialogic），它們的意義和邏輯依賴於那已說過的話語，以及它們被他者接受的方式。我們當下的所說話語總是對前人或者他人的互文。「正是詞彙的想像空間，使語言對象超越了過去經驗之遺緒的有限性和短暫性。以文字形式固定下來的對象，進入了公共意義的領域，從而使每一個人都可以通過閱讀這個作品，成為這個公共意義的潛在共享者」〔註27〕具體到網絡霧

〔註26〕Gregor Benton. “The Origin of the Political Joke”. in C. Powell and G. Paton (eds.), *Humor in Society: Resistance and Control*, New York: St. Martin’s Press, 1988, p.41.

〔註27〕〔英〕保羅·康納德，納日碧力戈譯，《社會如何記憶》，上海人民出版社，2000年版，第118頁。

霾流行語，上文中的例 2、例 3、例 6 和例 7 都屬於典型的互文；另外一些屬於「別解」類的修辭格，如將 PM2.5 又稱為「塵疾思汗、塵世美、公霧源」，也是基於互文的心理聯想，來強化霧霾的強悍、本質上的醜惡以及政府的監管不力等等特徵，而這些特徵是通過「成吉思汗、陳世美、公務員」的邊緣意義賦予的，而這些意義深埋在我們這個語言共同體的集體生活、歷史感悟和社會記憶中。

網絡時代，互文激活的方式空前繁榮。這是由於網絡流行語區別與前互聯網時代語言民俗的一個重要的表現，就是多媒體方式的綜合應用，即音頻、視頻、圖像、行為等純語言之外的手段被大量綜合的運用。比如，大量帶有口罩元素的時政漫畫和行為藝術就很有代表性，形象和身體的表述、創造與記憶比語言的記憶更為細緻、廣泛而持久。它們由於包含同代人的親身體驗而成為一代人的生平式記憶，從而在社會互動中發揮作用，產生共鳴和認同。

五、霧霾記憶與「網絡國風」

德國學者阿斯曼（Jan Assmann）基於早期高級文化中的文字、回憶和政治身份的研究已經告訴我們：「文化記憶組織形式的變化，比如說編碼領域的革新（文字）、流通領域的革新（印刷術、廣播、電視）、傳統領域的革新（正典化、去正典化）等，都會使集體的認同隨之發生意義極為深遠的革新」〔註 28〕，而互聯網的出現恐怕集上述種種革新之大成，以此種視角來觀察霧霾網絡流行語，意義自然超出其字面意義太多。

（一）霧霾記憶與「主觀事實」

「互聯網的迅猛發展，深刻改變著輿論生成方式和傳播方式，改變著媒體格局和輿論生態」〔註 29〕。但是需要注意的是，如果我們停留在媒體和輿論的層面，可能會錯失霧霾網絡流行語真正關鍵性的核心價值，甚至會對民意產生誤判。網絡流行語在內容上的廣度、在傳播時的速度和鏈接性、民眾對網絡內容認同度的偏好，都不應停留在「媒體格局和輿論生態」的層面去認識，而應進入「文化記憶組織形式」的變革高度來把握。流行語作為流行文化的一種，

〔註 28〕〔德〕揚·阿斯曼，金壽福等譯，《文化記憶》，北京大學出版社，2015 年版，第 168 頁。

〔註 29〕中共中央宣傳部，《習近平總書記系列重要講話讀本》，學習出版社、人民出版社，2016 年版，第 204 頁。

也會經歷生發和消亡的週期，但是，它所傳達的智識和情緒情感信息卻以社會記憶的形式留存在一代人的記憶中，並進入他們對新的社會現實的認知裏。在社會記憶的問題上，流行語的主要功能體現在豐富社會記憶、補充社會細節、獨闢社會記憶路徑等三個面向上。

互聯網背景下，網絡流行語是通過「語言民俗」的方式來進行「文化記憶」的組織的。語言民俗不僅是社會生活的記錄系統，更是社會事實的組織系統。只不過與新聞強調「客觀事實」相比，語言民俗更傾向於記錄「主觀事實」，即關於現實的公眾想像和集體欲望。它們不一定是「客觀」的經歷或者經驗，卻一定是被大眾用敘事的方式表達出來的「主觀」意志。因此，語言民俗就不再僅僅是一種記錄系統，更是社會觀念的組織系統了。因為它們就是大眾對當下社會生活的「理解、認識和確信」，從而具有建構性，完成了民本立場的社會記憶的書寫。

與民眾生產生活的廣泛關涉，使得霧霾網絡流行語在民眾中廣為傳佈，成為眾人皆知乃至被普遍認可的某種社會認知。流行語通過群體內範例性的使用以及高頻的社會互動，其語義尤其是體現情緒和意志的「涵指」得以定型。流行語義經由傳媒轉化為公眾性的社會語言應用偏好，從而使社會意志得以表達。如上文所述，霧霾網絡流行語通過「語言的抗爭」傳播了層次套疊的民間輿情，對「空氣裏的霧霾」的抗爭、對「社會上的霧霾類似物」的抨擊以及對「思想的霧霾」即「喂人民服霧」的警惕都是不爭的「主觀事實」，其內核是民眾對於當下中國的現實想像、欲望表達和社會評價。

一旦認定網絡流行語是一種語言民俗，那就意味著它具有流行文化的某些特質，也就是說，網絡流行語也是以「模仿」為基本形式的集群行為。這一方面是指，網絡流行語也和前互聯網時代的語言民俗的一樣，最初也是一種集體的負面情緒的宣洩，最終形成具有明顯集群性的社會互動行為。它們具有相當一致的負面的敘事結構，針對的是社會環境中普遍體驗著的與困苦、死亡相關的「情緒壓力」，反映著市民階層對於這些情緒的偏見、畏懼和反抗。但另一方面，網絡流行語又與前互聯網時代的語言民俗有所區別，相較於口耳相傳，點擊、下載、轉發和複製等行為，其傳播量和波及面呈幾何系數的增長，也就意味著「情緒感染」之後生發的「行為感染」要洶湧得多——「主觀事實」極易促發「客觀事實」的發生。

（二）「網絡國風」與「受困擾社會」

與其他網絡流行語一樣，霧霾網絡流行語也都是片段的、零散的，但是卻是同樣不可忽視的。網絡作為「弱者的武器」，使得普通人的話語權得到了最大限度的發揮，這些可能被遮蔽的民間表述，借網絡之蔭護得以面世和流傳，成為時代記憶無法忽視的堅硬的一部分。

北京的霧霾是個極端的例子，它說明中國的自然環境、社會制度和道德人心都面臨著嚴峻的問題。霧霾網絡流行語，是在監管嚴密的輿論環境下，由於話題的特殊性而頑強存留下來的特例。在某個意義上講，這是民眾所能掌握的對於政府的輿論監督唯一可以使用的「被懸置的利器」。

同時，這一「利器」也書寫了這個時代的「戾氣」，指向了民眾群體自身。當代中國社會與美國漢學家孔飛力（Philip A. Kuhn）在《叫魂》中所描述的「絕大多數人沒有接近政治權力的機會」的「受困擾社會（impacted society）」一樣，「在這樣一個備受困擾的社會裏，人們會對自己能否通過工作或學習來改善自身的境遇產生懷疑。這種情況由於腐敗而不負責任的司法制度而變得更加無法容忍，沒有一個平民百姓會指望從這一制度中得到公平的補償。」〔註 30〕社會上到處表現出冤冤相報、見利忘義的戾氣；而霧霾只是導火索和指示劑，引發和顯示了當前「受困擾社會」裏所有的複雜、矛盾與對抗。

霧霾的民俗表達，顛覆著社會的象徵秩序，積蓄著變革的力量。這時候的霧霾網絡流行語無疑就是「達摩克利斯之劍」了，道德權威、學術權威和信仰權威都面臨著來自網民的嘲笑和解構。歷史的教訓直觀而深刻，美國的歐洲文化史專家羅伯特・達恩頓（Robert Darnton）曾經明確指出：「製造神話和摧毀神話在舊制度最後的歲月中是強大的力量。當然，在十八世紀的法國，並不存在任何一致形式的『公眾』；而在公眾確實存在的時候，他們又被排斥，不能直接參與政治。他們痛恨這個制度本身，他們通過褻瀆這個制度的象徵、摧毀在大眾眼中賦予其合法性的神話以及製造墮落的專制制度的反神話來表達這種仇恨」〔註 31〕。雖然不能簡單地將大革命前流佈甚廣的地下文學等同於今天的流行語和網絡段子，但是它們的產生背景和消解功能卻有著耐人尋味的相似之處。當霧霾網絡流行語由於具有無法撼動的民本立場而具有「政治正確

〔註 30〕〔美〕孔飛力，陳兼、劉昶譯，《叫魂》，生活・讀書・新知三聯書店，2014 年版，第 285 頁。

〔註 31〕〔美〕羅伯特・達恩頓，劉軍譯，《舊制度時期的地下文學》，中國人民大學出版社，2012 年版，第 35 頁。

性」的時候，它也會變成人人（無論善惡和意圖）可以取而用之的「扔在大街上的上了膛的武器」。

六、本節小結

中國城鄉飽受霧霾之患久矣。憑藉網絡這一虛擬公共空間，作為民間表述的霧霾網絡流行語，不僅通過「語言的抗爭」傳播了層次套疊的民間輿情，而且以「隱蔽的文本」作為「抗爭的語言」，建構了民眾對當下中國的社會記憶。以「喂人民服霧」為標誌的霧霾網絡流行語，延續了「國風」傳統，是亟待嚴肅對待的「弱者的武器」的典型案例。

「構成未來的種種條件就存在於我們周圍。只是，它們似乎都被加上了密碼，使我們在沒有密碼本的情況下難以解讀。可是，我們確實可以看到難以為我們解讀的種種支離片段，並必須賦予他們某種意義。我們自己當代文化的許多方面，大概也可以被稱之為預示性的驚顫，正戰戰兢兢地為我們所要創造的那個社會提供目前還難以解讀的信息」〔註 32〕。——儘管這種意義有時是令人生畏的，而直面它是需要勇氣的。

第三節　「屌絲」與語言身份的建構

「屌絲」是 2012 至 2013 年間的網絡熱詞。

其間，出現過若干個極具標誌性的「屌絲事件」，造成過重大的社會影響。2012 年 4 月 12 日，知名青年作者韓寒在微博中自稱「屌絲」，「我出生是純正的上海郊區農村屌絲」；2013 年 2 月 27 日，知名導演馮小剛在兩會期間對「屌絲」的流行提出批評，認為「屌絲」屬於「自賤」的「弱勢群體」和「腦殘群體」；2013 年 4 月 12 日，巨人集團的「屌絲」網遊廣告登陸美國時代廣場，18 日該廣告因含有不雅詞語被投訴而遭禁播。文化界、政治界和經濟界的這三起「屌絲事件」，將「屌絲」的影響及其相關爭議擴大到網絡之外與國境之外。2012 年 11 月 3 日，《人民日報》十八大特刊發表評論《激發中國前行的最大力量》，該文第三段使用「屌絲心態」來形容當今社會的一種集體心態：「分配焦慮、環境恐慌，拼爹時代、屌絲心態，極端事件、群體抗議，百姓、社會、市場、政府的關係進入『敏感期』。」這不僅標誌著「屌絲」一詞從網

〔註 32〕〔美〕孔飛力，陳兼、劉昶譯，《叫魂》，生活·讀書·新知三聯書店，2014 年版，第 3 頁。

絡進入主流媒體，從網民傳播到普通百姓；而且也以黨媒的權威姿態坦陳了變革時代動盪紛雜的社會現實，較為中肯地羅列總結了「屌絲」出現的社會背景。

圖 1 「屌絲」百度指數趨勢圖（2011～2015）〔註 33〕

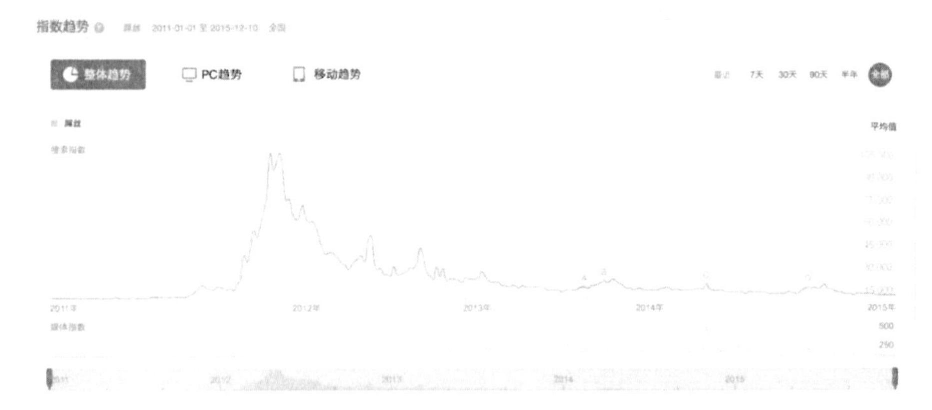

當然，以網絡語言極速更替的頻率來看，「屌絲」風頭正健的時段不過三四年。從使用量上來看，依據我們自建語料庫〔註 34〕的對照統計，2012 到 2013 年新浪微博用戶中娛樂用戶平均每戶每月會使用 0.22 人次「屌絲」，IT 用戶為 0.19 人次，隨機用戶為 0.05；而到 2015 年前十個月隨機用戶降至 0.02 人次。從搜索量上則可以看出網民對這一詞語關注程度的變化。圖 1 是「屌絲」在 2011 年至 2015 年的百度指數截屏，可以清晰地發現，「屌絲」的檢索峰值出現在 2011 年中期至 2013 年間，其後速減；倒是它的媒體關注指數從 2012 到 2015 年一直保持在較為穩定的高位。可以說，作為流行語，「屌絲」可謂衰而未亡。人民網的《網絡低俗語言調查報告》〔註 35〕顯示，從總量上看，2014 年它的原發微博提及量仍舊過億，在中文報刊標題中的使用量在所謂「網絡低俗語言」中排名第一，百度檢索指數最高。可見，它在相當長的一段時間內保持著較大的影響力。

〔註 33〕百度指數，http://index.baidu.com/？tpl=trend&word=%8C%C5%CB%BF，時間自定義：2011 年 1 月 1 日至 2015 年 12 月 31 日。

〔註 34〕2012 年至 2013 年自建微博數據庫中，隨機用戶的抓取方法是，隨機抓取一名種子用戶，然後從其關注列表中連鎖性選取共 5 萬名；2015 年用同樣的方法抓取了 7 千名。2012 年至 2013 年的娛樂和 IT 用戶，是從 http://d.weibo.com/1087030002_2986_top 抓取種子用戶後，再抓取關注這些種子用戶的用戶，各 5 萬名。

〔註 35〕人民網，2015 年 6 月 3 日，http://yuqing.people.com.cn/n/2015/0603/c364391-27098350-2.html。

一、語言身份的典型案例

「屌絲」是值得深描的，除了影響較大之外，還因為它具有獨特的個案價值。

一方面，「屌絲」具有流行語共有的文化屬性。從本質上來看，流行語是一種以語詞的方式集群傳播的流行文化，其傳播是典型的社會群體行為和流行文化風潮，「屌絲」也不例外，它是民眾（尤其是青年）以詞語的方式對社會轉型發生的集群性應激反應。每一次對「屌絲」的使用，都是在特定語境下被講述的關於自我認同的一次「敘事」，它們成為對當代生活狀態的描述性知識的一部分，在人群中通過經驗和文本的互動，產生著理解和移情，共同構建著事實、社會和個人之間的關係網絡。所以說，流行語不僅是一種記錄系統，而且也成為了社會觀念的組織系統。正是在這樣的意義上，梳理和討論「屌絲」現象，完全可以借助分析「屌絲敘事」，來展現「屌絲心態」的完形過程，進而探究其背後以青年為主體的網民的價值訴求。

另一方面，「屌絲」又有值得格外關注的特殊性。「屌絲」是經由話語實踐成為社會事實的，具體地說，就是通過這個詞語的創造和使用，一類人及其行為被理解並建構了出來。具體以本節的研究對象為例，我們在新浪微博中截取「屌絲」盛行的 2012 年至 2013 年共 24 個月，選擇 15 萬名用戶，搜索出現了「屌絲」一詞的所有微博；再選取 2015 年 1 月至 10 月 7 千名用戶的微博，作為跟蹤比較項，一併製成了分析「屌絲」所需要的語料庫。表 11 即這些用戶在 2012 年至 2013 年間「屌絲」及其相關詞語的使用數據，15 萬人近 60 萬人次的提及量足以構成穩定的語言事實。

表 11　15 萬新浪微博用戶「屌絲」及相關詞語提及量表（2012～2013 年 / 人次）

用　戶 / 檢索項	5 萬娛樂用戶		5 萬 IT 用戶		5 萬隨機用戶		總　數
	男用戶	女用戶	男用戶	女用戶	男用戶	女用戶	150000
屌絲	87377	176975	150427	75738	34741	23820	549078
女屌絲	4723	11840	7620	3659	1839	2260	31941
本屌	573	519	1224	270	340	153	3079
本女屌	47	50	37	14	5	6	159

我們稍加審讀，就能發現不少有意味的現象。首先，加上指示代詞「本」以強調「說話人自己」的「本（女）屌」與用作他稱的「（女）屌絲」相比，數量極少；「屌絲」、「本屌」與強調女性身份的「女屌絲」、「本女屌」相比，也完全不在一個數量級。其次，傾向於使用「（女）屌絲」的娛樂和 IT 用戶要明顯多於隨機用戶，有群體集中分布表現。第三，IT 和隨機用戶中男性多於女性，而娛樂用戶中女性多於男性；出現「屌絲」及其相關詞語最多的是人群是女性娛樂用戶。可見，「屌絲」並不常見於「自我認定」，而多用於類屬和性質認定，與被指稱者的性別沒有太大關係；它有小群體集群使用的傾向，受到職業和性別的疊加影響。這些結論，與其說是「屌絲」這個詞語的意義和使用規則，是通過近 60 萬條微博創作而明晰起來的；還不如說是「屌絲」這個身份，是經由 15 萬名網民對「屌絲」的使用經驗而被規約化的。

表 12　隨機用戶與活躍用戶「屌絲」出現量對照表（2012～2013 年／人次）

隨機用戶樣本	隨機用戶／活躍用戶樣本	影視圈用戶／活躍用戶樣本
用戶數	99786/3812	21485/18324
微博數	3333360	10604505
出現「屌絲」的總人次數	2557	11720

當然，如果我們做更詳細的觀察，可以為「屌絲」的「小群體集群使用傾向」找到更明確的主導人群。如表 12 所示，假如規定每天能發一條以上（包括一條）微博的用戶為活躍用戶，隨機用戶樣本中的活躍用戶為 3812，影視圈用戶樣本中的活躍用戶為 18324。隨機用戶樣本中的活躍用戶比 3.82%，影視圈用戶樣本中的活躍用戶比 85.28%。兩個樣本集中的活躍用戶數的比為 4.81（18324/3812），出現「屌絲」的總次數的比 4.58（11720/2557）。這說明，「屌絲」很大程度上都是活躍用戶貢獻的，他們更熱衷於去使用「屌絲」來表達意願。

社會學家伯格（Peter L.Berber）和盧克曼（Thomas Luckmann）很好地解釋過這種過程：「說話、交談可透過各種經驗的因素維持實在，並且落實於真實世界中。這種經由交談而產生實在的能力，是語言的客觀化效果。在交談中語言所客觀化的事物，會成為個人意識的對象。所謂實在維持的實意，事實上是指持續用相同的語言，將個人所經歷的事物客觀化」〔註 36〕。說到底，「屌絲」群體及其主體性是由「屌絲」這個詞生產出來的，他們的身份認同是在特定人群樂此不疲地使用「屌絲」的話語實踐中形成和發展的，沒有言說，認同也就「皮之不存，毛將焉附」，所以，我們可以把這種身份命名為「語言身份」。

我們只需和基於真實社會關係而建立的「社會身份」稍作比較，就能體會「語言身份」的特殊性。由於社會關係的客觀化和穩定性，「社會身份」一旦建立，由於有社會規約和行為範式的依託，往往是明確的、穩固的，易於理解的，比如「妻子、醫生、主席」等等。然而，「語言身份」憑藉的僅僅是人們的言語行為，在社會交際中會隨著社會變遷導致的社會事實及其價值觀的變化，而被不斷協商以致波動不定——人們既可以用語言來建構一種身份，也同樣可以用言語來改動它甚至解構它。我們回顧不同時期依附在「右派、小姐、同志」這些詞語上的概念所指和情感色彩的差異，就不難對「語言身份」所特有的符號的任意性有所體悟。

顯然，作為流行語，「屌絲」已經完成了從生發、流行到衰退的完整過程，語言事實已基本成型。網絡語言的快速更迭，也方便我們在短時期內得以一窺原本緩慢變化的社會語言應用的日常實例。上述諸多因素使得「屌絲」成為探討「語言身份」的一個典型案例。「屌絲」是通過網民的話語實踐被構建出來的，也只有通過話語分析，才可以認識「屌絲」以及類似「語言身份」的特殊性，進而研究在其身份建構和解構的過程中作為動因的社會價值觀的博弈。這既是理性分析的應有步驟，又是討論與之相關的當下青年群體及其身份認同的實證需要。

二、「屌絲」身份的語義建構

之所以認定「屌絲」是一個「語言身份」，首先是因為這個說法原本就是被生造出來的。2013 年 5 月的《咬文嚼字》雜誌曾經對「屌絲」的由來和意義有過準確的溯源，照錄如下：「『屌絲』一詞為純正的網絡製造。原足球明星李毅的球迷在網絡上聚集、交流的虛擬空間是『李毅吧』。李毅的綽號叫『李毅大帝』（因李毅曾說自己的護球技術很像法國的球星亨利大帝，故獲此號），於是『李毅吧』又稱『帝吧』『D 吧』，李毅的粉絲稱『毅絲』『毅絲不掛』。『雷

〔註 36〕〔美〕伯格、〔德〕盧克曼，鄒理民譯，《社會實體的建構》，臺灣巨流圖書公司，1991 年版，第 169 頁。

霆三巨頭吧』對他們頗不屑，說：『什麼毅絲，屌絲！』這本是一個蔑稱，孰料李毅的粉絲們竟欣然接受。2011 年前它只是出現在百度貼吧，2012 年因為微博上一些人的自嘲（舉凡外形矮、胖、矬，由農村進入城市的體制外男女年輕人，買不起房子、車子的弱勢群體，皆得稱『屌絲』），很快便由小眾詞語儼然變成大眾通行語，進而掀起一場語言的狂歡。」「狂歡」之中，這個未被眾所周知的「典故」變得越來越無所謂了，很多人都像馮小剛導演那樣「望文生義」，「屌絲」的字面意義反而更為流行了起來。

（一）語義灌注與「屌絲」的身份識別

隨性爆出的粗口，諧音轉換造出的生造詞，都說明「屌絲」的出現是極為偶然和巧合的，語義因此接近虛空，僅有從「毅絲、帝絲」被猥褻為「屌絲」的「原始語義」，被灌注進了「屌絲」的意義內涵裏。

> （1）屌絲是指赤貧人群的一部分，是農民工，城市小手工業者，產業工人，不滿現狀的企業雇員，流氓無產者，困厄的三本生、專科生，屬於社會的中下層。「高帥富」和「白富美」是男女「弔絲」的對立面，通常指各方面條件優異的「富二代」、「官二代」等，是「矮窮矬」、「土肥圓」的反義詞。（2012.4.18）〔註 37〕

2012 年 4 月，韓寒發表了如下微博：

> （2）寫給在座的每一個自己。失落在我出生是純正的上海郊區農村屌絲，無權無勢，白手起家，本以為自己是一個很勵志的「屌絲的逆襲」的故事。（2102.4.12）

這個後來被學界津津樂道的「抗爭性語義」，在普通網民的微博語料中其實並不多見。常見的是對弱勢身份認命的「認同性語義」。

> （3）#屌絲的新年願望#新年馬上就要到了，我依然是一個屌絲，工資 3 年未漲，老闆不發年終獎，爸媽還在為我的對象而緊張，回家的火車票估計又是站票吧。作為屌絲最大的權利還是幻想，女神、別墅、大獎天天在夢裏伴我成長。據說蛇年是屌絲的逆襲年。我把願望寫成賀卡發給你，我的高帥富基友，快為我實現夢想！（2013.1.31）

原始語義、抗爭性語義和認同性語義，灌注進了「屌絲」這個空洞的能指

〔註 37〕語例都從自建微博數據庫中選取，括號中表明的是微博發出的日期，其中少量不規範的標點和錯別字已略作改動。

裏，使其具有了充足但是混雜的所指。「屌絲」的使用者不論是單個認領還是複合認領這些語義，實際上都是認同了相應內涵的身份範式。也就是說，每一次「屌絲」的使用，都是一次身份識別。

（二）「屌絲」的語言身份建構與語義關係支撐

如果僅有「屌絲」一詞憑空出世，它只能是一次性的修辭行為而不可能成為流行的語言事實。結構主義語言學的奠基人索緒爾說，「在語言狀態中，一切都是以關係為基礎的」，「語言各項要素間的關係和差別都是在兩個不同的範圍內展開的，每個範圍都會產生出一類價值」〔註 38〕，這兩個範圍就是組合關係和聚合關係，它們共同構成了某一概念的語義關係支撐系統。「屌絲」的成立，依託的是與其構成組合和聚合關係的一系列詞語。

我們以表 11 的語料為基礎，檢索出「屌絲」與其緊密關聯的若干詞語的共現量表，即表 13。僅從數據觀察，群體集中分布傾向仍然存在，娛樂和 IT 用戶的各類共現量都明顯比隨機用戶頻率高，其中娛樂用戶最為活躍。

表 13　15 萬新浪微博用戶「屌絲」及其相關詞語共現量表（2012～2013／人次）

用戶 / 檢索項	5 萬娛樂用戶		5 萬 IT 用戶		5 萬隨機用戶	
	男用戶	女用戶	男用戶	女用戶	男用戶	女用戶
「屌絲」與「逆襲」	12983	58524	18399	23275	4034	2630
「屌絲」和「女神」	11631	38456	12555	12828	3035	2092
「屌絲」和「高富帥」	10418	15114	15171	5184	3819	2392
「屌絲」和「二代」	696	917	1642	540	254	180

從總量上看，「屌絲」與「逆襲」的共現最為突顯，這就意味著「屌絲逆襲」是此類微博中數量最大的話題。在語例中，也可以看到「屌絲逆襲」是最常見的句法組合。下例中通過主語與謂語的語義組合，表述了「屌絲逆襲」的行為準則（如例 4）。更多例子中所示的夢想逆襲的每一個內容就是屌絲所缺乏的每一項資本（如，例 5 重複強調了「屌絲」缺財富、缺婚姻、缺顏值的窘境）。也可以說，正是組合關係所要求的搭配意義呈現了屌絲的訴求，指明了屌絲的身份定義。

〔註 38〕〔瑞士〕索緒爾，高名凱譯，《普通語言學教程》，商務印書館，1980 年版，第 41～42 頁。

（4）劇照看的心裏很難過，這屌絲得花多少工夫、替人重裝多少次系統、接多少次下班、陪逛多少次街、多少次隨叫隨到才能逆襲成功啊？想起霸王別姬裏的那聲哀嚎：得挨多少打才能成角兒啊？〔淚〕〔淚〕〔淚〕（2013.1.29）

（5）〔屌絲的逆襲計劃〕去泰國→變性→去韓國→整容→回國→參加《非誠勿擾》→拿下一個富二代→結婚→豪宅豪車→離婚→去泰國→變性→去韓國→整容→回國→參加《非誠勿擾》→拿下一個美女→從此王子和公主快樂地生活！！（2012.7.25）

與組合關係相呼應，聚合關係是定位詞語意義的另一關係維度，往往以近義詞、反義詞等形式出現。「屌絲」的聚合關係是通過與「高富帥」、「女神」和「二代」等詞語的比照來實現的。表 13 顯示出，「女神」是最凸顯的對照項，它們與「屌絲」的共現語料相當直觀地反襯出「屌絲」的身份特質。

（6）不明白屌絲文化的請看：食物鏈：暴發戶〉高帥富〉白富美〉女神〉粉木耳／黑木耳〉女屌絲〉失足〉男屌絲。（2012.2.19）

（7）二代學金融，操縱牛與熊；屌絲學金融，體會啥叫窮。二代學新聞，政府發言人；屌絲學新聞，熬夜累死人。二代學金工，回家當股東；屌絲學金工，閥門擰到瘋。二代學經濟，入股分暴利；屌絲學經濟，敲門賣安利。二代學會計，操縱 GDP；屌絲學會計，按爛計算器。二代學土木，買地蓋別墅；屌絲學土木，搬磚打地鋪。（2012.11.19）

可見，「屌絲」語言身份的構建，是依靠這一詞語的組合和聚合兩類語義關係系統的支撐來達成的。「逆襲」、「高富帥」、「二代」和「女神」等核心詞語，與「綠茶婊」、「搬磚」、「宅男」和「舔屏」等邊緣詞語一道，合力建構了「屌絲」的語義，也制定了其身份內涵。

三、「屌絲」語言身份的解構

2012 年到 2013 年的兩年時間裏，建構成型的「屌絲」橫掃網絡，一時間幾乎無言不及「屌絲」。然而，這也埋下了「屌絲」被解構的伏筆。

（一）語言優先模式與「屌絲」的語義泛化

經過兩年時間定型化了的「屌絲」，三種語義原本就較為錯綜，之後很少再去指稱真正底層的赤貧階層，越到後期，「屌絲」的使用越進入流行語使用的「語言優先模式」，由於流行語義對使用者吸引力十分強大，使得流行語經常位於說話人意識的興奮中心，一旦發現適合它的場景，就會迫不及待地被說出來。概念外延的無限擴大，必然導致其內涵的縮小，「屌絲」一詞因此語義泛化而成為一個內涵空洞的概念。

（8）最近，在西南財大對面新開了一家「舌尖上的屌絲」餐廳，秉承著「日日屌絲餐，終成高富帥」的精神，菜名個性十足。3 個老闆全是財大學生，最小的才 20 歲，他們不請廚師，自己現學現賣，開業 5 天收入已近 2 萬元！評：高富帥專欄、女神必點、屌絲專區，定位相當精確啊。（2012.6.15）

（9）自製雞米花，搭配可樂，躺沙發，看電視，玩電腦，這就是屌絲想要的生活。（2015.3.14）

小餐廳老闆顯然不再是文化「食物鏈」末端的「赤貧」了，「屌絲想要的生活」完全稱得上小康了。當使用「屌絲」成為一種時髦的強勢修辭動因的時候，「屌絲」所指意義中的「貧富對立」等義項越來越具有任意性和相對性。誰都可以自命「屌絲」的時候，「『屌絲』能指的超量衍生異化和遮蔽了階級議題，使得『屌絲』成為了一個主體中空的共用能指。」〔註 39〕誰都可以用的一個稱號，也就意味著誰也不指稱不了了，「屌絲」在話語實踐中的「意義空心化」使得依據它才可達成的身份認同變成困厄的、無法達成的了。「屌絲」成了一個虛無的模糊影像，具體是誰已經不明確了，「屌絲」也就到了被解構的危險邊緣。

（10）〔今日微訪談：屌絲精神〕2012 年，一個新詞在網絡流行：屌絲。普通網友自稱屌絲，IT 精英也自稱屌絲；白領之間互稱屌絲，文化名流也戲說屌絲。新週刊文化記者做客微訪談，和網友聊聊屌絲精神。這個盛產屌絲的時代，終將被屌絲逆襲。（2012.6.20）

（二）被解構的「屌絲」：商品化衝擊下的平民敗局

在 2012 年的早些時候，被舉例和歸位的「屌絲」的確屬於「社會的中下層」，這個「原始語義」不論是從「毅絲」的「典故」而來，還是從生殖器的隱喻而來（這一語義來源在流行的過程中逐漸遮蔽了前者），其中的自嘲或諷人的意味都是顯而易見的。大量網民選用這一詞語時，有對自我境遇

〔註 39〕林品，《「屌絲」：主體中空的公用能指》，《中國讀書評論》，2014 年第 2 期。

認命的心理。

（11）南都週刊，屌絲的出身，雜誌上還有這個圖片，不過並不重要，很多只不過是自封的。讀到不少底層的無奈，自嘲和絕望。不公而又只是一潭死水，沒有出路，遲早會發酵發臭。以前我們往往看美劇，嘲笑那些「美國夢」是屌絲的逆襲，是異想天開，現在還笑得出麼？（2012.4.19）

（12）〔中國社會之變唯有通過「屌絲的逆襲」〕「屌絲」代表小人物群體，小人物通過它尋求自我認同和自我減壓，這個詞彙集辛酸和惡趣於一體，蘊含著無奈與自嘲。小人物皈依「屌絲」，是因為它具有一種與生俱來、命中注定的心理預設，他們在這個共同體中相互取暖，沒有其他自由可以選擇。（2012.4.5）

哪怕是悲觀失望，這種平民共同體原本還是有進步價值的。英國社會語言學者諾曼·費爾克拉夫（Norman Fairclough）認為話語的「民主化」（democrazation）意在「消除話語權力和語言權利、義務和人類全體聲望方面的不平等和不對稱」〔註40〕，「屌絲」的非正式性正是在這個意義上被賦予了當代文化的價值，甚至負載著「中國社會之變」的意義。然而，「屌絲」的平民屬性很快被「商品化」利用了，「商品化（commodification）是這樣一個過程，借助於它，社會領域和機構——它們不是在商品之為出售的比較狹窄的經濟意義上來關注生產商品的——不過是根據商品生產、分配和消費而被組織起來，而富有觀念意義的」〔註41〕。當所有的商品借「屌絲」之名來營銷時，它們甚至就是專為「屌絲」製作的了，所謂「得屌絲者得天下」。

（13）《春嬌與志明》說的是木有胸木有背景木有後臺木有文憑還愛抽煙的零售行業工作者香港中女楊千嬅，擊敗了年輕貌美大胸長腿的拍立得愛好者北京 bitch 空姐楊冪，奪回帥氣多金的資深廣告人男朋友的故事……所以它也可以叫做《女屌絲の逆襲》。真是一部都市剩女勵志電影啊！（2012.4.12）

（14）世上最幸福的事就是屌絲女友變女神！嫩膚神器〔蝸牛白白霜〕：這個季節風靡全網，口碑評價好到爆，超級補水＋彈潤緊

〔註40〕〔英〕諾曼·費爾克拉夫，殷曉蓉譯，《話語與社會變遷》，華夏出版社，2003年版，第187頁。

〔註41〕〔英〕諾曼·費爾克拉夫，殷曉蓉譯，《話語與社會變遷》，華夏出版社，2003年版，第192頁。

致＋嫩滑白皙，純天然絕對安全，所有肌膚放心使用！逆天驚爆價99還包郵，小夥伴都搶貨去啦。（2013.11.30）

從化妝品、服裝、手機、汽車，到電影、旅遊、電視節目、網絡遊戲，幾乎任何一種商品都可以在我們的數據庫中找到「屌絲」版的軟文廣告。在貧富差距加大，經濟發展速度減緩的背景下，「屌絲」經濟成為最普遍的巨量盈利來源。無論是物質生產，還是文化消費，資本的注入加劇並最終解構了「屌絲」。因為資本是壟斷的、暴戾的、貪婪的、實用的、功利的，它力圖最大限度地拓展消費人群，希望把所有一切都杜撰成「屌絲」商品——概念內部已經語義泛化了的「屌絲」，被資本從外部擊碎、腐蝕從而被徹底解構了。

四、「屌絲」語言身份與價值觀博弈

「屌絲」不論是在建構的過程裏，還是在流行乃至解構的下滑趨勢中，它都引發了社會的持續爭議，這本身也是頗有意味的社會事件。這恐怕是社會價值觀在當下社會轉型背景下的某種博弈，而這一次是由青年群體掀起的。

（一）「屌絲心態」與亞文化風潮

如前文所述，語言符號的任意性，導致了「語言身份」的機動性，即：可以在任意創造出來的指人的語詞中灌注某種概念內涵，以此來規約其所指人群的類屬特徵；其後果必然是語言身份與某種行為方式尤其是亞文化風潮發生緊密關聯。就「屌絲」而言，與它伴隨的是正反兩個向度的所謂「屌絲心態」。

我們不應諱言青年作者韓寒在以「文青」和「憤青」引領的青年群體中的意見領袖地位。2012 年韓寒的微博以宣言的口吻「寫給每一位在座的自己」（見例 2）。成功逆襲了的韓寒的這次自認，極大地宣示和提升了「屌絲」的「抗爭性語義」，這個相當積極的正面語義向度，非常類似慣以清純甜美形象示人的美國歌手「小甜甜」布蘭妮・斯皮爾斯（Britney Spears）對 bitch（碧池、母狗、潑婦）的顛覆。2013 年她發布了新歌《惡女向前衝（Work bitch）》，歌詞可謂美國版女「屌絲」的動員：「你想坐蘭博基尼，啜飲馬丁尼，穿惹火的比基尼，你最好開始努力，碧池！」我們在語料中也能找到這樣自我努力「搬磚」而改變命運的勵志歌詞：

（15）屌絲勵志歌：我是屌絲每天都要過的很歡樂／人生難免有不如意和一些坎坷／挺起胸膛大步向前別怕有曲折／再多苦痛不要

忘記笑呵呵搬磚ING努力打打氣／讓他們看你也有逆天的魄力……
把五月天的《戀愛 ing》唱出屌絲逆襲的魄力，贊！（2012.4.10）

「屌絲」現象中的積極意義也即在此。在指稱赤貧階層這一「原始語義」之後，這種爆粗口式的話語方式作為一種後革命政治，產生了某種「抗爭性語義」，是對社會轉型進入深水期時階層再度固化的抗議，因而可看作是在市場經濟的社會背景下爭取社會結構變革的一次努力，表達出對低微身份的不服從和勵志抗爭逆襲的決心。

但是很快，反向的「屌絲心態」出現了。「抗爭性語義」轉變成為網民間彌漫的「認同性語義」，承認階層差異的牢固性，「對當代中國向上的社會經濟流動可能性的明顯缺乏，年輕網民表達出了幻滅感」〔註 42〕。

（16）韓寒談到屌絲的逆襲。其實從現實生活來看，屌絲一旦完成了高帥富的華麗轉身，往往就再也不會從屌絲的角度考慮問題。站的地方不一樣了。屌絲不懂高帥富的黑，高帥富不知屌絲的痛，從此生死兩茫茫。（2012.4.11）

如前所述，由於「屌絲」的語義被三分，最終能夠與韓寒和小甜甜比肩的「屌絲」是不會多的，大多數網民成為「被代表」者，象徵性的勵志個案就失去了說服力；而逐漸蔓延的調侃自嘲的氣氛進一步弱化了所謂「抗爭性」，「屌絲們選擇了用一種誇張、痞氣的方式來尋求自我認同。屌絲被虐罵或尋求『罵虐』便成為一種常態」〔註 43〕。

（17）〔高帥富毅絲食物清單〕紅燒牛肉、香菇燉雞、蔥香排骨、鮮湯蝦仁。〔窮矮醜屌絲食物清單〕紅燒牛肉方便麵、香菇燉雞方便麵、蔥香排骨方便麵、鮮湯蝦仁方便麵。總結：高富帥的食物跟窮矮醜其實是一樣一樣一樣滴！（2012.2.19）

上面這個例子很能體現阿 Q 式的病態「精神勝利法」，即所謂「屌絲心態」。如果說它還殘留一點抗爭意識的話，也不過是「一種調和而成的中間狀態，既不是良性的在線娛樂，也不是明顯的政治行動。在這個空間裏，社會政治議題有意無意地具體化到各種文化創意形式中，通過語言遊戲的過程得以

〔註 42〕Marcella Szablewicz. “The ‘losers’ of China’s Internet: Memes as ‘structures of feeling’ for disiilusioned young netizens”. *China Information*. 2014, Vol. 28(2) 259.

〔註 43〕李春麗、令小雄，《阿 Q 精神對「屌絲」青年的社會引力》，《當代青年研究》，2014 年第 1 期。

傳播」〔註 44〕。在大量「屌絲」的質性研究之外，一份為數不多的量性研究表明，即便是 90.1%的被試為大學本科以上的學歷，理應最可能具有改變命運的能力，調查的結果仍舊顯示：「『屌絲』包含先天條件差、情感狀況不佳、沉迷幻想、自嘲四個含義維度，折射出一種對社會地位和生存狀態的酸楚與無奈，沒有抗爭意識」〔註 45〕。

青年一向是各種思潮和運動的引導者，但是這次以「屌絲逆襲」為口號爭取權利和成功的亞文化風潮恐怕是失敗了。如果我們拿它與上個世紀六七十年代發生在西方世界的「嬉皮士」（Hippie，詞根原意為「潮流的、時髦的」）運動來相互評注的話，就可以照亮「屌絲現象」被蔭翳掉的疲軟之處。

與「屌絲」一樣，「嬉皮士」產生於社會轉型期，也沒有宣言或領袖人物，也是利用生活方式（公社式的和流浪的）來表達他們對現實社會、文化和價值觀的抗議；「嬉皮士」一詞也褒義貶義夾雜，可以是年輕的積極的自由主義者，也可以指玩世不恭的吸毒者和性亂交者等。「嬉皮士」同樣是理想與迷惘的集合體，年輕人用搖滾樂、毒品和神秘宗教，對抗商業的貪婪、傳統道德的狹窄和戰爭的非人道。他們從生活方式做起，掀起「生活的革命」，來反抗主流的、精英的、技術的、物質的社會。

出身於中產階級的「嬉皮士」對舊文化的否定和拋棄是果決的，有飽滿、明確的政治訴求和文化旨趣，與「雅皮士」構成文化上和生活方式上的對立。相比起來，「屌絲」貌似反抗既有的權威，不認以往的貴賤與雅俗之分，但是「屌絲」對財富的世俗追求卻和「高富帥」毫無二致，對以貧富分化來確認階層的文化制度是完全歸順乃至攀附的。我們再看表 13 中與「屌絲」共現的詞語，「二代」與「女神」和「高富帥」相比，數量上相差懸殊，幾乎可以忽略不議。這意味著「二代」並不是「屌絲」的對照項，更談不上是抗爭的對象；而「屌絲」須臾不可離的參照物則是「女神」和「高富帥」，甚至可以說，「屌絲」的夢想就是希望逆襲以後成為「高富帥」，這在組合和聚合的語義關係中昭然若揭。因此，被解構了的「屌絲」在內沒有批判性的價值追求，在外沒有鮮明對比的行為方式，無法像「嬉皮士」那樣成為一次有生命力和生長感的亞

〔註 44〕 Peidong Yang, Lijun Tang, Xuan Wang. "*Diaosi* as infrapolitics: scatological tropes, identity-making and cuitural intimacy on China's Intenet". *Media, Culture & Society*. 2014, Vol. 37(2) 212.

〔註 45〕 張洪忠、張燕、王雨欣、宋偉超，《無奈現實的虛擬釋放：流行語「屌絲」的網絡建構》，《新聞與傳播》，2014 年第 11 期。

文化的旗幟。「屌絲」最後只剩下一個自我矮化和譏諷弱者的殘廢驅殼，沉溺在物慾的低質量饕餮和情色的意淫式縱慾裏，既不能代表全體，更不能引領潮流。由此，注定只能成為一個不登大雅之堂的歷史詞彙，用以記錄某個時期一批青年的心態和境遇而已〔註 46〕。我們再拿「文青」和「同性戀」群體做兩組最簡約的比較，都不難看出，明確的價值訴求和有區別性的生活樣態（哪怕存在爭議），簡言之，就是有生命力的群體內心素質才是促成青年亞文化形成、構建身份認同並引領時代風潮的核心競爭力，否則都只會落得曇花一現的結局。

（二）詈辭禁忌與「屌絲」潛在的語言暴力

更為不幸的是，與「屌絲」身份的解構相伴隨，消費的病態熱情和娛樂的畸形繁榮消靡了「屌絲」的「原始語義」和「抗爭性語義」裏僅有的一點兒公共政治關懷，而「屌絲」用以挑戰傳統的因素卻又日漸顯現出其負面的影響。「屌絲」與類似諸多網絡詞語，如「草泥馬」、「尼瑪」和「逼格」等一起形成了另一類聚合關係，它們合力衝擊了「詈辭禁忌」。「詈辭禁忌」是社會生活中語言類的公序良俗，即在公共社交場合對侮辱、謾罵類詞語的忌諱，尤其是對生殖器官類、性行為類以及污穢類詞語的規避。「屌絲」對「詈辭禁忌」的破壞，無疑是近年來最為激越的代表，這也是馮小剛之所以反感、「屌絲網遊」在美國之所以被禁的原因。然而，值得我們深思的是，這類現象絕非單純的社交文明禮貌用語的問題，其掩藏的深刻危機是在於其背後的危險的倫理（包括語言的和文化的）邏輯。

在語言發展的歷史上，「語彙下沉」的現象是正常的，比如英文中表示 10 的 100 次方的數學概念 google 變成日常詞彙「搜索」，原來專門形容上帝「神聖」的 awesome 現在可以指任何「極好的」人和物。但是，惡俗粗鄙的語言一直被控制在一定階層和一定語境內使用，「低級語彙」一般不會被允許上浮為日常語彙，更無可能作為「優勢話語」進入主流媒體，這是文明社會的約定俗成。只有在倫理顛覆、善惡混淆的社會動亂時，假借所謂「革命」之名，粗鄙野蠻的語言模式才會成為公共的「革命」行為的一部分，作為社會主流的「優勢話語」而被選用通行。文革話語就是這樣一個典型的例子，當年有一首由「首都紅衛兵司令部詞曲」的流行歌曲《老子英雄兒好漢》，歌詞裏就有「老子反

〔註 46〕參見李琳，《「屌絲」的隱與現：微博中「屌絲」用法演變的實證研究》，華東師範大學 2016 屆研究生碩士學位論文。

動兒混蛋」、「老子叫他見閻王」和「就滾他媽的蛋」等霸蠻粗話。這種被歪曲了的「政治正確」還魂在「造反有理」的「屌絲」的使用裏，以至於現在很多年輕人甚至會感覺不到「屌絲」和「逼格」裏有指稱生殖器的意義。如果我們的輿論對公序良俗的衝擊熟視無睹，對這樣的「語言暴力」習以為常，是否表明我們的民眾在意識的深處對這種危險的政治邏輯和文化倫理已然麻木乃至默認了呢？是否意味著暴虐粗鄙的流氓無賴的文化糟粕在當下中國仍然擁種某種「起義造反」的政治血統的「正當性」呢？

五、「屌絲」、「犀利哥」和「土豪」中的身份認同

「屌絲」是個不可多得的例子，明確揭示了網絡時代的身份已經不再嚴格依從社會學的指標來認定了。網絡上的身份認同具有自定義、群體協商的特徵，其認同方式、資源和過程都與傳統的身份認同大異其趣。除「屌絲」外，下列兩組現象也頗為典型，不妨作為補充的案例。

（一）「犀利哥」與新公民群像

與社會身份相比較，通過網絡流行語而生成的身份認同往往與網絡話語事件相關聯，甚至就是網絡話語事件本身。這類身份認同儘管只針對一人一事，但是通過網絡對這些具體人物和事件的傳播，在對他者指稱的過程中，潛移默化地改變了社會對人的身份價值的評價。「犀利哥」是其中的代表。

2010 年 2 月，「犀利哥」這一「稱謂」隨著一個身穿「混搭裝」的中年流浪乞丐的圖片新聞在網上瘋傳而走紅，其後，不僅類似的「高數哥」、「扭捏哥」等「XX 哥」們紛紛登場，而且，「XX 姐」、「XX 帝」、「XX 媽」等也不甘示弱，形成了一種特殊的稱謂系列，受到網友和媒體的追捧。比如：「奔跑哥、裝醒弟、擔憂爺、推理帝、失控姐、悲摧帝、淡定姐、沒用女、彪悍媽、被子哥、表情帝、學歷姐、寶馬女、林肯盒飯哥」等等。

我們可以把這類稱謂命名為「事件性臨時稱謂語」〔註 47〕，它們具有「暗指」事件的功能，其「指稱的事件」匯聚了大眾的主觀感受，成為推動其傳播的主要動因。「事件性臨時稱謂語」通過「表達面的擴散」使相關新聞事件聚集，成為「群體性突發事件」，引發輿情；而對事件性臨時稱謂語在新聞中傳播內容的分析，有助於集中獲取新聞信息，把握「民情焦點」。其次，事件性

〔註 47〕參見劉娛，《事件性臨時稱謂語的社會語言學研究》，華東師範大學 2011 屆研究生碩士學位論文。

臨時稱謂語的傳播將輿論從情緒感染的「潛性」發展到以多種形式表達的「顯性」，從而形成了對事件的多維「公眾輿論」，在新媒體中重構了「公共領域」。僅以「犀利哥」為例，2010 年 2 月到 2010 年 5 月在「新華網」上發布的相關新聞報導，總計 425 篇，由「犀利哥」走紅事件，蔓延至個體人權、網絡文化、商業炒作和救助制度等諸多議題。

值得思考的是，這類身份群體在傳統媒體中難以獲得同等的新聞效益，這是由於事件性臨時稱謂語反映的大眾事件與「微時代」新聞價值標準非常契合，其「精簡」的形式在微時代傳播中具有天然的優勢，傳播價值在微時代的「公民新聞」傳播中得以凸顯。這些鮮活的個案為大眾的自我認同提供了具體可參照的資源，它們展示了生活方式，建構並強化了某種價值觀，還提供了應對現實的方法，擔當了定義「對自己而言有意義的生活」的角色。尤為重要的是，這些平民價值觀帶動的身份認同對社會而言，呈現出了迥異於體制傳媒所宣傳的基於不同認同肌理的網絡新公民的人物群像，並推動著公共領域的重構。

（二）「土豪」與網絡話語事件

借助網絡的身份認同，總是與轉型期發生的社會事件緊密關聯。與體制媒體的家國敘事不同，網絡話語事情的視角往往是平民的、日常的，但是卻深刻地影響了大眾的身份認同，甚至扭轉了一些傳統的身份概念。「土豪」即為典型。

「土豪」在二十世紀的土地革命時期，指「大地主階級剝削者」。新中國成立後，地主階級被消滅殆盡，「土豪」這個詞也漸漸退出了歷史舞臺。一直到 2010 年後，「土豪」以「無腦消費的玩家」的身份重新出現在網遊界，並逐漸滲入到現實生活的方方面面，並成為 2013 年的十大流行語之一。

「土豪」的流行據說最早是在 ACG 界（即：Animation 動畫 Comic 漫畫 Game 遊戲，ACG 界就是指動畫漫畫遊戲三界），來自於一款網絡遊戲，遊戲中有一個職業「劍魂」，裝備越好，傷害越大。但是要想裝備越好，要付出的人民幣也是相當昂貴的，於是這個遊戲職業也就被稱為了「土豪職業」，這些頂級的虛擬裝備，也被稱為「土豪裝備」，這些燒人民幣燒得很厲害的遊戲玩家也就被稱為了「土豪玩家」，因此，在這個領域，「土豪」就產生了「無腦消費人民幣的玩家」的意義。

「土豪」開始流行源自 2013 年 9 月的《青年與禪師》這一網絡熱議小段子，而由這一小段子誕生了「土豪，我們做朋友吧」這一流行語，並且微博上發起了「與土豪做朋友」的活動。「土豪，我們做朋友吧」揭開了「土豪」流行的序幕，可以說是「土豪」流行的導火索，但真正推動「土豪」的流行呈現出井噴之勢的是「土豪金」的出現這一社會熱點問題。

2013 年 9 月 20 日，蘋果公司發布手機產品 iPhone5S，這款手機除了經典的黑、白兩色外，還加入了香檳金色，而且金色手機比其他兩款昂貴得多。網友們將該顏色與剛剛興起的「土豪」一詞聯繫在一起，於是「土豪金」這個詞語應運而生。

這些網絡事件和網絡段子直接導致了「土豪」意義的轉變〔註 48〕，消解了原義中的政治意味，改變了詞語的情感色彩。伴隨著中國經濟的崛起，部分「脫貧」國人在世界各地狂購的新聞刷屏，「土豪」遂成為「中國有錢人」的微妙代名詞。「土豪」的身份認同引發了消費觀念和對當代中國消費群體和消費行為的複雜討論。

通過以上「屌絲」、「犀利哥」和「土豪」三個案例，我們會發現新媒體時代網民的身份認同大量借助網絡流行語的使用，並在網民的協商過程中完成社會價值觀的博弈；普通民眾的生活樣態成為身份認同的重要資源，民間性質的重大社會事件而非傳統意義上的國家政治事件成為身份認同的直接動因。

六、本節小結

「屌絲」無疑是解讀二十一世紀第一個十年中國社會與文化的「關鍵詞」之一，它有雷蒙 · 威廉斯認定的「兩種相關的意涵：一方面，在某些詮釋和情境裏，它們是重要且相關的詞。另一方面，在某些思想領域，它們是意味深長且具指示性的詞」〔註 49〕。2012 年「屌絲」出現之初，還僅是一些人的自嘲或者被嘲，在名人自稱「屌絲」現象之後，「屌絲」的原始語義被遮蔽，那些並非真正貧困的階層（某種意義上是新崛起的新生代精英階層，比如 IT 用戶、娛樂用戶）因為無權無勢而將自己歸入「屌絲」，以此表達某種精神訴求乃至政治訴求。青年熱衷使用「屌絲」的抗爭性語義，某種意義上屬於「語言的抗爭」，這也是當下社會唯一可能的抗爭方式。在階層固化、社會流動艱難的背景下，「屌絲」的流行借助對詈辭禁忌的蓄意打破，既表達了對傳統秩序的反抗，又體現著犬儒主義的無可奈何的認同，然而認同性語義在商業流行文化中早已

〔註 48〕參見蔡彥如，《流行語的語言演變及其事件動因——以流行語「土豪」為例的實證研究》，華東師範大學 2016 屆研究生碩士學位論文。

〔註 49〕〔英〕雷蒙 · 威廉斯，劉建基譯，《關鍵詞：文化與社會的詞彙》，生活 · 讀書 · 新知三聯書店，2005 年版，第 7 頁。

被過度利用。

「屌絲」以及「犀利哥」、「土豪」都是 2010 至 2013 年的網絡熱詞，更是借助流行文化風潮，快速建構並解構的「語言身份」的典型代表。通過網民的話語實踐生產出來的流行稱謂，其語言身份建構與解構的背後，是網民與社會流行價值觀的直擊與博弈。不論是作為一個流行語詞，還是作為一個文化現象，這些流行語恐怕都將成為歷史陳跡，行之不遠。但是，它們以流行語的方式，快速演示了語言身份的建構與解構的完整過程，揭示了語言身份與亞文化風潮、社會價值觀的緊密關聯，對於研究與社會身份對應的語言身份而言，具有不可替代的標本價值。同時，作為二十一世紀第一個十年的社會文化「關鍵詞」，無論是理解青年還是認識中國，以「屌絲」為代表的流行稱謂都是不可或缺的典型例證。

第四節　「被自殺」與社會記憶的語言化

語言的第一屬性是社會性。當索緒爾申明「在任何時候，語言都不能離開社會事實而存在。它的社會性質就是它的內在的特徵之一」的時候，他希望強調的是「不能把語言看作一種簡單的、可以由當事人隨意改變的規約」，要看到「同社會力量的作用結合在一起的時間的作用」和「說話的大眾」〔註 50〕。

時間、大眾和社會三股力量合流，推動了「語言與社會共變」；遺憾的是，社會語言學的這一常識往往被誤讀，索緒爾曾多有提醒：有價值的變化無意於個體化的「言語」或「言語活動」，而在於作為符號系統的「語言」。相對穩定的語言系統一旦發生變化，對於使用該語言的社會及其社群究竟意味著什麼呢？

一、社會記憶：語言與社會共變之後

語言是人類認知的基本範型，任何一種語言都是一套獨特的常識系統。語言包含了我們在認知過程中劃分和組織世界所必須的範疇和結構方式，提供了對相應認知對象的解釋方式、分類原則和有關的知識積累。語言由此成為社會（集體）記憶的根本載體。語言的變異，因為改變了社會認知的範型而必然連鎖性地引發社會記憶的重新整合；而社會記憶的變化，其直接的表徵就是語

〔註 50〕〔瑞士〕索緒爾，高名凱譯，《普通語言學教程》，商務印書館，1980 年版，第 115～116 頁。

言的變異。

在社會語言學的研究中，語言變異的研究集中在語言變體、多語多言、語言接觸、語言轉移和言語民俗等領域中，尤其是在新詞的出現和舊詞的消亡、優勢話語的更迭、方言對地理民俗的存檔等具體事項上著墨尤多，所反映的是社會記憶紛雜而細微的改變，基本不涉及類似語法變異這樣對認知和記憶影響甚大的話題。當然，這也是由於語法的變異通常是緩慢的，在社會語言學才半個世紀的探索歷史中還極為罕見。相對而言，語言史的研究側重語法變異，近年來以虛詞個案溯源為範式的漢語「語法化」研究就很有代表性。然而，面對悠久的語言史，多數變化是無法確定其準確時間的，被記錄下來的已是語言的殘跡，而引發變化的社會事實卻往往無跡可尋了，相伴隨的社會記憶也就很難得以確證。

社會記憶在社會學研究中既是傳統話題，又是新近的熱點。有意義的是，社會學者相當強調語言與社會記憶之間的能動作用。早在 1925 年，莫里斯．哈布瓦赫（Maurice Halbwachs）就注意到語言在與社會緊密相關的「集體記憶」中的重要性，「不存在沒有詞語對應的回憶。正是語言，以及與語言聯繫在一起的整個社會習俗系統，使我們每時每刻都能夠重構我們的過去。」〔註 51〕他研究失語症患者，發現「在相當多的細節性要點上，失語症患者的思想和集體記憶之間的聯繫被切斷了。」〔註 52〕揚．阿斯曼指出：一個社會保持文化記憶的文化遺產，是在向自身和他者展示所屬社會的構造和傾向；而「集體的認同」，「它建立在成員有共同的知識系統和共同記憶的基礎之上，而這一點是通過使用同一種語言來實現的。」〔註 53〕

聚焦二十一世紀以來的當代中國，互聯網的飛速發展對社會與語言的雙向影響無法低估。網絡打破了文化意義上的諸多壟斷，紀實性開放性的民間表述在與體制媒體的博弈中逐步佔據了一定的話語空間。2005 年中國網民突破一億大關之後，網絡語言開始成為一種獨立變體；在接下來的六七年時間裏，反映民間輿情的網絡流行語現象從語言事實升級為了社會事實。轉型導致的

〔註 51〕〔法〕莫里斯．哈布瓦赫，畢然、郭金華譯，《論集體記憶》，上海人民出版社，2002 年版，第 290 頁。

〔註 52〕〔法〕莫里斯．哈布瓦赫，畢然、郭金華譯，《論集體記憶》，上海人民出版社，2002 年版，第 290 頁。

〔註 53〕〔法〕莫里斯．哈布瓦赫，畢然、郭金華譯，《論集體記憶》，上海人民出版社，2002 年版，第 77 頁。

現實變革乃至觀念衝突都在網絡流行語中得到了及時呈現，其中凝結的社會想像和生活經驗成為可資查驗的社會記憶；而網絡流行語的極速演變使得原本緩慢的自然語言變異在短時間內得以觀察，也為我們一窺其對社會記憶的建構作用提供了可能。

「被自殺」是2008年出現的網絡流行語，它不僅展現了社會事件被語言表述並最終改變語法體系的全過程（即下文將詳述的「語言化」），而且揭示了社會記憶「語言化」對社會認知乃至社會記憶所產生的塑型影響。這一典型個案，對於全面理解語言的社會性，探討語言變異對於文化記憶的建構功能具有樣本價值，值得深描。

二、「被自殺」：事件動因與修辭構式

2007年，「人民網」輿情監控室開始發布藍皮書《中國互聯網輿情分析報告》，以體制媒體的視角發布重大輿情，開始記錄涉及與網絡流行語相關的諸多公共事件。「被自殺」是該報告2008年排行第二的網絡流行語，「在河北滄州警察虐殺歌女的網友議論中開始出現，阜陽『白宮』舉報人離奇死亡後流行於網絡」，含義是「警方『自殺』的結論不能令人信服」。〔註54〕以百度和谷歌中搜索出來的結果看，「被自殺」當年共計出現在了14330400個網頁上；而在與「人民網」有隸屬關係的《人民日報》上，截至2017年4月底卻僅有2個語例。

（一）被關注的偶發事件

該報告提到的流行原因是一起真實的新聞事件。2007年，曾任阜陽市某經貿發展局局長的李國福多次到北京舉報該市潁泉區區委書記張治安違法佔用耕地、修建豪華辦公樓（民間俗稱「白宮」）等問題。2007年8月26日，李國福從北京返回阜陽當天即被潁泉區檢察院帶走，隨後被拘留、逮捕。2008年3月13日凌晨，「白宮」舉報人李國福在安徽省第一監獄醫院死亡。對於李國福的突然死亡，當地檢察機關公布的調查結果是：李國福係自縊身亡，根據是「其死亡現場呈現自殺跡象」。但李國福家屬不認可這一結論，他們認為李死因蹊蹺，有待查明。

此事經媒體曝光後，引起了公眾極大的關注。許多網民認為根據當時的情

〔註54〕祝新華、單學剛、胡江春，《2008年中國互聯網輿情分析報告》，見汝信、陸學藝、李培林，《2009年中國社會形勢分析與預測》，社會科學文獻出版社，2009年版，第285頁。

況，李國福沒有自殺動機，因此，他們懷疑是被他殺。為了表述這一既像「自殺」又似「謀殺」的蹊蹺死亡事件，網民們創造性地在「自殺」前加「被」，產生了「被自殺」這一奇特的表達方式。

（1）今年初，李國福意外死在監獄醫院。檢察院迅速做出鑒定結論，稱其「自殺」。眾多網民認為，他是「被自殺」而死的。（東方早報，2009.08.16）

（二）被激活的修辭動因

語言的表達在一定程度上代表了某種目的或情緒。網友意圖描述李國福的死亡事件，同時又想對此表達質疑、同情甚至憤怒之情，而既有的語法系統卻不足以表達這樣的話語事件，「被自殺」這一當年並不符合語法要求的說法也就橫空出世了。按照劉大為的觀點，「在語法功能之外那些相對來說較為具體、較為特殊或較為少用，以及立足於新的認知經驗和交互意圖才萌生出來的功能要求，依然要在語言的結構中得到實現。與語法功能相比，它們就成了似乎在追求特定效果的修辭動因。」〔註55〕公眾對「白宮」非自然死亡事件產生了強大的言說欲望，這正是當年「被自殺」這一說法被發明出來的修辭動因。

「被自殺」出現在網絡之初，是一個「修辭構式」，也就是依據語法無法完成意義推導的格式，因為「自殺」是一個自主動詞，無法用在表示被動的「被」字之後，所以它還只是一個臨時性的修辭說法。具體而言，就是在言語交際時，說話者和聽話者需要動用相當多的認知和溝通成本，諸如復述或瞭解「白宮」事件等信息，才能調動背景知識來扭轉語法習慣帶來的認知慣性，將「被自殺」的意義暫時理解為「被他人判定為自殺、被他殺或被迫自殺」。很快就有學者開始認定這是一類能「產生強烈的修辭效果」的「反諷」，其手段是「言者故意把『說』字隱去，把嘴上說的當成實際做的」，「利用語言的『自反性』故意把『名』和『實』混淆。」〔註56〕

（三）被突破的「被字句」的語法構式

所有的「修辭構式」都是對「語法構式」的突破，因為語法構式是大家習以為常的慣有語法格式，是可以通過構成成分來推導其組合意義的，而修辭構

〔註55〕劉大為，《從語法構式到修辭構式（上）》，《當代修辭學》，2010年第3期。
〔註56〕沈家煊，《世說新語三則評說》，《當代修辭學》，2010年第4期。

式則不能。參照「被字句」的語法構式來看，「被自殺」在出現之初無疑是違規的。

漢語語法研究的多數學者普遍認為被動句裏的「被」字是由表示「遭受」義的動詞「被」演化而來的，即「被」由表示「遭受」義的動詞演變為表示被動語法意義的被動標記。「被」後面的動詞要帶有強及物性且不可為光杆的動詞，「被」之前的主語需要與後面的名詞之間具有施受（也就是動作的發出者與接受者）關係。如例 2 就合乎「被」字句慣常的語法構式：

（2）外交部確認中國公民樊京輝被「伊斯蘭國」極端組織綁架並殘忍殺害。（新京報，2015.12.13）

例中「殺害」的動作發出者是「極端組織」，接受者是「樊京輝」。比較之下，「自殺」的語義要求施事和受事都是自己而非他人，所以無法進入傳統「被」字句的語法構式。「被自殺」因而成為對語法構式的突破，隨即引發了語言學界的持續關注。2009 年王燦龍就以《「被」字的另類用法》為題指出這是一個現象級的語言變異，但「這類不及物動詞的『被』字句用法主要限於網絡，至於能否真正進入一般的日常語言生活，並被大眾和學界所廣泛接受，還不得而知」〔註 57〕。

三、「被組合」：社會事實與語言變異

那麼，「被自殺」這幾年的應用情況如何？讓我們以百度指數為參考，來說明「被自殺」在網絡上的搜索規模。

圖 2 「被自殺」百度指數趨勢圖（2006～2016）〔註 58〕

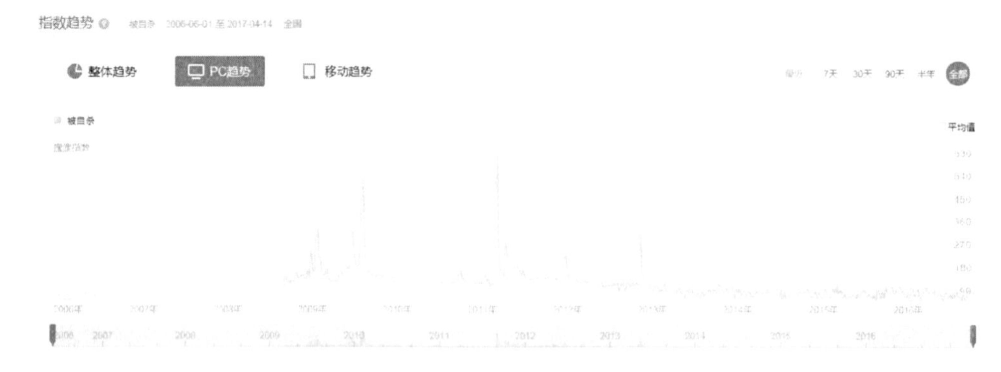

〔註 57〕王燦龍，《「被」字的另類用法》，《語文建設》，2009 年第 4 期。

〔註 58〕百度指數，https://index.baidu.com/?tpl=trend&word=%B1%BB%D7%D4%C9%B1，時間自定義為 2006 年 1 月 1 日至 2016 年 12 月 31 日。

（一）「被自殺」的固化

從圖 2 可見，2008 年首現於網絡的「被自殺」，是從 2009 年開始被網絡熱搜的，其較高的三個波峰都有明確的事件動因，它們強化了公眾對「被自殺」這一說法的理解、適應和記憶。

第一個波峰出現在 2010 年 1 月，廣東深圳市的臺資企業「富士康國際控股有限公司」（2013 年以後更名為「富智康集團」）生產基地及生活園區發生一起員工墜樓身亡事件，在之後的半年內由國內主流媒體報導的一系列跳樓死亡或重傷事件多達十餘起，大多數死者的自殺動機或死亡原因未知，之後富士康員工跳樓新聞被封鎖。中央部委聯合調查組於當年 5 月前往調查；而網民普遍認為惡劣的工作環境是富士康員工「被自殺」的元兇。十多次跳樓案的報導成為一次次對「被自殺」這一新興說法的強制性復述。第二個波峰的時段在 2011 年 8 月底。湖北公安縣紀委紀檢監察一室主任謝業新，在協助查辦該縣副書記貪腐案後不久在辦公室內身亡，身上有 10 餘處刀傷，當地公安機關宣布其為「自殺」，但諸多蹊蹺敏感之處也引發公眾認為其「被自殺」的疑慮。由於與「白宮」事件的高度相似，這一輪波峰達到最高值，「被自殺」以幾乎複製的方式再次被闡釋與傳播。第三個波峰是在 2013 年 5 月上旬，北京京溫商城安徽女孩袁某墜亡案後，民間回應激烈。知名博主「琢磨先生」率先發表了「不會自殺承諾保證書」，在新浪微博、騰訊微博和推特上以數十萬人次的量級被複製轉發，一些知名用戶如李開復等人的加入更是引發社會的熱議。至此，「被自殺」以不需要解釋的方式直接進入了人們的自覺表述中。

> （3）我是李開復，我絕對不會自殺。將來如果我出任何意外都是他殺，請警方務必徹查。轉發本微博並做出你的承諾以防被自殺。（原微博已被刪除。仍可見於 https://twitter.com/kaifulee，2013.05.09）

於此同時，大量非正常死亡事件見諸自媒體。「躲貓貓」、「俯臥撐」；「喝水死」、「鞋帶死」、「睡覺死」「談話死」、「噩夢死」，等等，都曾一度流行網絡。雖然沒有以「被自殺」為新聞關鍵詞，但是它們曝光的各種事件細節，固化了人們對「被自殺」的理解和記憶，以聯想的方式與「被自殺」構成語義上的聚合關係。

（二）「被組合」的衍生

2009 年 7 月，西北政法大學應屆畢業生趙某在天涯論壇上發帖，揭露所在高校為保證畢業生就業率，在學生不知情的情況下，與用工單位簽訂虛假就業協議，以造成畢業生順利就業的假象。

（4）在從未聽說過就業單位的情況下，便與當地一家公司「簽訂」了就業協議——對此，高校畢業生趙冬冬自稱「被就業」。一時間，「被就業」成為社會熱門詞彙。（人民日報，2009.07.27）

這是在《人民日報》上最早出現的「被組合」語例。「被就業」一說套用「被自殺」的格式，引發了「被組合」的風行。

（5）2009 年「被」字被廣泛使用並不是某個人的心血來潮。早在 60 年前，中國人就是「被壓迫」、「被欺負」、「被剝削」的。60 年後，「被」賦予了新的意義，例如：「被代表」、「被富裕」、「被就業」、「被自殺」等等。（楊恒均，新浪微博，2010.01.04）

此時，以「被自殺」為代表的「被組合」（如「被代表」、「被富裕」、「被就業」）明顯不同於「被壓迫」、「被欺負」和「被剝削」這類被字句，人們通過突破傳統的語法構式來描述自身所遭受著的被動現實。這時的「被組合」仍然是一個修辭構式，「事實上，恰恰是人們先感受到原本自己能夠控制的行為或狀態，現實中卻在人為操控下對自己產生了難以抗拒的壓制力，變得只能無可奈何地接受它們的影響以及由此帶來的後果，換句話說，它們在一定社會環境中已經被賦予了強及物性，人們才會在語言使用中自然地將它們充填進『被』字後的及物性空位。」〔註 59〕

這一系列的「被組合」使得這一修辭構式衍生為一種「框填式」的網絡流行語，「被」與其後的框填成分在語義搭配上出現「被動＋非被動」的悖論。具體來看「被」字後背框填的部分，第一種是〔+有意識、+可控制〕的，在行為域或認知域中具有自主性，動作或狀態的完成不需要出現他者，這就與前面所加的「被」的「被動義」矛盾了。如：

（6）在互聯網上不斷出現「被捐款」、「被就業」等詞語時，長沙市民張健嘗到了「被買房」的滋味。（中國青年報，2010.03.03）

第二種是〔+有意識、-可控制〕的，在行為域或認知域中也具有自主性，但其動作的完成或狀態的持續是不可由主體自身或其他主體所控制的，因此同樣與「被動」構成矛盾。如：

（7）從「被艾滋」到「被痊癒」：農民李建平的艾滋烏龍史（南

〔註 59〕辛儀燁，《流行語的擴散：從泛化到框填》，《當代修辭學》，2010 年第 2 期。

方周末，2009.09.02）

第三種〔-有意識、-可控制〕。往往是用於描述事件或狀況，無所謂主動更無所謂被迫，因而與「被動」義依然會發生矛盾。如：

（8）普通旅客怎麼才能不「被高速」（南方周末，2010.01.04）

這種矛盾的強制搭配迫使我們轉變認知模式，將「被」後面的陳述理解為非真實的內容，既可以是對客觀事實的否定（例 9），也可以是對主觀意願的否認（例 10）。

（9）僅有「總值」和「人均」的小康並不是全面的小康，一部分人「被小康」會損害全面小康的價值底色、降低全面小康的實際成色。（人民日報，2015.12.24）

（10）這裡的「少數和弱勢群體」不一定是經濟意義上的窮人，而是選民比例中的少數族群和政治氣候下的弱勢群體，比如亞裔雖然整體上擁有較高收入和學歷，但因為人口比例小而在選舉期間不是幾乎不被提及，就是「被代表」。（人民日報，2017.01.04）

當「被組合」衍生為一個幾乎可以否認一切的常用格式時，它作為修辭構式的流行感也就逐漸減弱了，而通過固化和衍生，「被組合」開始贏得語言事實的地位。我們在權威媒體 2017 年的報導（例 10）中，看到用於境外事件（美國的總統選舉）的語例，這進一步證實了「被組合」已經為漢語的語法構式所接受，特定語境的規定性已經被完全消解了。

四、「被時代」：語言事實與社會記憶的語言化

社會事實的發生，是語言變異的導火索。但沒有語言事實的錨定，社會事實的曾經發生將無跡可追溯，其後續影響也無法達成。

（一）社會記憶語言化的必要條件

需要特別留意的是，「一個語言變化需要在言語社區中逐步推廣，這個推廣過程是需要一股相當強勁的社會動力的」〔註 60〕社會動力來源於具體的事件動因，但是它的影響必須大到足以壓制語言常規並致使其發生變異的強度，我們的認知才會啟動社會記憶的語言化，即：以某種新的語言事實來應對新的社會事實。「被組合」能得以成為語言事實，根本原因在於我們進

〔註 60〕徐大明、陶紅印、謝天蔚，《當代社會語言學》，中國社會科學出版社，2012 年版，第 112～113 頁。

入了一個「被時代」，百度上甚至有「我們都是被字輩兒」的詞條。具體到「被自殺」，首先是因為存在一系列非正常的死亡事件，2010 年 3 月公安部甚至成立了一個名為「集中整治執法過程中涉案人員非正常死亡問題領導小組」。

其次，社會記憶的語言化要有「正典化」的步驟，需經過政治的、學術的、文化的認可。為民眾所能看到的則是，變異了的言語形式必須被社會的主流媒體接受且被自主傳播。一般而言，會經過一個從「被動引用」到「主動使用」，從文字媒體到綜合媒體傳播的過程。比如，例 1 是 2009 年的語例，其中的「被自殺」是以打引號的方式出現在《東方早報》上的。2013 年賈樟柯導演的電影《天注定》出現了取材於富士康跳樓事件的一個故事，上海「立波一周秀」這類劇場脫口秀節目中「謝業新案」也成了被公開諷刺的話題。到 2014 年 7 月中央電視臺的時政評論節目《焦點訪談》，在「被打護士又被自殺」的報導中，「被自殺」已經不再需要打上引號，而且與「被打」這類傳統被字句共現而不加區別了。

進入權威字典，是正典化最正式的形式，也是社會記憶語言化的最終標誌。2012 年 6 月由中國社會科學院語言研究所編撰的第六版《現代漢語詞典》，在「被」的條目下，添加了一個義項：「用在動詞或名詞前，表示情況與事實不符或者是被強加的（含諷刺、戲謔意）」〔註 61〕，其示例就是「被就業」和「被小康」。這標誌著，作為修辭構式的「被自殺」由此轉化為了語法構式。

與「被自殺」相似，2008 年十大網絡流行語之一的「山寨」也進入了 2012 年版的《現代漢語詞典》，新添的兩條釋義都源於這四年來的網絡流行，即「仿造的、非正牌的；非主流的、民間性質的」〔註 62〕。2014 年出版的《現代漢語規範詞典》（第三版）在「土豪」條目下參考網絡新義增加了「今也指富有錢財而缺少文化和正確價值觀的人」的新義項〔註 63〕。一旦進入詞典，不僅意味著相關音形義的合語法性被認可，而且對於該語言社群而言，記住這些內容

〔註 61〕中國社會科學院語言研究所，《現代漢語詞典》（第 6 版），商務印書館，2012 年版，第 58 頁。

〔註 62〕中國社會科學院語言研究所，《現代漢語詞典》（第 6 版），商務印書館，2012 年版，第 1131 頁。

〔註 63〕李行鍵，《現代漢語規範詞典》（第 3 版），外語教學與研究出版社，2014 年版，第 1329 頁。

是人們文化記憶的義務。可見，正典化是社會記憶語言化的必要環節。反過來，語言化是將相關的社會知識納入以語言為載體的常識系統的標誌。「因為文本被奉為正典，相關的人群就有義務回憶它。」〔註 64〕社會記憶經由語言化的型塑，完成了最廣泛也最抽象的固化。

當然，「並不是所有重要的文化經驗都會影響到語言的，而且並不是根據『文化經驗』的重要程度來決定它們影響到語言的可能性的大小。那些反映某個社會文化因素的語法特徵總是非常有限的，而且往往不代表該社會最典型的文化特徵。哪些社會因素能夠影響到語言取決於多種因素，其中最重要的一個限制是來自語言系統內部的狀況」〔註 65〕。「被自殺」類的被動句，在語義表達上仍舊遵循了被字句逆向表述基點的突顯原則，「說話人想要強調或突出某項行為某個動作的被動性、承受性，乃至不可抗拒性，就必須有意識地使用『被 V』式」〔註 66〕。木村英樹的觀點也解釋了「被自殺」後面出現非強及物性動詞的可接受性，他指出，被字句中的及物性關係應該概括為有影響性的（affected）關係，相應的，「被」字前面的成分的語義角色就是受影響者（affectee）〔註 67〕。

（二）社會記憶語言化的必然後果

語言化了的「被組合」是「被時代」社會記憶的符號化表達。俗語常說「我們那裏是有這麼個說法」，這實際上是對某種語言化了的社會記憶的認可，意味著這種說法所負載的信息在當地應該是無需解釋的「地方性知識」（Local Knowledge）。「地方在此處不只是指空間、時間、階級和各種問題，而且也指特色（accent），即把對所發生的事件的本地認識與對於可能發生的事件的本地想像聯繫在一起。」〔註 68〕在圖 3 中，我們可以清晰地看到這種聯繫被突顯了出來。

〔註 64〕〔德〕揚·阿斯曼，金壽福等譯，《文化記憶》，北京大學出版社，2015 年版，第 321 頁。

〔註 65〕石毓智，《漢語語法演化史》，江西教育出版社，2015 年版，第 928 頁。

〔註 66〕張誼生，《助詞「被」的使用條件和表義功用》，見吳福祥、洪波：《語法化與語法研究（一）》，商務印書館，2003 年版，第 79 頁。

〔註 67〕〔日〕木村英樹，《漢語被動句的意義特徵及其結構上之反映》，*Cahiers de Linguistique-Asie Orientale*, 1997. 26(1), 21~35。

〔註 68〕〔美〕克利福德·吉爾茲，《地方性知識：事實與法律的比較透視》，見梁治平，《法律的文化解釋》，北京三聯書店，1994 年版，第 126 頁。

圖 3 「被自殺」谷歌關鍵詞指數趨勢圖（2004～2016）〔註 69〕

這裡較高的兩個峰值。左邊是 2011 年 8 月的謝業新「被自殺」案，這在圖 2 中也很突出，是一個被強化了的「警方『自殺』的結論不能令人信服」的「本地認識」。值得玩味的是，右邊的波峰出現在 2012 年 8 月，出於可以想像的理由，圖 2（百度）並未突顯，而圖 3（谷歌）則為最高值。與之對應的社會事件是：《人民日報》「大地」副刊主編徐懷謙，因罹患抑鬱症，於 2012 年 8 月 22 日下午 2 時跳樓自殺。業內人士證實自殺消息，並質問真實死因。公眾在死者自殺無疑的判定下執意追問「被自殺」，無疑是意在言外的「本地想像」了。對於過去發生的事情來說，記憶常常是選擇性的、扭曲的甚至是錯誤的（諸多「被自殺」案最終的法醫鑒定都是「自殺」，但是民眾仍舊堅持認為是「被自殺」），因為每個社會群體都有一些特別的心理傾向，或曰心靈的社會歷史結構。

社會記憶的基礎正是這樣的心理傾向，它是記憶主體針對自身所處狀況喚起特定的過去事件並賦予意義的主體性行為。從「本地認識」到「本地想像」，中間隱匿著牢固的民間邏輯，與體制話語構成了緊張的博弈關係。以「被自殺」、「躲貓貓」和「打醬油」為代表的一系列網絡流行語，在這場博弈中成為固化社會記憶的砝碼，從輿情來看，民間的社會記憶無疑爭奪到了一定的話語權，政府在民眾中陷入了信任危機。

〔註 69〕谷歌關鍵詞指數，https://trends.google.com/trends/explore?date=all&q=%E8%A2%AB%E8%87%AA%E6%9D%80，時間自定義為 2004 年 1 月 1 日至 2016 年 12 月 31 日。

（11）網絡對政府信息的質疑甚至惡搞，「被」句式的流行，如政府民意調查中的「被滿意」、「被小康」、「被就業」、「被提高」、「被代表」等現象，雖失偏頗，但反映出社會民意對政府行為缺乏應有的認可和信任。這些已經嚴重敗壞了黨的聲譽，損害了人民政府的形象，極大影響了政府管理行為的可信度和公信力。（人民日報，2009.12.08）

「被組合」可以說是中國流行語史上最具社會學和語言學價值的現象。作為語言事實的「被組合」，聲張了對公權力的不滿和懷疑，表達了公眾對個體權利的無奈訴求，也宣告著民眾社會參與意識的覺醒。這是「被自殺」引發的當代中國社會記憶的重要切片，「將一定時期發生在一定社會中的自殺現象作為一個整體來研究，我們會發現這個整體並不是一些獨立單位的簡單集合，相反，它本身就是一個自成一體的新事物，有著自己的整體性，自己的個性，甚至自己的本質特徵。而就其本質說，它具有社會性質。」〔註70〕

網絡給社會記憶的語言化提供了新的媒介，為自媒體與體制話語的博弈提供了方便的舞臺，網絡流行語才得以借快進的方式從修辭構式轉化成了語法構式。參照揚·阿斯曼的文化記憶理論，我們會發現：社會記憶的語言化正好對應著交際記憶向文化記憶轉化的過程（見表14）。

表14　語言變異理論與文化記憶理論的關係對照表

語言變異理論		文化記憶理論	
修辭構式	·依據語法無法完成意義推導 ·需要調動交際者的認知成本 ·具體語境中的臨時性應用	交往記憶	·以日常交往為基礎的集體記憶 ·主體具有不穩定性、非組織化 ·時間的有限性
語法構式	·依據語法可以完成意義推導 ·任何語境中的常規應用	文化記憶	·記憶轉化成了歷史 ·失去了當代關涉

五、本節小結

歷史有驚人的相似。1947年，法國超現實主義詩人和戲劇理論家安托南·

〔註70〕〔法〕愛米爾·杜爾凱姆，鍾旭輝譯，《自殺論》，浙江人民出版社，1988年版，第6～7頁。

阿爾托（Antonin Artaud）完成了他對梵高藝術的論著，書名定為「Van Gogh le suicidé de la société」，糅合「自殺」和「被社會壓迫」的意義矛盾，表達了他對梵高之死的看法：「一個人不是孤獨地自殺，一個人也不是孤獨地死亡。自殺的時候，為了迫使身體做出剝奪自身生命的非自然舉動，需要一整個邪惡勢力的軍隊。」這個說法在法語中是不合語法的，後來很多英文譯者把它譯為類似中文「梵高：被社會殺死的人」，也失其神韻。網絡流行語「被自殺」的出現，弔詭地使我們得到了一個傳神的漢譯「梵高：這個社會的被自殺者」。值得玩味的是，即使到今天，這個說法在法語中仍舊只是暫時性的修辭構式，而不為法文語法所接受；而在漢語中類似的「被組合」卻已經變成了一個語法構式了。

不難想像，若干年後人們使用「被自殺」類的語法構式時，那些真實發生過的「被自殺」事件會被淡忘，交往記憶會被磨損並消耗殆盡。言語活動的語境規定性消失了，但是語法的新構式留存了下來；也就是說，變異完成了從言語到語言的進程，「被壓制、被愚弄」凝結在了被字句新添的語法意義中。儘管語言學者仍可以在文獻中找尋這個語法意義由來的草蛇灰線，但是民眾只會在相似的境遇時使用這個表示質疑、抗爭與覺醒的語法構式，以文化記憶的重構來延續文化遺產，具體地說就是參照當下的情境激活並啟用「被組合」。

作為難得的個案，「被自殺」由此證明了：語言變異是與交往記憶相適切的可變符號連續統：社會記憶依賴某種媒介，如文物、圖像、文獻或各種集體活動來保存、強化或重溫，在這些穩定的形構方式中，語言無疑是其中最強大的。社會記憶語言化的實質是使得交流意義或集體分享的知識得以客觀化即語言符號化，完成從修辭構式到語法構式的全過程，這是相關知識以社會遺產的形式進行傳播的先決條件。「我們已瞭解了語言是如何將世界客觀化的，它把一切經驗都轉化為一個統一的秩序。在這一秩序的確立過程中，在既理解世界又產生世界的雙重意義上，語言便把世界給現實化了。所以，維繫事實的基本現實就是不斷地用同一種語言把延綿的個人經驗客觀化。〔註71〕」過去的哪些說法在該文化記憶中被保留下來並突顯出來，哪種價值在其身份徵用中被呈現出來，極大地向我們揭示了這個社會的構造和傾向。

〔註71〕 Perter L. Berger, Thomas Luckmann. *The Social Construction of Reality: A Treatise in the Sociology of Knowledge*. London: Penguin, 1967. p 173.

一個社會通過保持語言類的文化記憶，才能將對自我的身份認同延續下去。「被自殺」也正是在這樣的意義上，標誌著當下中國民眾的「地方性知識」，並為後世留下了理解當代中國社會心理認同的民間樣本。

第三章　民間表述與社會記憶

流行語固然是在特定時期被民眾高頻使用的新出現的話語模式，但究其本質，則是一種群體性的言語行為，是百姓借助某一話語事件的不斷轉發或者某個詞語的持續引用而形成的社會性述說。這些回應現實、表達認同的民間表述，塑型著當下與未來中國的社會記憶。

本章從全球範圍內人文社會科學的語言轉向特別是敘事轉向的理論梳理開始，論證了以民間書寫為代表的非虛構言語實踐在當下社會認知中的決定性地位；繼而分析了二十一世紀前後的中國，網絡書寫為何以及如何取代了現當代文學自五四運動以來的第一把文化啟蒙交椅；接著以面對面調研為實政手段，具體闡釋了流行語是如何經由話語互動，將社會輿論體制化為群體意志的；最後得出如下結論：當下中國的網絡時代，流行語為表徵的「小敘事」進入社會記憶而成就為國家和時代的「大敘事」，並與體制話語相參照，繪就了具有時代意義的「網絡上的中國」。

第一節　非虛構言語實踐與新的語言轉向

2007年至2013年是非常特殊的一段時期，以草根書寫為表徵的民間語文異軍突起。它既是民眾自覺言論的澎湃潮流，更是極具深意的文化景觀。作為其中精銳代表的流行語現象，更是在群體性語言變異和媒體換代的表象下實踐為一種諷喻性和情緒化的生活方式。它以社會事實的身份，成為網絡媒體時代一段值得探究的時代風景。

網絡技術改變了我們對這個世界的知識習得和觀念來源，生產、造就了新的知識形態和社會組織方式。正是在這樣的背景下，群眾性非虛構敘事行為才可以借助其現實針對性，突顯主體意志，使表述過程上升為具有民主意義的話語實踐。我們把這類兼具「現實性」與「行動性」特徵的言語實踐稱之為「非虛構言語實踐」。

「非虛構言語實踐」不僅是這七年中極具中國特色的社會文化熱點，而且也是網絡時代人文社會科學發展的標誌性事件。「非虛構言語實踐」以民間包圍學院的方式深刻地解構了自上而下的宏大敘事，以自下而上的話語形式開啟了新的文化啟蒙的路徑；它使具有社會實踐意義的真實語料重回各學科的本體地位，是一個世紀以來「語言轉向」運動在認識論和方法論上的又一次整合和發展。

一、從語言事實到非虛構言語實踐

2007 年至 2013 年，民眾似乎有著無窮無盡的創造力去發明並傳播新的詞語、歌謠和俗諺。一個社會新聞引發一場造句運動〔註 1〕，一場經濟風波帶動一股造詞風潮〔註 2〕。各類研究機構和大眾傳媒都爭相發布年度流行語榜單；中國社會科學院的《社會藍皮書》也就 2008 年和 2009 年網絡流行語及其相關輿情撰寫了專文進行分析。這種看似表面的言辭的變革已經由「語言潮流」升格為了「語言事實」。所謂「語言事實」，是指在一定的時期內，一些言語行為的方式，只要它普遍客觀地存在於言語交際中並能從外部對個人產生制約，都被叫做「語言事實」。「語言事實」是以語言應用為表徵的「社會事實」，是獨立於個人並帶有強制性的。

對應於公眾輿論的流行語域，像「躲貓貓、俯臥撐」之類已經不是指稱普通的運動娛樂，而是言有所指的新聞事件的代稱，其新指稱和新用法已然得到了公認，僅以「躲貓貓」為例，2009 年百度和谷歌兩大搜索網站共出現 3542

〔註 1〕這裡的「造句運動」指的是由具體的新聞事件引發的套用句式的群體行為。如：2008 年的「被自殺」、「很黃很暴力」，2009 年的「哥（　）的不是（　），是寂寞」，2010 年的「我爸是李綱」等。

〔註 2〕這裡的「造詞風潮」指的是針對具體的社會變動，通過諧音、雙關等修辭手段仿擬新詞的群體行為。最為典型的是 2010 年與物價上漲相關的一批仿擬詞，如：「蒜你恨、豆你玩、薑你軍、蘋什麼、油他去、糖高宗、煤超瘋」以及 2011 年的「鹽王爺」等。

萬次〔註3〕，這意味著這一說法已經不再是某種圈內隱語或黑話。按照法國社會學家迪爾凱姆的觀點，它已經具有了「物」的特徵，即：外在性、強制性和普遍性。

民間語文以語言事實的身份，突顯了語言在理解和反映現實方面的重要性。然而，「社會文本不僅僅反映預先存在於社會世界和自然世界中的物體、事件和範疇，而且，它們積極地建構這些事物的面貌。它們不僅僅是描述事情，它們還做事情。由於它們是積極的，因而它們寓有社會和政治意涵。」〔註4〕變化了的語言事實編織著全新的社會文化景觀，控制著我們社會經驗的來源，調整著我們觀察世界的視角，直至改變了我們社會參與的方式——一如語言哲學家維特根斯坦（Ludwig Wittgenstein）的名言，「我的語言的界限意味著我的世界的界限」，以流行語為代表的民間語文對於當代中國的意義也由此凸顯了出來。

也就是說，流行語不僅是社會變革的表征和影像，而且已成為社會變革的動因和推動力。再以「躲貓貓」為例，3542 萬次的搜索率不僅證實這一非正常死亡事件已聚焦為公共輿情，而且意味著民眾廣泛的注意、關切以及不滿。民眾通過這樣的言語實踐，「對中國社會發展中的種種問題暢所欲言，能在極短時間內凝聚共識，發酵情感，誘發行動，影響社會」〔註5〕。可見，民間語文是基於語言事實的嶄新的社會文化現象，更是社會實踐的全新的行為方式。

因此，我們將新興的類似民間語文的言語實踐稱之為「非虛構言語實踐」，它們都具有明顯的「現實性」（即：非虛構性）和「行動性」（即：言說行為與社會實踐同構）。之所以冠之以「言語」而非「語言」實踐，是因為民間語文無疑是「個人的意志和智慧的行為」，是「以說話人的意志為轉移的個人的組合」〔註6〕，即，「言語實踐」是意志所向。

英國話語分析語言學家諾曼·費爾克拉夫明確地總結了這類具有社會實踐意義的言語行為的性質，他指出：「任何話語『事件』（即任何話語的實例）

〔註3〕祝華新、單學剛、胡江春：《2009 年中國互聯網輿情分析報告》，載《2010 年中國社會藍皮書》，社會科學文獻出版社，2009 年版，第 248 頁。

〔註4〕〔英〕喬納森·波特、瑪格麗特·韋斯雷爾，肖文明等譯，《話語和社會心理學》，中國人民大學出版社，2006 年版，第 9 頁。

〔註5〕祝華新、單學剛、胡江春：《2009 年中國互聯網輿情分析報告》，載《2010 年中國社會藍皮書》，社會科學文獻出版社，2009 年版，第 246 頁。

〔註6〕〔瑞士〕索緒爾，高名凱譯，《普通語言學教程》，商務印書館，1980 年，第 35 頁、第 42 頁。

都被同時看作是一個文本，一個話語實踐的實例，以及一個社會實踐的實例」〔註7〕。也就是說，我們所謂的「非虛構言語實踐」就是同時具有「現實性」與「行動性」特徵的言語實踐行為，其文本編碼行為、話語言說行為和社會實踐行為是三位一體的。

二、言語行動的主體性

三位一體是「非虛構言語實踐」的要義，這時，言語行為成為實現社會角色、實施社會實踐的途徑。「社會角色指的是言語交際過程中交際雙方或多方之間的社會關係；而話語角色指的是參與交際的任何一方與話語信息之間的關係」〔註8〕。一個言語行為，一旦上升為言語實踐，話語角色（discourse role）裏的文本的作者（author）、言語行為裏的說話人（speaker）就通過社會角色（social role）中的實踐者（agents）這樣一個唯一的渠道進入到生活的現實中去，說話人的權力和義務系統被激活，主體意志便得以彰顯和實施。也就是說，話語的生產者不僅是「主體」（subjects），而且是「行動者」（agents）。

再進一步，當行動著的主體由單個擴展為群體性時，「非虛構言語實踐」也就水到渠成地演變為民主化的社會實踐。全球化、多元化和現代性在互聯網技術的支持下，徹底改變了這個社會話語交流的模式和意志傳播的時空，話語實踐成為社會變化的重要區域。新式傳播手段的使用，為人們的表達方式、表達內容以及社會文化、社會事件的組織方式等多個方面帶來了深刻變化。普通民眾開始擁有機會，加入到實踐主觀意志的話語實踐中。由此，「非虛構語言實踐」借助主體性彰顯的群眾性言語實踐開闢了啟蒙和自我實現的新路徑。

從表面來看，「非虛構語言實踐」不過是眾多小民對小民的小敘事的關注，「我們不再求援於大敘事——我們既不訴諸精神的辯證法，甚至也不訴諸人性的解放」〔註9〕。

法國哲學家讓-弗朗索瓦·利奧塔（Jean-Francois Lyotard）在後現代的名義下，從理論上為「小敘事」即所謂「市民社會的文化的東西」正名。「我們看到一個決定性的方面：歷史是由敘事的雲層構成的，敘事的被報導，敘事的

〔註7〕〔英〕諾曼·費爾克拉夫著，殷曉蓉譯，《話語與社會變遷》，2003年，華夏出版社，第5頁。

〔註8〕俞東明：《話語角色類型及其在言語交際中的轉換》，《外國語》，1996年第1期。

〔註9〕F. Lyotard, *The Postmodern Condition*, Manchester University Press, 1984, p60.

被發明、被聽說和被表演；人並不是作為主體而存在的，人的歷史不過是千千萬萬微不足道的和鄭重其事的故事的堆積，時而其中的某些被吸引在一起構成大敘事，時而又消解為虛幻飄渺的浮雲，但是它們被籠統地總括起來就形成稱之為市民社會的文化的東西。」〔註 10〕在現實中，這些小敘事的背後凌亂地埋伏著看似獨立的言語主體；然而，一旦某一「小敘事」揭竿而起，在它的旗幟下，散亂的主體便一呼百應，凝聚成群體的意志：「網絡熱詞對應著廣大網民『圍觀』的焦點事件，它們要麼牽扯公共利益，要麼促動大眾情緒，要麼關乎社會正義」〔註 11〕。在部分主流媒體的宏大敘事僵化空洞的灌輸面前，地位低微的小民通過新的傳播空間聚集起來，以他們各自看似微不足道的小敘事（好比發明或者傳播一個流行語）形成改變醜惡行徑的社會的力量，讓話語事件及其裹挾著的行為實踐形成巨大的輿論壓力和社會情緒，說出了民眾發自內心的聲音。

這是一次必須正視的變革。在二十一世紀的最初十年間，在學院派猶豫踟躕、學究們咬文嚼字的當兒，在文藝作品用小資、華麗、放蕩、惡搞以及最重要的沉默包裹懦弱時，來自民間的「非虛構言語實踐」用訴說的衝動直陳了對現實的態度，「中國達人」們毅然噴張著百姓的意志血脈「開胸驗肺」〔註 12〕，用小敘事書寫了大敘事。

「歷史學家的任務就是與作者一起和在作者所表達的範圍內認同作者的詞語，去顯示作者所使用的語言如何自動行使著規定作者想說和如何想說的功能」〔註 13〕。抓住這些流行語及其語境，透過這些詞語的線索來把握和理解民眾為什麼在這樣的語境下來創造和傳播這樣的詞語，我們才能瞭解民眾的思想表達，知曉社會的真實需求，從而客觀記錄正在發生的歷史。

這樣的思維進路必然導致一次自下而上的解構，民間語文以發明、傳播新詞語的方式解構了權威媒體的話語霸權；它帶著「以民間包圍學院」的印記，帶著言語層面「農民起義」般的啟蒙自覺，昭示著新民主誕生的可能道路。「公眾參與從根本上改變了政府傳統的獲取民意的方法，由封閉轉為公開透

〔註 10〕F. Lyotard, *Instructions païennes*, Paris: Galilée, 1977, p39.

〔註 11〕李永剛，《網絡原住民的語文運動》，《社會科學報》，2010 年 2 月 25 日。

〔註 12〕「開胸驗肺」和「中國達人」都是流行語。2009 年，河南 28 歲農民工張海超經過兩年的維權求醫仍然得不到明確的職業病診斷，為求病情真相，他不惜「開胸驗肺」。「中國達人秀」是 2010 年由上海廣播電視臺開始製作的一檔電視真人選秀節目，旨在實現身懷絕技的普通人的夢想。

〔註 13〕李宏圖，《歷史研究的「語言轉向」》，《學術研究》，2004 年第 4 期。

明，由政府和官員主導一切變為公眾能主動參與，特別是利害相關人有權利參與」〔註 14〕。本世紀以來發生在中國的眾多「公眾參與」事件正是這種民主萌芽的生動例證。

三、言語實踐的本體性

更富有意味的是，「非虛構言語實踐」決不止於是中國特色的標誌性的社會事件，而且更將是人類自我認知變革再次啟程的標誌性事件。透過現象看本質，「非虛構言語實踐」無疑重新撞擊了一個古老的難題，即：語言與現實的關係；以及與此相關的人類關於自身的一個更大的困惑：如何穿透語言的屏障來表述對現實的認知並進而改造現實。

在人文社科領域，這一問題的經典回答便是「語言是對現實的描述」。語言哲學初期，不少哲學家都在某種程度上持有這種「指稱論」的觀點。指稱論認為詞語的意義就是詞語的指稱，這樣不僅交待了意義的緣由，而且建立了語言與現實的一種關係：語言是現實的鏡象，鏡象在吸引了人類認知、表達了人類認知結果的同時，也割斷了認知者與現實的直接關聯。

現代語言學在經歷了從索緒爾到喬姆斯基（Noam Chomsky）內部語言學的發展長路之後，辯證地走向了突圍之路。從奧斯汀（John L. Austin）到塞爾（John R. Searle），「意向性」作為先遣部隊，深入到語言與現實之間的沼澤。「意向性」在「言語行為」所謂的「言後行為」中比「言內行為」和「言外行為」更為顯著，就在於它意在說明：任何話語不僅使用了語言符號，而且表達了說話人的意向；也就是說，談話是一種帶有意圖的行為，所有話語都既是指稱外部世界的，又具有表達內心力量的勢能。「言語行為」理論讓人們認識到社會常規在經由談話而達成行動的過程中的作用，然而，他們所添加的語境仍然是擬想的、個案性的，因而與唯理語言學相比，只不過是人為具象過的抽象，並沒有日常話語的實踐性基礎。

由更翔實和細緻的經驗研究為指引，以加芬克爾（Carfinkel Harold）為代表的社會學「常人分析法」主張從分析人們日常生活的行為入手來分析社會結構，強調交際互動的性質在各種語境中的再生。談話不僅僅是關於行動、事件和語境的，它同時也是這些行動、事件和語境的有力的組成部分。常人分析學家稱這種現象為談話的「反身性」（reflexivity）特徵。「反身性」讓話語獲得了

〔註 14〕蔡定劍，《公眾參與及其在中國的發展》，《團結》，2009 年第 4 期。

現實的地位，具備了建構性的實踐價值；然而，它也陷入了一個永無止境的循環，後面的話語解釋前面的話語，「反身性」的邏輯怪圈的確難以自我克服。

以巴爾特（Roland Barthes）、福柯（Michel Foucault）、德里達（Jacques Derrida）為代表的符號學家揭示了文本的意義本質上來自於歷史語境的互文，即潛在的符號價值系統的制約；闡明了在時間的流動中考察意義的必要性。這些後結構主義的洞見同樣適合於語言的社會應用和時代變遷的研究。

二十世紀八十年代，言說心理學（discursive psychology）及其話語分析法正是在這樣的理論發展影響下出現了。受建構論的影響，該學派認為：社會世界和個體是被言語實踐不斷建構的，語言是建構的積極媒介。它不接受個體主義有關個人的內心是「封閉的黑箱」和「容器」的看法，強調心理狀態本質上是社會性的實踐產物，即：宏觀的社會結構通過媒介等型塑了社會認知，這種認知又影響了人們的社會構想、社會交往和實踐，進而影響社會結構的形成和轉變。「通過生產那種為集體所承認並且因而能夠被實現的關於存在的表徵，語言生產著存在」〔註 15〕。換句話說，話語分析認為：宏觀社會結構通過文本和談話型塑社會認知，激活並改造社會認知圖式，並將其凝結在人們的日常話語中。

值得注意的是，對話語的關注只有結合建構論的立場，才能真正走出內在心理解釋的框架，個人與社會的二元兩分才會被消解。與實在論相反，建構論的話語分析不把話語看作是主體所用的工具，否認社會和個人的本體論地位；而是把包含態度與行為的心理狀態轉化為言語實踐，因而消解了心理實在，於是，言語實踐便獲得了本體論的地位。

20 世紀 80 年代的「教育敘事」就是其中的突出嘗試。所謂「教育敘事」可以理解為「講教育故事」，「教育敘事」裏的「事」必須是講述者親歷親聞的，敘述者的講述必須有明確的動機。「教育敘事研究主張將主觀經驗世界推向前臺，通過對經驗事實的深度描述和深度詮釋，呈現實踐視野中的教育意義」。〔註 16〕可見，在教育敘事中，敘事既是對教育過程的如實陳述，又是教育的反思行為和教育觀念的傳播過程，即：「教育敘事」作為教育領域的「非虛構言語實踐」，其實質就是關於教育的「敘實」與「實踐」的同構。

與之類似，19 世紀 80 年代西方人類學發生過一次「文學轉向」，人類學

〔註 15〕〔法〕皮埃爾·布爾迪厄著，褚思真等譯：《言語意味著什麼》，商務印書館，2005 年版，第 14 頁。

〔註 16〕丁鋼，《教育敘事的理論探究》，《高等教育研究》，2008 年第 1 期。

者主張通過個性化地選擇記錄什麼、如何記錄來表達觀點，這實際上就是肯定多重文化價值體系下的多樣化的「非虛構語言實踐」具有真實性和正當性。20世紀60年代興起於歐洲的行為藝術，相較於注重藝術行為結果留存的傳統藝術，它更是強調、注重藝術家的行為過程意義和觀眾的現場參與，其本質就在於將現實本身作為藝術實踐的本體。20世紀80年代非虛構敘事在西方人文社會科學各領域掀起熱潮，從單純的材料，變為社會學理論和研究的出發點，出現了影響深遠的「敘事轉向」。這些實例展示了非虛構言語實踐的具體過程，證明了私人敘事對於宏大敘事的支撐和建構作用，更揭示了真實語料在人文社會科學中的本體論地位。

四、另類揚棄與新的語言轉向

「非虛構言語實踐」以解構者和啟蒙者的名義，重返人類關於語言與現實的認知起點，宣告了文本形式和真實語料的第一性價值，突顯了話語實踐的本體地位；這必將導入又一次廣泛的認識論和方法論的激變，為當下關乎語言的文化、社會和藝術的研究帶來革命性的變革。

一個世紀以來影響深遠的「語言轉向（Linguistic Turn）」運動由此故地重遊，話語實踐以別樣姿態重回人文社會科學的焦點。「語言轉向」作為將研究對象和研究方法轉向語言和語言學的一種思潮，覆蓋了社會科學和人文科學的眾多學科，「所有這些人都已經被語言研究弄得神魂顛倒了。他們不僅癡迷於語言所具有的制度性特徵，而且也癡迷於語言無限的生成特性」，語言被大家公認為「是一切社會化過程最為根本的要素」〔註17〕。

語言的這種無處不在的突出性以及認知對象與語言表述的深切關聯至今也沒有改變。在已經發生的「語言轉向」中，有兩種旨趣與網絡流行語的「非虛構言語實踐」直接相關：

其一，是以日常語言分析哲學為代表的對日常話語的絕對地位的肯定。它不僅是在哲學思考內容上關注語言，在哲學思考方法上採用語言分析，更為重要的是使日常話語具有了反省人類認知和生存狀態的首要地位：「語言轉向的根本意義在於更深刻地把哲學和物理學加以區分，或更寬泛地說，更加明確地區分有我之知和對象化之知」〔註18〕。包括後來的言語行為理論和邏輯經驗主

〔註17〕陳嘉映，《語言轉向之後》，《江蘇社會科學》，2009年第5期。
〔註18〕陳嘉映，《語言轉向之後》，《江蘇社會科學》，2009年第5期。

義在內的哲學的語言轉向，本質上都是通過反思語詞，對人類如何理解自身的存在進行考察。

其二，是以社會學、闡釋學、歷史學為代表的對語言表述社會性的強調。哈貝馬斯（Jürgen Habermas）的交往社會學、福柯的知識考古學和布爾迪厄（Pierre Bourdieu）的反觀社會學都「不再去構造能調控社會的種種理論模式，而是在人們的交往話語和行動符號中揭示虛假，批判異化，通過對各種文化的和實踐的文本闡釋而析理出被深埋的人生價值和生活意義」〔註 19〕。語言表述的社會性和歷史性由此得以彰顯。

網絡時代中國的語言轉向使得實踐意義的真實語料（例如以流行語為代表的民間語文）重迴學科的本體地位，一如日常語言分析哲學對日常話語絕對地位的肯定。它們在話語的非虛構標準上如出一轍，只不過由於時代的突變，普通民眾的日常話語佔用了「日常」之外更多的政治意識空間，進入了社會實踐的領域。這幾乎就和第二類旨趣「對語言表述社會性的強調」完全吻合，只不過現在更看重社會性的當下意涵和現實影響，而不是社會性的歷史發展。

可見，「非虛構言語實踐」對「語言轉向」的既往旨趣有所衍生、轉換和揚棄。在再度闡釋和再度實踐的過程中，新的「語言轉向」已經踏上了征程。帶有社會實踐意義的真實語料重回社會生活和學科研究的本體地位，言說者的主體性通過「非虛構語言實踐」得以呈現和實施。在現實生活中，「人們描述這個世界，塑造出各種相關的細節，闡明它的道德意味，說明它所具有的因果影響力；人們也描述認知，塑造出一種信念、動機和感覺的內心活動，從而使他們的行為能被理解。這些描述所採取的形式，看起來彷彿就是他們在施行行為。」〔註 20〕

人們總是在說話中建構自己的所謂「現實」，而不是只在存在偏見或者刻板印象的時候才這樣（當然，這種情形下會更明顯，比如流行語）。陳述者並非一定是有意為之，但是，任何話語都建構著認知並進而影響行動。與言說心理學所倡導的話語分析的主張相比較，「非虛構言語實踐」更看重社會認知形成之後的實踐性，更強調套疊在言說行為之上的社會參與和人生實踐，因而，「話語」與「實踐」成為新的「語言轉向」的標誌性雙翼：話語成為引領態度

〔註 19〕劉少傑，《社會學的語言學轉向》，《社會學研究》，1999 年第 4 期。

〔註 20〕〔英〕喬納森·波特、瑪格麗特·韋斯雷爾，肖文明等譯，《話語和社會心理學》，中國人民大學出版社，2006 年版，第 276 頁。

和行為的本體性存在，話語實踐成為社會變革的現實主義載體。

五、本節小結

社會生活的發展開拓全新的認知空間，實踐的更新呼喚認識的不斷前進。二十世紀的第一個十年，與文藝復興時代的意大利一樣，是激烈變革和奇蹟萌發的所在，也因此是帶領人類深入認識自我、勇敢面對未知世界的所在。2007年至 2013 年的中國，以流行語為代表的民間語文的興起已經拉開了一場新的語言轉向的序幕。這是解構和啟蒙的生動開篇。

正是因為如此，「非虛構言語實踐」就不僅現在是極具當下性和中國特色的社會事實，而且也是人文社會科學發展史上的標誌性事件：「非虛構言語實踐」以民間包圍學院的方式深刻地解構了虛構的宏大敘事，以新的話語形式開啟了新的文化啟蒙的路徑；也將成為一個世紀以來「語言轉向」運動在中國的落地實踐。由於言說行為同時也是社會實踐行為，使得「民主化」的話語實踐成為了不可忽視的社會事實——人文社會科學在認識論和方法論上務必順應時代的要求，轉向新媒體時代的真實的語言世界。

第二節　自媒體寫作與新啟蒙

一個時代有一個時代的文學。在以「網絡、多元化、現代性」為關鍵詞的當代社會裏，啟蒙文學已然式微；以草根書寫為表徵的現實主義非虛構寫作悄然發生，以流行語的創作與流行為代表的群眾性的自媒體寫作及所體現的文化價值，在二十一世紀前後，以不可阻擋之勢取代了現當代文學在相當長歷史時期中的文化啟蒙地位。與白話文對新文化運動的促發作用相似，自媒體寫作的民間發生或許也將引發當代中國社會和市民文化的時代性變革。

一、現當代文學曾有的啟蒙地位

某個意義上說，中國現當代文學的命運就是我們這個國家的命運，到今天也是如此：「撫今追昔，二十世紀八十年代的文學曾經如火如荼。文學是種種啟蒙觀念的策源地，是我們描述和闡釋歷史的重要依據；至於二十世紀之初的五四新文化運動，文學甚至開創了歷史本身。然而，如今的文學彷彿已經退休。文學沒有資格繼續充當社會文化的主角，活躍在大眾視野的中心。無論是報紙、電視節目還是互聯網上，文學的份額越來越小，甚至消失。我們的印象中，公共空間的主角是另一些學科，例如經濟學、政治學、社會學、法學，如此等等。這個年度的國民生產總值以及目前股票市場的趨勢如何，明天的民主政治將以何種形式出現，數以億計的農民湧入城市帶來哪些問題，哪些企業職工的合法權益遭到了侵犯——這些問題哪一個不比平平仄仄的文字遊戲或者虛構的懸念更重要？某些作家或者詩人還在那裏孤芳自賞，強作歡顏，自詡文學乃是皇冠上的明珠；然而，這些觀點無助於改變一個事實：老態龍鍾的文學退出了公共空間，呆在路邊的椅子上打瞌睡去了」。〔註21〕

儘管我們仍然會為現當代文學曾經給與過我們的精神力量而一次次怦然心動，但是不以人的意志為轉移，她的光榮悄然褪去。以長篇小說為代表的傳統文學，在今天的公共領域漸行漸遠，留下長長而落寞的背影。文學不再吸引普羅大眾的目光甚至知識分子的關注，以長篇小說為代表的當代主流文學日趨式微，已經成為無須諱言的事實。

然而，最近這些年來，文學仍然在試圖以其他的方式重回大眾的視野。不少貌似與文學相關者，以文學盟友甚至直接以文學的名義再次登臺：「任何非文學的東西都可以成為文學的『法人』，任何非學術的東西都可以登上學術的殿堂」〔註22〕。這一風潮被冠之以「文化轉向」，經此轉向，文學變成了一個包羅影像、時尚、網絡、媒介乃至性別、身體、城市、消費等等研究在內的界限模糊的「跨學科」。現當代文學的沙龍裏，舊上海年歷片、老《良友》、巴黎街頭的游蕩者、無聲電影……華洋雜處，懷舊情濃，傳達著所謂「現代性的建構」和「民族國家的想像」。

面對這樣一次看上去起死回生的變革，文學內部爭議已出。贊成者認為：「20世紀90年代以來，文化研究已極大影響了中國文論的建設與文學研究的現狀，跨學科的文化研究發展迅猛，文學的『文化批評』成為重要趨勢。……文化研究的流行啟示我們，西方文學研究與文學批評所發生的文化轉向，既是其社會總體發展的大勢所致，更是文學自身內部要素運動的結果。在經歷了語言論轉向，把文學研究的實踐專注於文學內部的種種規約後，其理論和批評的走向必然要向更寬廣的社會、歷史、政治等層面拓展。」〔註23〕

〔註21〕南帆，《文學與公共空間》，收入《關係與結構》，吉林出版集團，2009年版，第24頁。

〔註22〕趙憲章，《匪夷所思「跨學科」》，《文匯讀書週報》，2010年3月12日。

〔註23〕李西建，《文化轉向與文藝學知識形態的構建》，《文學評論》，2007年第5期，第7頁。

「文化批評」的反對者則委婉地指出，「文化研究也帶來了學科生存與學科間關係的一系列新問題。首先，從研究對象來說，文化研究確實避開了文藝學傳統範疇的擁擠與撞車，另開新路，但同時也出現了擠佔其他學科的路、造成新的撞車的現象。其次，從研究主體來說，文化研究是研究者學術興趣、知識結構與價值追求的轉向，而不是現實中的專業方向、職業身份與學科歸屬的挪移。再次，從文藝學學科本身來看，文化研究已經為新一輪的文學研究奠定了基礎。文藝學在後現代主義精神遺產的基礎上與文化研究的過程後，重返學科本位和文學焦點，並不是一種不可期待的新轉向。」〔註 24〕

其實，雙方的論爭並不是完全的爭鋒相對，而是各自闡釋了自己最得力的理由。反對者認為文學仍有可耕耘的領地，可惜提出希望之後，還未及展現這些餘地和新政；而贊成者顯然是急不擇路，然而，文學的處女地未必就是其他學科的荒野。凡是看過「文化轉向」的代表人物李歐梵的專論《文化研究與中國現代文學》的人，都會明白文化研究的背後，有著複雜的西方背景和微妙的意識形態批判的意味。文化被當成了符號，其背後「是政治、是性別、是種族、是征服、是霸權」〔註 25〕。李歐梵本人對此也是頗有微詞的。可見，這次貌似重生的文學回歸多少像是借了外援，沾了意識形態的光；而不是由於文學本體的陽氣回身而呈現出的康復。

二、啟蒙文學的輝煌與消解

回顧啟蒙文學的生命輪迴，有利於我們清醒認識當代文學的形勢。

從 1898 年前五四文學到 1985 年新時期文學，無論是對「彷徨」者的「吶喊」，還是「芙蓉鎮」上的「傷痕」；是「雷雨」中的「駱駝祥子」，還是「茶館」裏的「四世同堂」……都直抵心靈，引人深思，催人奮進。

文學史將這一時期的文學稱為「啟蒙文學」，「虛構」是這類文學最醒目的特徵。文學的虛構由於栩栩如生的形象而更加意味深長，文學家自主啟用和組裝各種意義符號建構著其想像的文學世界。然而，同樣意味深長的是，「虛構」正是「啟蒙」的絕配，它們彷彿是「啟蒙文學」這枚硬幣上「手段」和「功能」的兩面。「啟蒙文學」借助虛構的文學形象來表達理想，實現啟蒙；實質上是在言論環境的壓力下，利用隱喻的曲折手段來表情達意。

〔註 24〕方克強，《重審學科：文藝學與文化研究》，《江蘇社會科學》，2009 年第 6 期，第 139 頁。

〔註 25〕〔美〕李歐梵，《未完成的現代性》，北京大學出版社，2005 年版，第 54 頁。

與之相對應，文學評論也針對「虛構」做足了文章。由於啟蒙的間接性，現實與理想的被迫隱晦使得「解讀虛構」成為必需，這一時期的文藝批評因此熱衷於構擬象徵的原型、尋找聯想的種類，並忙於在文本與想像之間牽線搭橋。尤其值得一提的是，借鑒結構主義語言學的理論框架，文學批評實現了方法論意義上的「語言轉向」，開啟了新的閱讀理解的進路，「創作和思考在這裡不是重現世界的原來的『印象』，而是確實地製作一個與原來世界相似的世界；不是為了模仿它，而是為了使它可以理解。因此，人們可以說，結構主義本質上是一種模仿活動；這也是為什麼，嚴格說來，結構主義作為理解活動與特別是文學或一般藝術並無技術性的差別：它們都來自模擬，不是在實質類似的基礎上模擬，而是在功能類似的基礎上模擬〔註 26〕」。

為意念虛構形象，為形象落實功能，文藝學在作者與讀者、虛與實之間來回穿梭，為大眾做著「夢的解析」。需要注意的是，這次方法論的飛躍是與啟蒙文學的特質相吻合的：啟蒙是隱喻式的，所以，需要明眼人道出真相，對結構進行解析。在這一時期，文學的形式和內容、文學的創作與批評達到了完美的融合，也因此造就了我國現當代文學的黃金時代。

然而，環境和時間的變化使得啟蒙文學的虛構手法以及相關的一系列文學活動遭遇了空前的危機。「到了 20 世紀 90 年代。一切都被點到過來了。從來充當末等角色的通俗文化一舉擊敗精英文化，成為不可一世的文化主潮。」「文化主流的易位既不取決於官方的主管提倡，也並非由於文化精英們過於熱衷『化大眾』而最終被大眾所化，實實在在是因為商業社會的邏輯隨著現代化的變遷已經滲透到文化精神領域」。〔註 27〕

儘管有人說啟蒙是「未完成的」，但我們已然穿越了它；並走過了二十一世紀的第一個十年，這是一個後浪推前浪的多媒體時代。博客、微播、討論貼、電郵、微信等等電子即時媒體的存在，使得每個人都可以隨時隨地成為書寫和傳播的主人。每個信息的內容都兼具私密性和公開性，人人都能參與信息的生產、積累、共享和傳播。寫作因此變成了公眾實踐而非作家的特權。

由此帶來的後果之一，便是文學啟蒙的使命遭遇消解。在這個時代，各種不同的聲音來自四面八方，信息海量爆炸。以虛構為特徵的啟蒙文學，聲音逐

〔註 26〕蔣孔陽，《二十世紀西方美學名著選》，復旦大學出版社，1988 年，第 416 頁。
〔註 27〕許紀霖，《民間與廟堂：當代中國文化與知識分子》，生活·讀書·新知三聯書店，2018 年版，第 9 頁，第 10 頁。

漸減弱，人們不再接受某個「統一的聲音」的薰陶，不再需要通過文學的隱喻來認識社會，也不再需要借助文學的呼號來抒發情意。多媒體時代的信息、意識乃至意志的傳播，由傳統的「點到面」轉化為「點到點」，「教堂式的宣講」被「集市式的散播」所取代，殿堂文學的大眾影響因此被消解。困守「間接模擬」的虛構文學，自然淪落為小眾的自娛自樂。

啟蒙文學的輝煌和啟蒙的消解都是客觀存在的事實。辯證地看待這種變化使我們能更加深刻地理解文學（乃至一切藝術）的時代性。李幼蒸在分析崑曲的審美價值時曾經說過，「過往的偉大作品所能產生的美學價值在類型和強度上是經常變動的，我們可以客觀地承認它在過去享有的榮耀並予以理智上的尊重。從歷史上認定它的美學地位，但這並不意味著它至今仍然是能使我們情思飛揚的，即具有當下美感效應的作品。我們的審美態度本身就是一個多維結構。我們的審美態度的改變是一個高度社會性和文化性的問題。因此作品的「美學價值」也是與社會文化因素密切相關的，即與一般社會文化條件，與同類或異類文藝品中其他作品的存在史，與其他相關的思想、學術演變緊密地交織在一起的；所以作品美學價值絕不是自作品成立後就以某種方式為作品本身所固有的。」〔註 28〕

李幼蒸的論斷既說明了傳統文學地位的變遷，也揭示了啟蒙文學及其文學批評與其時代、乃至其他相關學科的依賴關係——現當代文學（包含文學批評）與中國社會的發展、民眾的文化需求、作品的傳播方式、時代的審美品位和世界範圍內的人文社會科學思潮相互作用，構成了一個互為要素的價值系統。啟蒙文學的鼎盛正是這些因素生逢其時、相映成趣的成果，它的時代性（即引起當時受眾美感反應的最大可能性）因此突現；而一旦這些因素中的某個或者若干個發生了變化，價值系統的重構也就必然產生，作品的藝術性也將隨之變化。

啟蒙文學的時代逝者如斯，它的輝煌與消解，印證了文學是且只能是「時代的產物」。

三、「自媒體寫作」與「流行語」

當今中國社會的價值要素已經全然變化。經濟發展迅猛，對外交流頻繁，文化價值多元，傳播手段便捷；與此同時，西方的後結構主義思潮裹挾著解構、顛覆的本性席卷而來，自媒體的暢達意味著沉默的大多數也能偶而使用麥克風。整

〔註 28〕李幼蒸，《結構與意義》，中國社會科學出版社 1996 年版，第 450 頁。

個社會話語實踐的方式和風格在動盪中現出了新的雛形——與網絡為主要載體，個性化、開放性的自媒體書寫在社會信息的表達和傳播中佔據了越來越舉足輕重的地位；與之相伴隨，網絡閱讀成為公眾信息和知識獲取的重要方式。

此時，存在著與文學相關的兩種性質完全不同的現象。其一，以 2009 年 6 月「網絡文學十年盤點」在中國作協會議室舉行閉幕式和揭榜儀式為標誌。這次活動評出了十年來《此間的少年》等「十佳優秀作品」和《塵緣》等「十佳人氣作品」，但這多少接近傳統作家對網絡作者的收編；就文學的性質而言，並無多少根本性的變革，只是發表的媒體改為網絡罷了。其二，則以「新意見階層」為主要作者，以博客、微博、討論帖和微信公眾號為主要形式。「新意見階層」基於個人立場，尤其是公民立場，為了公共利益，在公共領域獨立對社會管理者發出批評和建言；「時評」因此成為此種現象中的主要體裁。前者目前已被「網絡文學」之名「招安」，後者還沒有一個固定的說法，我們姑且稱之為「自媒體寫作」。

「自媒體寫作」與所謂「網絡文學」相比，具有強烈的時代特征和社會意義。它不僅在構詞、句法和話語結構等語言層面多有時代性變異，而且在發表的媒體、時間和編輯等文學作品的生成環節上也獨具傳統文學難以擁有的自主性；尤其需要強調的是，它在意識形態和價值觀念上，旗幟鮮明地展示了社會文化的當下性，即，現實主義的切近的人文關懷。

「自媒體寫作」長短不定，具有各類網絡形式的具體特點，如：互文、鏈接、隱秘保護等等。就參與度和影響力而言，流行語恐怕是「自媒體寫作」中最具代表性的「微縮景觀」。中國社會科學院通過《2009 年中國互聯網輿情分析報告》發布了「網絡跟帖超過 100 萬次」的十個網絡流行語〔註 29〕：

（1）哥 X 的不是 X，是寂寞、（2）躲貓貓、（3）欺實馬、（4）替黨說話，還是準備替老百姓說話？、（5）別迷戀哥，哥只是個傳說、（6）你是哪個單位的？（7）心神不寧、（8）XX，你媽喊你回家吃飯、（9）草泥馬、（10）跨省抓捕。

從中我們不難看出「隱喻、仿擬、框架替換、引用」等等語言的應用變異，有學者把這些概括為「戲仿」的特徵，「戲仿被應用於互聯網敘事長達十年之久。而在 2009 年，這戲仿擴展為單詞、穢語和文字，深入細胞級的語文單位，

〔註 29〕祝華新、單學剛、胡江春，《2009 年中國互聯網輿情分析報告》，載《2010 年中國社會藍皮書》，社會科學文獻出版社 2009 年版，第 248～249 頁。

互聯網民眾的日常書寫變得更加囂張而輕快。他們通過一種新的語言嫁接手術，旨在完成一項互聯網的權利實驗，開闢著以諧音方式進行話語反叛的全新道路。它是一種公共隱語，也就是所謂的「隱藏的文本」。它利用虛擬性動物的語詞外殼，以及各種文化外套，機智地隱藏了敏感詞的本義，也即藏起了反叛和抵抗的牙齒。」〔註 30〕

以「戲仿」為主要武器，「自媒體寫作」展開了當下社會變革的話語實踐，實現著不可忽視的社會功能。英國話語分析語言學家諾曼・費爾克拉夫較早指出了現代性條件下話語的「民主化」和「商品化」，話語權力、義務以及地位、聲望之間的不平等都被試圖消除，話語像商品一樣被生產、組織和消費。社會文化價值系統的這些變化導致了「當代文化價值對於非正式性給與了高度的評價，而這個占統治地位的轉變正朝著書寫中類似於言談的形式發展。」〔註 31〕作為流行文化符號的流行語，不僅是涉及面廣泛的語言應用現象，同時也是不可忽視的社會文化力量。官方和民間一年一度的各類「流行語排行榜」已經成為民間語文的歲末狂歡和主流媒體的輿情年報——流行語現象以社會事實的身份，轟然拉開了網絡媒體時代文化轉型的序幕。

其結果是，「自媒體寫作」集平民性、口語化、非正式性和商品性於一體，一舉成為當下大眾文學最熱烈的景觀，非虛構的真實的寫作擺脫了日記的隱秘宿命，借公共空間的廣泛傳播獲得了全新生命。文學由此轉向了真實的日常話語。

四、新的「語言轉向」與文化啟蒙

「自媒體寫作」與「白話文運動」有著歷史驚人的相似，「中國 20 世紀的文學變革是以語言文字的革新為起始和為標誌的，而白話文運動在這場歷史文化變革中所具有的重要地位和意義，已經成為公認的和不爭的事實。應該說，這也在某種特殊的層面上決定了這場文化及文學變革在歷史進程中的不同凡響之處。而這一切都涉及到了一個重要問題，就是文化與語言文字的關係。儘管很多人都論述過白話文學產生的意義，卻都還很少從一種文化存在的本體角度上來探討這個問題。也就是說，白話文作為一種書寫形式的正統化，

〔註 30〕朱大可，《戲仿至上》，《社會科學報》，2010 年 2 月 25 日。

〔註 31〕〔英〕諾曼・費爾克拉夫，殷曉蓉譯，《話語與社會變遷》，華夏出版社 2003 年版，第 190 頁。

所涉及的正是一種更深層面的『體』的變革，它不僅從書寫的方式上給予了新思想、新觀念存在的合法性，而且從思維和存在方式上宣布了舊的體用制度及其觀念的非法性，這就從根本上動搖了舊的文化及文學價值觀念的存在基礎，摧毀了傳統的舊的文學賴以存在的物質家園。」〔註32〕

可見，當年的「白話文」所牽動的不僅僅是文學表達的形式和文體，更觸及人們的文化意識。新文化運動的倡導者困於文言文的古堡中，難以實現與大眾的交流。當下民眾對文學的疏離，恐怕根本的原因也在於，人們在傳統文學的表述方式和語言套路中提不起交流的興致乃至感到失語的痛苦。「近世文人沾沾於聲調字句之間，既無高遠之思想，又無真摯之情感，文學之衰微，此其大因矣。此文勝之害，所謂言之無物者是也。欲救此弊，宜以質救之。質者何？情與思二者而已」〔註33〕。與之對應，「自媒體寫作」的針砭時弊，來源於社會事實，代表著民間草根的情懷。民生世象、公民權益也正是由於「流行語」的出現而獲得了文學內容上的正當性，草根書寫由此揭開了當今中國邁向「公民社會」這一重大文化轉型的序幕。

語言從來都不是被動地發生變化的，而是作為人類思想的棲身之所，直接參與到意識的型塑和思維的表徵之中。「自媒體寫作」的出現為互聯網時代的文學提供了新的話語工具，同時也能動地創造了一種全新性質的文學本身。胡適先生所言「須言之有物、不摹仿古人、不作無病之呻吟、不避俗字俗語」放在今日，也極切合。「流行語」就是胡適先生當年所言的「俗語俗字」，與多媒體時代「體用」相契，與民眾意志趣味相投，自然成為當前時代文化轉型的先鋒。

從這個意義上說，「自媒體寫作」實則是「一種作為民主的生活方式的文學」。草根寫作的「民主性」使得各種文學偶像與建立在正統審美基礎上的傳統文學，逐漸被平等人權和自主參與社會的意識所消解，由此使得文學權威的合法性產生了重大的轉移——作協也罷、文學家也罷，都無法小視已經走到文學前臺的草根寫手的群體性崛起。

歷史的另一相似之處也頗值得我們留意。五四時期報業、出版機構的興起和發展，改變了知識的傳播方式，也直接支持了文學的變化。以商務印書館為例，「當文學領域還在爭論文言好還是白話好時，商務印書館的白話文教科書肯定了白話文在中小學教學中的主導地位，這無形之中為新文學發展擴大了

〔註32〕殷國明，《「體用之爭」與白話文運動》，《河北學刊》，2001年第6期。

〔註33〕胡適，《文學改良芻議》，《新青年》，1917年5號。

空間。這是由於有了這樣廣泛而普及的白話文教學活動的存在，使得任何想阻礙新文學發展的社會勢力，都成為曇花一現的東西。」〔註 34〕同樣，當前文學的媒體變革較之當年有過之而無不及。網絡的發展和普及深刻影響著人際交流。同理，載體和渠道的革新不僅是對文學的內容和形式有所影響，更是直接塑造了「自媒體寫作」及其流行語的主題和風格。

「自媒體寫作」幫助文學實現了向非虛構的日常話語的轉向，這實際上是延續了二十世紀初源自於哲學的那一次著名的「語言轉向」運動。其中的兩種旨趣，即：以日常語言分析哲學為代表的對日常話語的絕對地位的肯定，以人類學為代表的對結構主義語言學方法論的借鑒，都深刻地影響了二十世紀世界人文社會科學的全局。然而，與當前的文學和文化發展直接相關的，則是「語言轉向」運動中，以社會學、闡釋學為代表的對語言表述社會性的強調。這類轉向將語言現象作為首要的考察對象，借助歷史和現實的語言事所恰實闡釋文明發展、社會變遷、習俗變化和意識革命，使社會科學深刻地切入了生活本身。在哈貝馬斯的交往社會學、福柯的知識考古學和布爾迪厄的反觀社會學中，從詞語、語段到話語交際，語言現象都是被解析、被闡釋和被批評的唯一焦點。「社會學不再去構造能調控社會的種種理論模式，而是在人們的交往話語和行動符號中揭示虛假，批判異化，通過對各種文化的和實踐的文本闡釋而析理出被深埋的人生價值和生活意義。」〔註 35〕

語言表述和文本闡釋通過社會學的「語言轉向」，彰顯了話語的社會性和時代性；而自稱為「語言的藝術」的文學卻沒有這樣貼近地投身於這一運動，將真實話語作為分析的第一性材料；而是以結構主義詩學的方式參與了虛構文學的評論，完成了以羅蘭・巴特式為代表的方法論意義上的「語言轉向」。半個世紀以前，最應該生發於文學的材料界面的語言轉向與文學緣慳一面，到如今，以日常語言現象作為新材料的「語言轉向」終於在啟蒙的消解聲中，被迫而必然地應運而生。以網絡流行語現象的出現為標誌，語言事實回到了人文社會科學的大本營。

研究方法其實是研究對象的性質在學科視野中的操作性呈示，採取什麼樣的研究方法，取決於我們認定研究對象具有什麼樣的性質。從這一層面看，

〔註 34〕楊揚，《商務印書館和中國現代文學》，《中國現代文學研究叢刊》，1999 年第 1 期。

〔註 35〕劉少傑，《社會學的語言學轉向》，《社會學研究》，1999 年第 4 期。

結構主義詩學的框架與啟蒙文學的虛構是匹配的；而這次「語言轉向」後，聚焦於日常語言現象的新文學，則必須尋找立足於非虛構文本的解決之道。

19 世紀 80 年代，西方人類學發生過一次「文學轉向」。人類學家終於認識到人類學的文本實質上就是一種文學，因為無法做到純粹客觀地對世界進行真實和獨立的表述。非虛構的話語實踐非常接近於人類學的這種主觀記述，當下的文學研究也許可以從當年人類學的「文學轉向」中獲得啟發，「通過『文學轉向』的方式，人類學逐步擺脫了埋頭對『他者』進行天真的不偏不倚的分析的意圖，開始逐漸致力於使自己關於他者的分析可以表述、呈現或者雕琢成帶有疑問和自我困惑且從本質上面對寫作實踐挑戰的文本。從更為積極的角度看，人類學意識到自身的寫作行為會使得其他實踐活動獲得解放，並引發了進行實驗的想法：追求某種姿態，即不再偽裝成價值無涉。而是更好地服務於特定的旨趣。多種姿態和風格的混雜，即各個流派和學科之間的區別和關聯的日漸『模糊』，使得我們愈加可能在所有這些流派的表述中發現隱含的權力關係、創造性和美感。」〔註 36〕

五、本節小結

讓我們以一個頗有意味的個案來做結，《新週刊》編輯出版了《2007 語錄》、《2008 語錄》、《2009 語錄》、《2010 語錄》、《2011 語錄》、《2012 語錄》和《2013 語錄》等。「你當然可以把這本書看成《新週刊》的例牌之作，一本帶有《新週刊》視角的取巧之作，但若你因此而輕視了這本書的容量，你就錯了」〔註 37〕。這些具有時代現場感、個性化且有趣的語錄，來源於現實生活中的真人真事，酸甜苦辣、五味俱全，讓人慨歎，藝術源於生活，但恐怕難以高於生活。這些語錄來源於網絡上的新聞或者個人博客、微博、微信，活脫脫就是活報劇、小品文、迷你紀實文學、雜文、抒情詩、自傳……精彩紛呈！可惜，這 7000 多條文案所包含的網絡「自媒體書寫」至今仍是被正統文學批評遺忘的角落。

王國維在《宋元戲曲史》中說過：「凡一代有一代之文學：楚之騷，漢之賦，六代之駢語，唐之詩，宋之詞，元之曲，皆所謂一代之文學，而後世莫能繼焉者也。」以流行語為代表的「自媒體寫作」是否就是「今世之文學」？它們的出現是否就是當下文化轉型的信號？這些都值得我們思考和期待。

〔註 36〕〔英〕奈傑爾·拉波特等，鮑雯妍等譯，《社會文化人類學的關鍵概念》，華夏出版社，2005 年版，第 203 頁。

〔註 37〕朱坤，《2008 語錄·前言》，文匯出版社，2009 年版。

當前，啟蒙文學輝煌不在，以草根書寫為表徵的文學轉型正在悄然發生。流行語現象作為「一種民主的生活方式的文學」，以社會事實的身份，拉開了網絡媒體時代文化轉型的序幕。也許民間的自媒體寫作能開啟人文科學新的方法論革命，同時也以時代的革命性重新實現對公民社會的再次啟蒙。

第三節　社會輿論、群體意志與話語互動

本節的初衷是想在上兩節對非虛構言語實踐的意義進行理論推演與歷史闡釋的基礎上，對這樣一個顯著的社會語言事實進行實證性的考察和說明，即：流行語的語義是如何獲得的，由其引發的社會輿論和群體意志又是如何實現的。我們選取了 2008 年至 2011 年間典型的若干流行語，以深度的個案訪談的形式，甄別流行語義獲得的決定性因素和流行語義體制化的關鍵性動因。通過對調查結果的一般性觀察，我們感到有可能也有必要對以下兩個觀點進行驗證：第一，唯有個人之間情感的社會互動才能導致流行語義的實現。第二，使用流行語是個體的情感表征行為，同時又是群體的意志實踐過程。這兩個觀點的將被證明可以有力地說明：情緒和意志的社會互動是流行語義獲得和實現的必要條件，這既為流行符號意義的獲得提供了切近的典型案例，又含蓄地指出：蘊含社會欲望的流行語的風行是一個社會「意志衝突和文化協商」的重要表徵。

作為田野調查的概念前提和理論背景，我們需要首先交代流行語義的語言學概念和心理因素體制化的社會學原理，在回顧並總結第一章關鍵結論的基礎上，評估和討論訪談結果在社會語言學和符號學層面上的意義。

一、流行語義與群體意志

流行語作為二十一世紀以來中國網絡媒體和社會生活中舉足輕重的語言事實和社會現象，已經受到人文學界的廣泛關注；然而，流行語的概念認定仍然同異相間。

流行語具有一般語言符號的特徵，同時它又顯示出一般流行物和流行行為的特徵。需要明確的是，如果僅僅將流行語看成一種語言現象，就會錯失其作為典型的社會群體行為和流行文化風潮的標本意義——流行語首先是一種流行文化現象。因此，宜從符號學和流行文化的視角，將其認定為流行文化和流行觀念的語言符號。言語形式是它的能指，它的所指也是相應的概念。與一

般詞語的區別在於，流行語作為流行文化的符號，其所指還必須額外承載人們生成和傳播流行語的內在動因。為了可操作性的分析流行語的文化涵義，我們把流行語的內容面劃分為三個塊面：知覺界（Perceptions，記作 P）、情緒界（Emotions，記作 E）和意志界（Intentions，記作 I）。知覺界包括事物、事件、行為等通過感官可以知覺的對象，情緒界包括喜怒哀樂等情緒感知，意志界主要指主動性的意圖、願望和意志等等。在這裡，知覺界是所有詞語都有的，與符號的所指相對應；而情緒界和意志界則是流行語所特有的，我們將其統稱為「涵指」（Connotations）。我們以「山寨」為例，來說明流行語的符號結構以及與一般詞語的區別。

表 15　流行語的符號結構以及與一般詞語的區別示例

山　寨	示　例	能指 S	所指 P	E：涵指 $_{1}C_{1}$	I：涵指 $_{1}C_{1}$
流行語 W’	山寨（手機）	山寨	創新、時尚、草根、有個性、進取、仿冒、非法、劣質、低俗	詼諧／蠻橫	褒獎／譏諷
一般詞語 W	山寨（土樓）	山寨	山間村寨	（弱）	（弱）

很顯然，流行語與一般詞語的區別就是非規約化的言語和規約化的語言之間的區別。未被約定俗成消融掉的「涵指」關涉情緒與意志，體現著說話人的交際意圖和情感意志，是與公眾的心理訴求相呼應的語義信息。布爾迪厄曾經敏銳地指出：「在語言市場上流通的並非是『語言』本身，而是以風格來標定的話語。每一接收者都通過把構成其單獨的以及集體經驗的所有東西附加於信息之上，從而有助於生產他所感知和欣賞的信息」〔註 38〕，而「涵指」正是這樣的主觀的信息。作為流行語本質性的文化特徵，「涵指」自然應成為鑒別流行語的區別性因素，也是流行語社會價值的核心所在。

那麼，上述基於符號學的演繹以及語言事實的歸納而得到的「涵指」，是否具有社會學意義上的實在性？其源頭何在？它又是如何生成和實現的呢？本節用社會學相關理論為方法論指導，採用交際民族志學派的訪談路徑，試圖對上述問題予以解釋。

〔註 38〕〔法〕皮埃爾·布爾迪厄，褚思真、劉暉譯，《言語意味著什麼》，商務印書館，2005 年版，第 8～9 頁。

二、心理因素的體制化

承認流行語的流行文化本質，就意味著，流行語的生成和傳播也是以「模仿」為基本形式的集群行為。為什麼模仿？模仿什麼？怎麼模仿？對這些問題的追問可以讓我們接近對「涵指」的解釋，因為答案無疑是與流行心理及其公眾訴求緊密相連的。我們以語言單位為著眼點，將流行的特徵附加在這個載體上，就可以較為顯著地發現流行以語言為載體時所具有的性質，也即是流行語的特徵。

表 16　流行的特徵及其在語言中的表現對照表

流行物和流行行為的特徵	流行語的特徵
流行是一種自願的、無組織的集群行為。	屬於自發自主的語言仿傚行為，有不可預期的規模和歷程。
流行是在特定區域內的週期性的大眾傳播過程。	區域性和時效性，高頻發生，盛衰週期化。
流行是大眾表達社會性心理訴求的手段，是有自我參照性的集體情緒。	流行語義是基於邏輯語義上的感受性文化涵義。流行語具有形式優先的特質，尋找一切可被使用的機會。
流行必定以某種可以重複實現的實體形式或者行為方式為載體才能實現。	任何語言單位都可作為備選的流行載體，在流行的過程中跨界、泛化並變異。

由此可見，流行語相對於其他流行文化而言，雖然載體特殊，但是「模仿」作為共性卻是一致的。早在十九世紀末，法國哲學家塔爾德（Gabriel Tarde）就以「模仿律」較為完美地解釋了心理現象與社會事實的關係。尤其是其中的「超邏輯模仿律」——越是滿足主導文化的發明，越可能被模仿；上層社會對下層社會的模仿——在流行語這一現象上體現得淋漓盡致：正是由於「涵指」代表著公眾的心理訴求，包含這一主導文化信息的流行語才得以被廣泛模仿；而流行語總是發生於民間和個體的，在中國特殊的意識形態格局下，非官方的網絡媒體成為了流行語的溫床，成為下層影響全社會的流行語策源地。

塔爾德詳細分析了人格與社會結構和文化的關係，提出可以通過測量個人態度的方法來量化公共輿論。美國社會學家克拉克（Terry N. Clark）用下表（見表 17）的方法總結了塔爾德的這一思想，並解釋說：「信念和欲望通過社會模仿而擴散並逐漸制度化，從而產生與之相應的心理狀態：『輕信』和『順從』。對某事的信念、對某物的欲望進一步普及到全社會時，一方面產生『公共輿論』，另一方面產生『普遍意志』。經過一段時間，一些信念和欲望在社會裏深深扎根，而且反過來界定什麼是『真理』和『價值』。」〔註 39〕

表 17　對於信念和欲望相對應的心理因素的體制化探討（引用克拉克製表）

或然性條件	人格特徵	社會模仿模式	社會信念	基本文化成分
可信性 credibility	信念 belief	輕信 credulity	公共輿論 public opinion	真理 truth
合意性 desirability	欲望 desire	順從 docility	普遍意志 general will	價值 value

塔爾德對於人格、模仿之於社會和文化具有體制化意義的觀點，使得情緒和意志的實證研究獲得了方法論上的可行性。對照表 15 和表 17，我們發現：關於信息的信念，即表 17 中的「可信性」對應著流行語的「所指」，即知覺界的社會信息；而表 15 中的「涵指」，即情緒界和意志界的內容則對應著表 17 中的「欲望」。對於流行語而言，沒有所指，涵指將無以依託；也就是說，沒有公共輿論，不可能產生具有社會共鳴的普遍意志。同時，沒有涵指只有所指，語言單位就與情緒與意志無關，不再是流行語而是一般詞語了；也就是說，不帶欲望的言語行為是不會形成公共輿論的。

可見，一旦通過調查證明了流行語中客觀存在著共通的信念和欲望，那麼，經由模仿，公共輿論和普遍意志就能得以實現；在此基礎上，確認這些信念和欲望被時間檢驗和固化，那麼，當下中國哪些「真理和價值」是被民間力量體制化的，就可以被實證出來了。

三、流行語社會偏好的實證調查

對流行語義的研究應該依賴於建立在社會學和心理學基礎上的語義分析。流行語義是深切體現在語言使用者的語感中的，針對語感的社會調查應該是最為基礎和有效的方法。

以塔爾德的理論為依託，我們〔註 40〕在 2010 年 9 月至 2011 年 2 月間，

〔註 39〕〔美〕特里·N·克拉克編，《傳播與社會影響》，何道寬譯，中國人民大學出版社，2005 年版，第 28 頁。

〔註 40〕本次調研有部分樣本由華東師範大學中文系 2008 級的同學在 2012 年春季學期參與訪談或進行文字轉寫，謹此說明並致謝。為保持語料的原始面貌，一些語病以及俚語、粗口等都沒有被處理。

選取了「我爸是李剛」、「山寨」、「神馬都是浮雲」、「哥吃的不是麵，是寂寞」和「做了一個艱難的決定」等 2008 年至 2010 年之間常見的流行語，在上海〔註 41〕，以面對面訪談的形式，深度調研了普通百姓使用流行語的實況和對流行語的情感態度。為了確認時間在與流行語相關的社會記憶中的作用，再於 2012 年 9 月至 12 月間，對代表性個案進行了回訪。

我們採取的是「主動訪談」（active interview）的模式，「被訪者被當成一個有意義的主動生產者，而非如同在較為傳統的模式裏被視為一個信息、素材或情感的來源。通過訪談的過程本身，受訪者得以建構出他們的主體性。」〔註 42〕我們力圖通過雙方的協同，揭示出那些被遮蔽或被壓抑的情緒和意志性信息，呈示出公共意義的生產及其解釋樣式。

最終我們選取了 38 份有代表性的樣本進行了分析，這個樣本量對於質性研究而言已較充分。下面是得到的 4 個結論，並給出了必要的闡釋。

（一）特定言語社區的語言事實

〔結論〕流行語只是特定言語社區的語言事實，相當數量的人對相關的信息接觸和情感互動態度牴觸。

〔闡釋〕表 18 呈現了調查對象的具體分布情況。我們用「+」表示「瞭解相關流行語」或「對流行語現象持肯定態度」，用「-」表示「不瞭解相關流行語」或「對流行語現象持否定態度」。

表 18　38 份代表性調查問卷的人員分布表（單位：人）

男　性	女　性	19～29 歲	30～39 歲	40～49 歲	50～59 歲	60 歲以上
19	19	12	7	9	5	5
9+10-	9+10-	9+3-	2+5-	3+6-	1+4-	3+2-

從上表中，我們可以看到，在 38 份樣本中，對流行語現象持負面態度的人有 20 名，約占 53%。這部分被訪者分為兩種情況，一種是完全不瞭解相關的流行語，沒有聽說過，或者聽不懂；另一種經訪談者介紹後，認為是一個時

〔註 41〕本次調研在上海進行，沒有將上海話和普通話的差異作為考察之變量。若將方言因素考慮在內，流行語的社會應用會顯現更多相互制約的複雜因素。可參見周萃俊，《流行語識讀在諸暨方言中的代際差異研究》，華東師範大學 2011 屆研究生碩士學位論文。

〔註 42〕〔英〕安・格雷，許夢雲譯，《文化研究：民族志方法與生活文化》，重慶大學出版社，2009 年版，第 120 頁。

髦的新說法；或者聽說過於流行語相關的事件和談資，但僅僅將其視作一個偶發的新聞事件。不管具體是哪一種情況，持負面態度的人，都對流行語現象持較為明確的忽視和排斥的態度。

被問及「做了一個艱難的決定」〔註43〕，四十歲左右女性水果攤主說：

> 就是聽他們講的，說那個啥，那個買什麼水的，就是百事可樂和那個可口可樂，說他們兩家員工都不能喝對家的水，說看見的話都要被開除的，聽說過那個。這個咋倒沒聽說過。這個真沒聽說過，你就採訪他們吧，這個我真不懂。真不知道。我整天賣水果，水果方面我知道。你要問我買水果啥的，這些我知道。那網上，那啥的，我也不管的。白採訪了。（2010 年 12 月 26 日）

被問及「我爸是李剛」〔註44〕，五十二歲女性私營裝修公司經理蔣女士反應強烈。

> 我覺得現在這個詞語是一個熱點話題，但是這個熱點話題談過了以後，起到一定的教育作用、警示作用就夠了。但是現在我覺得有點太熱，變為一種時髦的用語了，什麼事情都說，我爸不是李剛，我爸是李剛，讓人感覺，我爸不是李剛，我在這個社會上就有些失落了。（2011 年 1 月 9 日）

由此可見，流行語雖然是熱點現象，但它只是特定言語社區中的語言事實。美國交際社會語言學家約翰．甘柏茲指出，「言語社區」是「一種講話人的非正式組織，將這些人組織起來的是一些思想意識和相近的態度，是語言方面的共同的標準和追求」〔註45〕。在現實生活中，有超過一半的人由於上述兩種代表性的原因對流行語並不瞭解，也不熱衷，甚至拒絕和反感。當然，明確

〔註43〕「做了一個艱難的決定」，源自 2010 年中國兩家大型軟件公司奇虎公司和騰訊公司之間互相指責對方不正當競爭的事件。2010 年 9 月，奇虎針對騰訊 QQ 發布了「360 隱私保護區」和「360 扣扣保鏢」；2010 年 11 月，騰訊發布《致廣大 QQ 用戶的一封信》，稱 QQ 客戶端將不能與「360」兼容，信中有「我們剛剛做出了一個非常艱難的決定」一句。後網民仿擬了諸多段子，惡搞日常生活中發生的類似的不正當競爭關係。

〔註44〕「我爸是李剛」，源自 2010 年 10 月發生在河北大學附近的一起酒駕肇事逃逸事件。肇事者在被抓獲後因一句「我爸是李剛」而引起社會譁然，使得一起交通事故發展為揭露權力腐敗黑幕的社會事件。

〔註45〕〔美〕甘柏茲，徐大明、高海洋譯，《會話策略》，社會科學文獻出版社，2001 年版，第 27 頁。

的負面態度也可以視作一種帶有強烈傾向的關注。

> 說實在的我沒有興趣瞭解這些用法，因為現在的網絡，讓我們和你們的溝通已經很累了。語言這個東西，是用來溝通的，不是用來花頭的。知道吧？學生平常學習和使用語言，當然要學習規範的。你盡是些什麼網絡用語。我認為現代孩子的語言，極差！（2012 年 11 月 29 日）

上面這名在養老院生活的 60 多歲的退休中學女教師的說法，很能代表這部分人對流行語現象整體否定的態度；而其原因，則是對相關信息接觸和情感互動的牴觸。這種態度使得流行語在個體層面的社會傳播出現斷裂，對應的公眾意義也就無法生成。

（二）流行語言語社區的非決定性因素

〔結論〕性別、年齡和職業都不是確定流行語的言語社區的決定性因素。

〔闡釋〕我們對表 18 做進一步的觀察，會發現，被選擇的樣本，在男女兩性等額的情況下，對流行語現象持正面和負面態度的人數相當一致，這說明性別不具有區別性作用。

我們把被訪者的年齡按照十年為一組進行比較，會發現各年齡組中皆存在正負兩種態度。但是，「19 到 29 歲」和「60 歲以上」年齡組中，肯定的人數佔優勢；而在「30 到 59 歲」年齡組中，否定者佔據絕對優勢。似乎說明，年齡是決定對流行語態度的關鍵因素。然而，我們細究樣本，則會發現，持肯定態度的人，都與網絡信息保持著較為密切的聯繫，這在「19 到 29 歲」年齡組表現得尤為突出，這 12 人中有 10 人是大學生，每日都上網瀏覽各類網絡空間。「60 歲以上」年齡組所涉及的 5 名被訪者都已退休，其中瞭解流行語的三位都有看報看電視愛聊天的習慣。可見，並非是「年齡」而是「與網絡的關聯度」影響著人們看待流行語的態度。

我們將把被訪者的職業進行比對（見表 19），發現持肯定和否定態度的人中有「公司白領、大學生、黨委書記、保安、教授、宿管、退休老人」等，重複率很高。持否定態度的人中，還出現了「中學老師、麵包小販、理髮店小老闆、超市售貨員、水果攤主」等。細查他們訪談記錄，我們發現，他們的職業特點致使其日常生活忙碌瑣碎，不會或者無暇上網。這說明不是職業而是與時事的關聯程度影響著對流行語的態度選擇。

表 19　對流行語持肯定與否定態度的被訪者從業狀況對照表

<table>
<tr><th>對流行語持肯定態度的
被訪者從業狀況</th><th>對流行語持否定態度的
被訪者從業狀況</th></tr>
<tr><td colspan="2">公司白領、大學生、黨委書記、保安、教授、宿管、退休老人</td></tr>
<tr><td></td><td>中學老師、理髮店老闆、麵包小販、售貨員、水果攤主</td></tr>
</table>

綜合上述兩點，我們都是通過對比，從否定者身上明顯地發現了：促使人們對流行語產生「思想意識和相近的態度」的，是信息接觸和情感互動的頻度和廣度。頻度越低，範圍越窄，對流行語的態度越趨否定。

被問及「山寨」，五十多歲男性社區街道黨委書記徐某為自己的不熟悉給出了以下的理由：

> 「山寨」，好像我聽說過，但這方面我們對具體的內容啊，因為我們不太詳細，我們基本上，在接觸當中，因為有的東西政府規定過我們不許看的，可能聽說過，但是「山寨」包含哪些內容，也許我們不是太理解。因為我們看的新聞最主要一個國家新聞，一個政府部門的新聞，社會上的新聞一眼掃過，一般看過一眼就是了。（2012 年 12 月 7 日）

官方的新聞來源限定了他對民間性質的流行語的認識。同樣我們在一位 45 歲的男性國營物流公司經理身上也得到了驗證。他報紙只看《青年報》和《參考消息》，電視只看中央電視臺的《新聞聯播》，上網只瀏覽「人民網」。所以，對於流行語不以為然：「不瞭解、不使用」。

由此可見，對社會態度產生常規影響的性別、年齡和職業等社會性指標，在流行語的傳播中並不產生實質性的區別作用。那麼，究竟是什麼動因導致了流行語的生成和傳播？尤其是，只在部分人中間通行的流行語，為什麼會產生的較大社會影響？他們的言語社區是如何構建的？社區中形成的公共輿論和普遍意志又是如何轉化為全社會的影響力量的呢？下面我們集中針對持肯定態度的受訪者進行分析。

（三）流行語的範例性使用與社會互動

〔結論〕流行語通過言語社區內範例性的使用以及高頻的社會互動，其語義尤其是「涵指」得以定型。代表民間意志的流行語由此爭奪到部分話語權和價值觀，固化為以日常語言為形式的社會記憶。

〔闡釋〕相對於所指的知識性信息的確定性，流行語的「涵指」關涉的是使用者的情感和意志。如何研究這樣主觀性的對象？「可以通過觀察法或者材料再次分析法在自然情景中研究情感」〔註 46〕。我們通過訪談時的自然觀察和對訪談材料的文本分析，來探究流行語使用中的情感，尤其關注流行語言語社區內部的情感互動。

對流行語持肯定態度的被訪者，在接受訪問時，都有一個顯著的特徵，即：能夠舉一反三，由己及人，主動拓展該流行語的適用範圍。儘管他們對於該流行語本身的信息未必全面瞭解。一名 30 多歲的保安在談到「我爸是李剛」時，承認自己對詳情「不太瞭解。我只是看到報紙上說」，但是，他能主動聯想：

> 現在有很多仗勢欺人的人，現在很正常，這種事屬於普遍現象。拿我們老家來說，他親戚是檢察院什麼的，他為什麼狂，就是因為這個，背後有個人能為他撐腰。自從知道這句話以後，還沒有遇到讓我覺得很牛掰的人，讓我不滿。但是以前遇到過，經常性地遇到。（2010 年 11 月 29 日）

這種主動聯想就是將自身經驗與他人經驗相勾連，從而形成一種主客觀之間的互動。另外，互動也會在個體之間進行。這名保安的訪談中也有資料證明這一點：

> 現在呢，有時候兩個人開玩笑嘛，就會說：你怎麼這麼牛逼呢，你爸又不是李剛。但是我們就是隨口開開玩笑，沒有語境，也不針對事情。（2010 年 11 月 29 日）

我們在這樣的表述中既可以看到情緒的感染，又可以看到流行語範例性的使用對流行語傳播的推動，乃至對社會互動的影響。流行語言語社區內部的這種範例性的使用以及高頻的社會互動，不僅有社會學意義上群體行為的建構意義；同時還在語言學的意義上，使流行語的「涵指」得以定型。46 歲的某旅遊公司女業務員坦言同事間經常討論「山寨」產品和「山寨」現象，因此，她對這個流行語的意義尤其是「涵指」有明確的看法：

> 「仿冒」完全是個貶義詞，屬於打假範圍內的。但「山寨」包含了戲謔的成分，很多時候並非貶義的。山寨麼，本來就是有點土、有點野、有點粗，甚至有點霸道的感覺，不細緻。現在「山寨」這

〔註 46〕〔美〕喬納森・特納、簡・斯戴茲，孫俊才、文軍譯，《情感社會學》，上海人民出版社，2007 年版，259 頁。

個詞也表達了一些別的詞所不能代替的意義。如果犯法的東西或者現象，可能會被官方打壓。但是如果不觸犯法律，人們用這個詞概括了一種社會現象，大家又對這個意義心照不宣，用的人就會越來越多，成為約定俗成的用法。（2012 年 10 月 26 日）

她不僅明確指出了「山寨」中「戲謔、土、野、粗、霸道」的情緒信息，而且也清晰地表明了支持和肯定這個說法的意志傾向。可見，流行語言語社區內部的互動對於涵指的定型具有錨定作用。「山寨」是《中國社會藍皮書》中刊出的 2008「年度網絡流行語排行榜」中排名第三，2012 年第六版的《現代漢語詞典》已經增添了「山寨」兩個義項〔註 47〕：仿造的、非正牌的；非主流的、民間性質的。這表明，民間的經驗和意志已經經受了時間的檢驗，從言語活動進入了語言系統。這種後果就是歷史現實性的了，也就是說，代表民間意志的流行語爭奪到了當下中國社會的部分話語權和價值觀，成功地固化為了以日常語言為形式的社會記憶。

（四）流行語傳播的本質與情緒和意志的社會互動

〔結論〕流行語涵指經由傳媒轉化為公眾性的社會語言應用偏好，從而使社會意志得以表達。流行語的傳播本質上是情緒和意志的社會互動，是一種表征行為和意指實踐。

〔闡釋〕流行語言語社區內部的成員都與大眾傳媒尤其是以網絡為主的新媒體有著廣泛的接觸，會將傳媒上的話語引入真實的日常生活。一名近 70 歲的男性離休軍隊幹部在訪談中表示，他雖然不上網，但是常看報紙和電視新聞，對「蒜你狠」系列流行語非常熟悉。他的表述既表明了大眾傳媒、社會互動和大眾言語偏好之間的遞進關係，也清楚地表達出了該類流行語所蘊含的社會意志。

「蒜你狠」，這個是大蒜漲價，漲價以後大家講的一句話嘛。「豆你樂」。這個在報紙和新聞中間都有出現。跟朋友在一起有的時候活動的時候會談到這些東西，「豆你樂」啊、「蒜你狠」啊，那時候剛起來的時候，大家都在傳，都在說，會談起這些事。

這恐怕是大家對這些現象的比較精練的一種概括，比較詼諧，

〔註 47〕中國社會科學院語言研究所詞典編輯室，《現代漢語詞典（第 6 版）》，2012 年版，第 1131 頁。

可能也比較新鮮，容易引起大家的注意，這樣的話能夠達到廣泛流傳的這種效果。

這個應該說是漲價比較多了，大家有些想法，所以造出了這樣的詞兒。在這個階段裏大家對它的感受比較深，所以有些人就創造了一些新的詞，來發洩自己的一些想法，表達自己的一些想法，或者可以說是發洩自己的不滿。（2012 年 12 月 17 日）

我們不能忽視被訪者言論中反覆出現的「感受深刻、民心所向、發洩不滿」這類的表述，因為他們以非常明確的形式表明了，大眾正在將傳播民間流行語作為一種社會介入的實踐行為，這種行為價值判斷明晰外露，變革欲望隱而未發。前文引述的那名保安在談到「我爸是李剛」時，社會意志更為突顯：

我們平民小老百姓沒有話語權，所以只能用另外一種方式來表達我們的憤怒吧。所以就會在網民之間，進行大規模的流傳或傳播。說明這件事情已經深入人心了。都是倚仗老子的實力來欺壓人家。我感覺什麼挺悲慘啊，什麼的，這屬於正常。如果國家都不管，你也不管，大家都不管，那當個局長，在一個地方就是爺。說難聽話，那老百姓就沒法辦了。（2010 年 11 月 29 日）

即使是一些較為溫和的表態，其中意志性的信息也是非常明顯的。一名 31 歲的公司女文員在被問到「我爸是李剛」時，這樣表達了她的願望：

其實這種現象，特別是在上海市裏面的，我和我身邊的人都知道一點吧。不過知道歸知道，反正也不歸我們管，是吧？我們只能用嘴巴說說。

我覺得最最切實際的是影響，就是給當下人們茶餘飯後來說說事情而已。我覺這件事情引起重視的不是我們這種普通老百姓，而應該是可以管制官員的相關部門。（2010 年 12 月 3 日）

我們也可以從反例來看傳媒在流行語公眾化中的作用以及社會意志表達方面的價值。一名 40 多歲的上海交通大學物理系教授在被訪時就對「給力」進入主流媒體表示了強烈的擔憂和反感。可見，語言及其背後觀念的博弈，由下而下、由下而上地反覆循環作用於社會，從而產生著廣泛的影響。

我覺得最近有一個詞我非常地反感，那是《文匯報》上。我覺得《文匯報》蠻官方的一個文化單。它有一個新的詞叫「給力了」，我覺得這是一個對中國文化的一個侮辱，他們拿來在官方。我覺得這個字，有一點，有一點，真的是把我們幾千年的這個文化的積澱，幹嘛沒體現出來？我覺得那是不會說話的人胡亂拼湊的一個東西。但是我們的社會把它作為一個流行語，還建議進入詞典，我極力地反對的。（2012 年 9 月 28 日）

四、本節小結

流行語作為一種流行文化，自然有其興盛期和衰亡期，最終真正進入語言系統的畢竟是少數。但是，它們所表達的，是某個社會群體的歷史敘述。「正是詞彙的想像空間，使語言對象超越了過去經驗之遺緒的有限性和短暫性。以文字形式固定下來的對象，進入了公共意義的領域，從而使每一個人都可以通過閱讀這個作品，成為這個公共意義的潛在共享者」〔註 48〕。流行語的「涵指」由於包含著情緒和意志的信息，成為公共輿論和普遍意志的載體，成為社會轉型期當代中國最具底層價值的公共意義。

我們通過 38 份流行語質性訪談的樣本分析，發現公眾對流行語存在肯否雙面的態度。我們從負面評價者著眼，發現：流行語只是特定言語社區的語言事實。性別、年齡和職業等因素並不影響人們的流行語使用，而信息接觸和情感互動的頻度和廣度會直接導致人們對流行語的態度。我們著眼於正面評價者，發現：流行語通過言語社區內範例性的使用以及高頻的社會互動，其語義尤其是體現情緒和意志的「涵指」得以定型。民間意志由此爭奪到部分話語權和價值觀，固化為社會記憶。

可見，流行語義經由傳媒轉化為公眾性的社會語言應用偏好，從而使社會意志得以表達。儘管流行語是在部分民眾中興起的，但是這類群體化的言語行為是通過表征和意指實踐構造出來的，因而具有意識體制化和社會實踐的現實強力。流行語是一個正在進行中的解釋的和意義的世界；表徵過程的所有參與方（包括製作方和消費方）都捲入了流行語義的爭奪，這種爭奪是通過流行語在現實人群中的傳播與抵抗來進行的，是各方協商和表徵運作的結果。那些代表著民眾情緒和意志的意義使得負載著它們的話語具有了優先流行並最終進入語言系統的傾向。

至此，我們以實證的方式論證了流行語義這種附加在邏輯語義之上的一

〔註 48〕〔英〕保羅．康納德，納日碧力戈譯，《社會如何記憶》，上海人民出版社，2000 年版，第 118 頁。

種感受性的文化涵義是如何從個人的主觀情感和意志轉化為體制化的客觀社會現實的。在此論證過程中，塔爾德對於人格、模仿之於社會和文化具有體制化意義的觀點，使得針對個人的同時帶有比對性的特定群體的訪談，獲得了方法論上的合法性。從而，不僅從理論上，同時從實踐上為符號的公眾意義乃至社會功能的獲得提供了一個切近的典型研究案例。

第四節　民間表述與社會記憶

中國網民從 2007 年的 2.1 億，至 2013 年的 6.18 億，互聯網已經成民間交流的重要話語空間。這段時間裏，流行語的大量生成和借助網絡的廣泛傳播，成為現階段顯著的語言事實和社會現實，無疑已是大眾精神文化生活的日常實踐和民意輿情的直接表徵。

在我國社會轉型的大背景下，流行語現象呈現出複雜而混沌的連續譜狀態，這個連續譜的一端是理性、智慧與公義，其相反端則是無恥、狂野和暴戾。流行語往往既有對社會醜惡現象的揭露和批判，同時又藏污納垢，戾氣滿盈，成為社會腐敗和墮落的直接現實。然而，如果從流行語現象中選取那些代表著大眾精神文化生活以及其所基於的社會現實的健康表徵，就有可能從這種民間表述的「現實的變異」中，挖掘其歷史正當性，從而形塑富有建設性的社會記憶。

本節所涉語料來源於國家語委等單位發布的《中國語言生活狀態報告》和人民網輿情監測室發布的《中國互聯網輿情分析報告》等統計資料以及《咬文嚼字》和《新週刊》等紙質媒體。這些流行語都是擴散度較高並且認知度較廣的，小規模擴散和純粹私人性的表述儘管也屬於民間表述，但是由於缺乏公眾性而不在討論範圍之內。2005 年，中國網民始破一億，流行語現象初起，網絡語言的社會應用處於群體適應期；2007 年開始，流行語進入體制媒體的關注話題；2013 年後意識形態的監控措施增多，網絡的民間表述在輿論品格和價值取向上發生很大變化。因此，本節語料限於 2007 至 2013 年。

一、多樣化空間中的民間表述

無須諱言，在多樣化的社會發展態勢中，隨著社會利益的多樣化及其內在衝突，反映不同群體利益之社會意識的表現形態也不可避免地呈現出多樣化的特徵。在這種基礎上，各種社會話語體系之間的功能差異也凸顯了出來。僅從體制媒體的話語體系和以各種自媒體為表徵的民間話語體系的職能表現看，兩者就存在著某種微妙的關係：似有矛盾，又有協同；似有對抗，又有「分工」。如體制媒體，以《人民日報》和中央電視臺為代表，借助國家機器和行政機構的力量，正面報導黨的政策和國家的成就；而網絡媒體，主要是各種「自媒體」，以個體的方式，通過博客、論壇、手機短信、微博等形式，從側面乃至反面記錄社會大眾所面臨的日常境遇和時事態度。

公眾傳播從來都不是完全自由的，政治力量和經濟利益是看得見和看不見的手。中國在經歷了三十多年的改革開放後，進入了更為艱巨的轉型期，社會矛盾暗流湧動。媒體情勢因此愈加微妙，兩套話語系統的分化日益明顯。我們從 2007 至 2013 七年間的體制媒體和網絡媒體上每年各取前十個高頻詞語，製成下表（表 20）。

表 20　體制話語與民間話語高頻詞語對照表（2007～2013）

「國家語言資源監測與研究中心」中國媒體十大流行語（2007～2013）	《新週刊》（2007）、《中國互聯網輿情分析報告》（2008～2009）、《咬文嚼字》（2010～2013）
十七大、嫦娥一號、民生、香港回歸十週年、CPI（居民消費價格指數）上漲、廉租房、奧運火炬手、基民、中日關係、全球氣候變化（2007），北京奧運、金融危機、志願者、汶川大地震、神七、改革開放 30 週年、三聚氰胺、降息、擴大內需、糧食安全（2008），新中國成立 60 週年、落實科學發展觀、甲流、奧巴馬、氣候變化、全運會、G20 峰會、災後恢復重建、打黑、新醫改方案（2009），地震、上海世博會、廣州亞運會、高鐵、低碳、微博、貨幣戰、嫦娥二號、給力、「十二五」規劃（2010），中國共產黨建黨 90 週年、「十二五」開局、文化強國、食品安全、交會對接、日本大地震、歐債危機、利比亞局勢、喬布斯、德班氣候大會（2011），十八大、釣魚島、美麗中國、倫敦奧運、學雷鋒、神九、實體經濟、大選年、敘利亞危機、正能量（2012），三中全會、全面深化改革、斯諾登、中國夢、自貿區、防空識別區、曼德拉、土豪、霧霾、嫦娥三號（2013）	十七大、豬肉、「賭」奧運、首富、許三多、牛釘、華南虎、中石油、基民、下流社會（2007），囧、被自殺、山寨、很黃很暴力、俯臥撐、雷、很傻很天真、打醬油的、不明真相的群眾、是人民在養你們，你們自己看著辦？（2008），哥 X 的不是 X，是寂寞、躲貓貓、欺實馬、替黨說話，還是準備替老百姓說話？、別迷戀哥，哥只是個傳說、你是那個單位的？、心神不寧、XX，你媽喊你回家吃飯、草泥馬、跨省抓捕（2009），給力、神馬都是浮雲、圍脖、圍觀、二代、拼爹、控、帝、達人、穿越（2010），親、傷不起、hold 住、我反正信了、坑爹、賣萌、吐槽、氣場、悲催、忐忑（2011），正能量、元芳你怎麼看、舌尖上、躺著也中槍、高富帥、中國式、壓力山大、贊、最美、接地氣（2012），中國夢、光盤、倒逼、逆襲、女漢子、土豪、點贊、微 XX、大 V、奇葩（2013）

表 20 所見，體制媒體和民間話語在七年間只有 4 個詞語是重合的（見陰影部分），不過，2007 年《新週刊》選出的「十七大」屬於「年度關鍵詞」，是新聞事件熱詞。因而，真正意義上重合的流行語，只有「給力」、「正能量」和「土豪」3 個。差異顯而易見。

2009 年，「中國網民」第一次被主流媒體評選為「最牛群體之一」〔註 49〕，「2009 年中國網民發布的帖子、博客、視頻等各種用戶原創內容已達 11.3 億條。與總書記、國家總理『網聊』，『提問』美國總統，地方大員邀其『灌水拍磚』，『網貼爆』已成一道獨特新聞風景……，問政、反腐、揭弊、自娛、社交——中國網民的快速『崛起』，引起了高層的關注，社會的變革，文化的衍生。數量天下第一的中國網民，無疑可當一個『牛』字」。可見，儘管民間話語一直處於可能被監管和被遮蔽的被動狀態，網絡的匿名性和便利性還是為民眾的話語表達提供了較多自由。「截至 2013 年 12 月，中國網民規模達 6.18 億，互聯網普及率達到 45.8%。中國手機網民規模達 5 億，網民中使用手機上網的人群占比提升至 81%」〔註 50〕。數量如此之眾的民眾，將互聯網建成了日常話語民間交流的公共空間。公眾 55.4%的信息來源為網絡，僅次於電視；而在 23 歲到 45 歲的年輕人中上升至 65.4%，在大專以上文化程度的人群中更是高達 73.4%〔註 51〕。儘管有學者認為中國的網上「公共空間」還並不是哈貝馬斯所描述的理想狀態，在形成的過程中也帶有明顯的中國特色，但「在中觀和微觀的水平上，網上行動反映了中國民眾在政治、文化、社會、經濟和全球化等各個方面的奮爭」〔註 52〕，是具有公眾性的精神文化生活實踐。

互聯網本身作為一種實體傳媒形態和相關通訊網絡技術相統一的交往平臺，正創造著一個能夠不斷大量接納新技術、新信息和新文化等的多樣化空間。這種多樣化空間，為民間認知和情緒意志的表達提供了較為方便和安全的

〔註 49〕馬學玲、李季，《年終策劃：2009．牛年．牛人．牛事．牛語》，中國新聞網，2009 年 12 月 24 日，http://www.chinanews.com/gn/news/2009/12-24/2035396.shtml。

〔註 50〕中國互聯網絡信息中心，《第 33 次中國互聯網絡發展狀況統計報告》，2014 年 1 月，http://www.cnnic.cn/hlwfzyj/hlwxzbg/hlwtjbg/201403/P020140305346585959798.pdf。

〔註 51〕數據來源為 2013 年暑期由華東師範大學童世駿教授領銜進行的國家社科基金重大項目《現階段我國社會大眾精神文化生活調查研究》（12&ZD012）的田野調查，有效問卷 4200 份。

〔註 52〕Yang Guobin. *The Power of the Internet in China: Citizen Activism*. New York: Columbia University Press, 2009. P210.

載體，不少學者注意到網絡上有大量的笑話、段子〔註 53〕、順口溜〔註 54〕和惡搞作品〔註 55〕等，帶有明顯的政治意味，博客等網絡空間「為中國民眾對於政權的複雜批評提供了免於遭受嚴厲打壓的平臺」〔註 56〕。同時，語言符號自身的可變性，尤其是漢語作為語素文字的構詞靈活性以及諧音、雙關、仿擬等修辭手段的多樣化，使得通常以變體出現的流行語擁有了足夠的應對媒體監控的形式。流行語因此成為民眾創造力極強、參與度極高的流行文化活動，形成了中國特色的富有深意的精神生活景觀。

與社會變革相關的網絡文本既是社會流行語的滋生地，又是其應用區和聚集區。民間關注的敏感話題往往會促使某些流行語的生成、傳播與消亡，因而，聚焦和整合近年來網絡流行語的概況，無疑會提供一種較為直觀和補充性的觀察中國的視角。對於一個變革中的社會而言，這種多樣化空間中的語言事實反映了大眾怎樣的精神文化生活面貌？這種話語形式的社會記憶是如何形成的，又具有怎樣的歷史價值？

二、流行語之於社會記憶的型塑

我們可以把流行語所表達的內容歸納為「認知」與「情緒情感」兩大項及其組合，而這種認知和情緒情感又是對一定社會現存的反映，或者至少在一定程度上摺射出某種社會心理狀態特別是社會情緒，因此人們可以通過解析網絡流行語中不同成分的比例及其關係，來觀察當下社會存在著哪些問題，以至於人們會選擇運用流行語這種變異方式來曲折地表達自己的情緒與意願。

值得關注的是，與其說流行語的傳播是對一定事件和信息的傳佈，倒不如說是它們是某種智識的體現和情緒情感的宣洩流露。公眾的社會情緒、心理訴求和精神期盼，就凝結在流行語的文化涵義中。並不是因為正式的語言系統缺乏表述的句式或語詞，而是人們著意要凸顯流行語的文化涵義才特意去選擇

〔註 53〕Hong Zhang. “Making Light of the Dark Side: SARS Jokes and Humor in China”, *SARS in China: Prelude to Pandemic*, eds. Arthur Kleinman &James L. Watson, Stanford Univeisity, 2006. p148.

〔註 54〕Perry Link, Kate Zhou. “*Shunkouliu*: Popular Satirical Sayings and Popular Thought”, *Popular China: Unofficial Culture in a Globalizing Society*, eds. Link at al. Lanham, Md., Rowman & Littlefield Publishing, Inc., 2002. p89.

〔註 55〕Haomin Gong. “Digitized parody: The politics of egao in contemporary China”, *China Information*, March 2010. vol. 24. pp13~26.

〔註 56〕Esarey Ashley, Xiao Qiang, “Political expression in the Chinese blogosphere: below the radar”. *Asian Survey*, 48, no.5 (Sep-Oct 2008). pp. 752~772.

流行語的。

綜觀本節所涉 2007 至 2013 年的流行語，大部分屬於理性與熱情都處於中間狀態的情況。這一時期的流行語數量極大，就質量而論，大部分切中了社會不公不義的敏感神經，也對社會問題的批評準確而富有洞見；是流行語較具積極價值的一個時期。我們綜合「認知」與「情意」的內容，將其分為以下三類。第一類是對公權腐敗的抗議，第二類是對道德滑坡的批判，第三類就是對民生艱辛的慨歎。流行語儘管數量眾多，表述方法各異，但是幾乎都可以很清晰地歸納到上述主題中去，如下表（表 21）。

表 21　網絡流行語反映的三類社會文化主題（2007～2013）

抗議公權腐敗	批判道德滑坡	慨歎民生艱辛
被自殺、很黃很暴力、俯臥撐、雷、打醬油的、釣魚、不明真相的群眾、死者情緒很穩定、躲貓貓、欺實馬、替黨說話，還是準備替老百姓說話？、草泥馬、跨省抓捕、我反正信了、河蟹、倒逼、土豪、大 V	山寨、很黃很暴力、很傻很天真、郭美美、小悅悅、躺著也中槍	下流社會、囧、雷、哥 X 的不是 X，是寂寞、XX，你媽喊你回家吃飯、拼爹、hold 住、潛伏、偷菜、給力、二、浮雲、蝸居、蟻族、親、傷不起、hold 住、坑爹、賣萌、吐槽、悲催、忐忑、元芳你怎麼看、壓力山大、逆襲、奇葩

從流行語生成的過程來看，源發地多為博客、微博等，大多是個體意識的表達，是從新聞事件和生活感受出發的，它們或者是對「社會事實」的某種「大寫意」（既不具體又不真切），或者真實而不全面，或者是情緒性的反應或表述。通過網絡得以表現，僅僅屬於個體意見超越個人領域進入到公共議論領域，這種公共議論是否就是公眾意見，還需討論。但是上述例子在年度統計時都以百萬千萬計，就不得不承認它具有某些「社會事實」的性質了。無疑，這些流行語為當下輿情民意的形成提供了某些可資評議的「民本立場」和「主觀細節」，並成為轉型期社會記憶中帶有民間立場的不可或缺的組成部件。

那麼，接下來的問題就是，這些言語的碎片是如何變成當下中國的社會記憶的？這就自然涉及流行語的語義和語用問題。流行語的「意義空間」和「應用範式」不是一次就沖納完成的，而是要經過多次的意義詮釋、重組、再造與延展以及與之相應的使用嘗試、協商與合作才最終成型。表 21 所述 2007 至 2013 年的流行語基本上接受了時間的檢驗，尤其是它們在經過了民眾的應用實踐和廣泛的網絡傳播之後，已經進入了紙媒和民眾的日常話語。這一過程正是大眾通過社會性的語言應用，固化「意義空間」和「應用範式」的過程，也正是社會記憶的成型過程。

人是語言的動物，人類與記憶相關的認知與情感無不是通過言語行為來實現的。與流行語相關的社會記憶更是如此。流行語首先是一種流行文化現象，其特質是具有流行語義和擴散功能：特定的社會情境會賦予流行語以公眾認可的文化涵義和形式意味。高頻使用、語義泛化和形式孳生是流行語在擴散過程中形成的三類特徵，它們具有從右到左的負向蘊含關係。著眼於流行語對社會記憶的形塑，結合流行語的這三類擴散特徵，依據過程、強度和表現形態，可以把與流行語相關的社會記憶分為相關且層遞的三種類型。

第一類是經由流行語而形成的「基礎記憶類」的社會記憶。流行語在形成之初往往以「高頻使用」的特徵面世，如，《互聯網輿情分析報告》統計顯示僅 2008 年「囧」網絡出現量為 4270 萬條次，2009 年「躲貓貓」為 3845 萬條次。如此海量的點擊、轉發和選用在特定時間段內爆發，在複製性的傳播過程中，流行語中的認知和情緒信息被再現、被教授和被理解，從而開始進入大眾記憶的領域。因為上文提到的負向蘊含關係的存在，任何流行語都從屬於這一類型或者說經歷過這一階段。通常，「基礎記憶」是通過同一個語言形式的多次復現來完成的；當然，也可以是多個語言形式以語義場的方式聚合成某一社會記憶，如，仿擬詞彙「蒜你很、豆你玩、薑你軍、蘋什麼、油他去、糖高宗、煤超瘋、綿裏藏針、就茶你」等等，就凝聚成了以「漲」為核心語義的社會記憶。

第二類則是「創意記憶類」。這是在「基礎記憶類」的基礎上通過各種變異而形成的社會記憶，變異大多以「語義泛化」和「形式孳生」的方式呈現。如，「美美」由指涉嫌慈善醜聞的「郭美美」泛化為「打著公共慈善的幌子牟私利者」的語義。泛化的出現意味著類推和隱喻的記憶機制已經形成並參與了新的語言創作。「形式孳生」會造成眾多的仿擬修辭。套用習用語和固有表達形式是最常見的方式，如針對北京的霧霾現象而流行的「厚德載霧，自強不吸」以及「喂人民服霧」就是如此。

第三類是經由流行語而形成的「固化記憶類」的社會記憶。流行語在出現之初，其符號本質為一種話語變異，是某個言語社團的言語創作，但是經由廣泛的流行，固化為全民化的記憶，就從言語系統進入了語言系統，成為特定語言中的「固化記憶」。這是以曾經的流行語進入權威語言工具書為標誌的。如，2008 年出現的詞語「山寨」和語法格式「被（自殺）」都已經被收入了商務印書館 2012 年出版的第 6 版《現代漢語詞典》，這就意味著以它們為代表的一些流行語及其與之相關的事物和現象進入了漢語民族穩定的社會記憶中了。「固話記憶」同時也標誌著某個語言形式作為流行語的命運的終結。

流行語是以語言形式為媒介的自願性的「大眾行為」，具有不可預期的豐富樣態和變化週期；但是其「意義空間」和「應用範式」在流行的過程中，無不是集體協商的自然結果，無不經過從語言潮流到語言事實的歷變，也無一例外地進入某一類社會記憶中——「基礎記憶類」是社會記憶的嘗試和調整階段，「創意記憶類」則是變形和應用的中期，而「固化記憶類」已經就是社會記憶的穩定結果了。

三、「小敘事」與「當代國風」

很顯然，流行語所表達的認知和情意信息都是屬於發洩和批評類的，帶有明顯的創傷記憶的性質。然而，我們為什麼認為，就當前大眾的精神文化生活而言，這樣的話語表述乃至社會記憶具有積極的價值呢？

歷史有驚人的相似。數千年前，中國人的祖先們就用歌謠來表達他們的愛與恨、怨與怒，抒發心中的不平與憤懣。儒家的士大夫們則認為這些來自民間的歌謠可以起到對統治者的諷喻、勸諫作用。孔子說：「詩可以興、可以觀、可以群、可以怨」，意思大概是說，詩可以激起人們對美好社會的嚮往，也可以反映一方民眾的現實生活，具有凝聚人心的作用，同時，也可以讓人們宣洩心中的壓抑和憂怨。《詩經・國風》中，大多是這類歌謠。在漫長的封建專制下，許多歌謠背後的「小敘事」漸漸演變成為經學家們關注的「大敘事」，並深刻地影響了我們民族的「歷史敘事」。

在日趨現代化、民主化的當下中國，網絡流行語雖然不能簡單地解釋為「以詩言志」，卻毫無疑問地具有「興、觀、群、怨」的性質。流行語不論是從其民間性、現實性和批判性而言，還是從所針對的時代巨變和家國命運來看，都與中國政治文學的經典《詩經》，尤其是其中的《國風》，有著跨越數千年的呼應和共鳴。可以說，流行語就是當代中國的「國風」——告哀之歌、諷刺之音和勸諫之言，這些帶有明顯創傷記憶性質的民間表述，既繼承了中國古典文學的「怨刺」傳統，又注入了當代公民社會的時代價值。

公權腐敗、道德滑坡和民生艱辛等問題是當代中國的社會問題，被傷害者有悲鳴的本能，更有哀歎的權力。20 世紀七八十年代，在黨中央對文化大革命做出否定評價的同時，「傷痕文學」反省了這場國家浩劫，反映了人們思想內傷的嚴重性並呼籲療治創傷。與之相比，流行語可以說是現實版的傷痕文學，是對現實創傷的應激反應，它們在創作旨趣上是完全一致的。所不同的是，流行語的作者是民眾而非作家，是現實記錄而不是文學虛構；尤為微妙的是，它們所揭示的現實困境還期待著政府意志的呼應。因此，這種現實創傷的語言記錄更具有真實性和異質性，更為草根化和變革化。

流行語最初是一種集體的負面情緒的宣洩，最終成為具有明顯集群性的社會互動行為。它們具有相當一致的消極的敘事結構，針對的是社會環境中共同體驗著的和困苦、憂懼相關聯著的「情緒壓力」，反映著市民階層對於這些情緒的偏見、畏懼和擔憂。

顯而易見，流行語是民眾在壓力之下的民俗「小敘事」。有人可能要質疑流行語這樣的民俗敘事能否具有社會價值。法國哲學家利奧塔在後現代的名義下，啟發我們認識到小敘事對於社會記憶的建構意義：第一，小敘事將可能被遮蔽的社會事實點亮，從而引入社會大眾的歷史敘事，並獲得被討論的資格；其次，小敘事的流行與傳播，最大化了群體認知，從而錨定了社會記憶。「人的歷史不過是千千萬萬微不足道的和鄭重其事的故事的堆積，它們被籠統地總括起來就形成稱之為市民社會的文化的東西」。〔註57〕網絡的匿名性、「無門檻」和網絡監管的防不勝防，使得普通人的話語權得到了最大限度的發揮，這些屬於「市民社會的文化的東西」、這些可能被遮蔽的民間表述，終於得以面世和流傳，成為時代記憶無法忽視的堅硬的一部分。

因為有真情實感，因為是告哀悲歌，流行語雖為民間寫作，但其自下而上的影響力使其成為全民參與的充分的公共性的非虛構文學。作為對時代病痛的批判性寫作，流行語與主流媒體的描述呼應互補，映像了這個社會的病痛所在甚至病因所在。在這個意義上，流行語對主流媒體的宣傳具有解構性。在中共十八大召開之際，中央電視臺滿大街採訪路人：「你幸福嗎？」對於這樣一個只能回應「我很幸福」的問題，網民的回答套用了流行語，借用其語境聯想，解構了所謂「標準答案」：「反正我信了」，「你懂的」、「元芳，你怎麼看？」。

流行語的解構本質促發了其「反諷」的功能。對於現實生活的多元反諷，成為流行語療治現實創傷的重要手段。反諷，即兩個不相容的意義被放在一個表達方式中，用它們的衝突來表達另一個意義。作為一種相反相成的修辭形

〔註57〕F. Lyotard, *Instructions païennes*, Paris: Galilée, 1977, p39.

式，反諷利用兩個符號文本的排斥衝突，求得對文本表層意義的超越。反諷的解釋依賴於表達與被表達之間的張力，依賴於文本與語境之間充分的互動。

當反諷的規模不再局限於個別語句、個別符號、個別作品，而是擴大到整個文化場景、整個社會，乃至整個歷史階段的行為意義的時候，反諷的大規模變體不僅沒有任何幽默意味，相反，具有強烈的悲劇色彩。流行語傳達的負面情緒就是明證。

流行語之所以很「雷人」，就是因為這些話語與人們的心理預期或者常識相悖，與社會環境和民眾的願望相悖。黨的幹部面對記者居然說出「你是準備替黨說話，還是準備替老百姓說話？」，與「人民公僕」的預設矛盾，構成了文本層面的第一層反諷。2008 年，主流媒體上對民眾常用的稱呼「不明真相的群眾」和對傷害事件的遇難者的慣用描述「死者情緒很穩定」被廣泛傳播，時任國家總理溫家寶的講話「是人民在養你們，你們自己看著辦」也同時流行，這種強烈的對比構成了官方通報與民眾輿情之間的對抗張力，成為第二層的反諷。民間生生不息的流行語，對中國力求和諧的政治環境而言，對於主流媒體的正面報導而言，本身更是一個大局面的鏡鑒。

有學者說：「當代文化正在經歷一個前所未有的轉向，整體地進入反諷社會。社會中個人與集團之間的意見衝突不可避免，而且隨著人的自覺，只會越來越加重。表意的衝突只能用聯合解讀的方式處置，聯合解讀本身即是反諷式理解。要取得社會共識，只有把所謂『公共領域』變成一個反諷表達的場地，矛盾表意不可能消滅，也不可能調和，只能用相互矯正的解讀來取得妥協。妥協也只能是暫時的，意見衝突又會在新的地方出現，但是一旦反諷矯正成為文化慣例，文化就有取得動態共識的能力。」〔註 58〕也就是說，允許醜惡現象曝光，允許非勻質的輿情如實呈現，這本身就是在建設一個反諷性的「公共領域」，意見衝突是價值共識的基礎，「反諷矯正」是當代中國最為常見的文化協商樣態，也是流行語這種大眾精神文化生活的話語實踐最基本的特徵。

流行語在內容上具有兩個特點：其一是「非虛構性」。它一定是有感而發的，所言必有所指，要麼是具體的新聞事件，要麼是當下的群體感受。第二個是「實踐性」，即：「言說行為與社會實踐同構」。每一個流行語在人們之間的傳遞還包含著觀念和態度的表達、轉達和說服。不論傳遞者是彼此認同還是相互詆毀，都不能否定這些流行語和其中的價值觀被關注、被知會和被傳播了的

〔註 58〕趙毅衡，《反諷：表意形式的演化和新生》，《文藝研究》，2011 年第 1 期。

事實。

一個言語行為，一旦上升為言語實踐，其意義首先就呈現在言說者主體性的凸顯上。再進一步，當主體性彰顯的話語實踐一旦演變為群體性的言語行為，民主化的社會實踐也就水到渠成。新式傳播手段的使用，為人們的表達方式、表達內容、社會文化和社會事件的組織方式等多個方面帶來了深刻變化。普通民眾開始擁有機會，加入到實踐主觀意志的話語實踐中。這時，基於民間表述的社會記憶就會促發具有民主實踐意義的社會運動。

不可否認，流行語中也有大量消解性、娛樂性的庸俗化內容，值得警惕和批評。然而，在政府職能部門和學院派知識分子集體失聲的背景下，老百姓樸素的抗議精神和道義原則顯得異常醒目。對公權腐敗的抗議、對道德滑坡的批判和對民生艱辛的慨歎，都直指真實生活中的痛苦之源：政治不公、制度不善、百姓權利得不到保障、意識形態的虛空和不自由的壓抑。作為民間表述的流行語，表達的是並不太複雜的人性關懷、文明底線和善惡主張，網民「織圍脖」（寫微型博客）、「圍觀」熱點，相信「關注就是力量，圍觀改變中國」〔註59〕。「中國網民作為具有輿論能量的『新意見階層』，正在形成一個有現實影響力的虛擬『壓力集團』」〔註60〕，「對中國社會發展中的種種問題暢所欲言，能在極短時間內凝聚共識，發酵情感，誘發行動，影響社會」〔註61〕。

四、本節小結

除非讓普通大眾自己開口說話，否則我們就無法詮釋他們的真實經歷和感受。流行語就是借助每位實踐者的個性化努力，將社會實踐與道德審美結合起來，使之直接介入當下的生活。從這一層面上講，流行語的發明和傳播行為是一種「自啟蒙」，是自我啟蒙的蘇醒，更是老百姓對老百姓的啟蒙。也正是由於是「自啟蒙」，所以，民間表述才使得社會記憶具有了改造現實的巨大力量。

當代中國「以娛樂的自由、消費的自由取代了政治的自由，以娛樂消費領

〔註59〕笑蜀，《關注就是力量，圍觀改變中國》，《南方周末》，2010年1月13日。

〔註60〕祝華新，《網民成為壓力集團是社會進步的象徵》，《中國青年報》，2009年12月30日。

〔註61〕祝華新、單學剛、胡江春，《2009年中國互聯網輿情分析報告》，見汝信、陸學藝、李培林主編：《2010年中國社會藍皮書》，社會科學文獻出版社，2009年版，246頁。

域的畸形繁榮掩蓋了公共政治生活的萎靡，以消費熱情掩蓋了政治冷漠」，有學者已經嚴肅地指出，「當大眾沉迷於傳媒打造的日常生活審美圖景、沉迷於去政治化的自我想像和個性想像的時候，真正值得關懷的重大公共問題由於進不了傳媒，而被逐出了『現實』」〔註 62〕。在這個危機與機遇共存的年代，流行語以民間表述的另類形態頑強地挺進了現實的時代記憶。應該看到，作為「民間表述」之一種，流行語並不是與主流輿論絕對對立的，某種意義上說，流行語與體制化輿論基本是互應互補的。只是它又有獨特性、生活化（世俗化）、豐富化、鏈接性等具體作用。

流行語作為流行文化的一種，也會經歷生發和消亡的週期，但是，它所傳達的智識和情緒情感信息卻以社會記憶的形式留存在一代人的心中，並進入他們對新的社會現實的認知裏。在「社會記憶」的問題上，流行語的主要功能體現在豐富社會記憶、補充社會細節、獨闢社會記憶路徑上。這種大眾的真實的精神文化生活的話語實踐，在思想的層面上，是型塑「當代中國」概念的雖然可能是變異了的卻又是非常有力的證言。因此，對於轉型中的中國而言，流行語具有民俗的、社會的和心理的多重價值，其歷史正當性不容置疑。

〔註 62〕陶東風，《論文化批評的公共性》，《文藝理論研究》，2012 年第 2 期。

結語　網絡上的中國（2007～2013）

2005 年，中國網民始破一億，網絡流行語現象初起。2007 年，「人民網」輿情監控室開始逐年發布藍皮書《中國互聯網輿情分析報告》。2013 年，政府加大了網絡媒體的監管力度，網絡輿論下沉。2007 年至 2013 年，流行語大量生成，廣泛傳播，成為顯著的公共文化現象。這七年，也因為流行語而成為一段特別值得回顧的「歷史時期」；網絡流行語型塑的社會記憶，更是需要認真直面的「網絡上的中國」。

一、當網絡流行語成為「網絡國風」

網絡的興盛一如人類歷史上數次古登堡革命式的語文媒介轉型，深刻地改變著文明傳播的形式、內容乃至性質。

在二十一世紀前後的中國，互聯網的普及，打破了文化意義上的諸多壟斷，個性化、開放性的民間書寫在社會信息的傳達中佔據了越來越核心的地位；與之相伴隨，網絡閱讀成為公眾信息和知識獲取的重要方式。那些來源於微博、微信、博客、電子書的片段文字，活脫脫就是活報劇、小品文、迷你紀實文學、雜文、抒情詩、自傳。尤其需要強調的是，它們在意識形態和價值觀念上，旗幟鮮明地展示了現實主義的人文關懷。

當代中國轉型劇烈，思潮激蕩。網絡的匿名性和多元性使其成為最受民眾歡迎的媒體，在時代洪流中適應、掙扎著的人們，在網絡上「心之憂矣，我歌且謠」（《詩經・園有桃》）。與體制媒體正面平穩的宏大敘事相比，以流行語為代表的民間書寫在細節敘事間，現實地記錄著「有體溫的公共記憶」。

數千年前，中國人的祖先們就用短歌來表達他們的愛與恨、怨與怒，抒發心中的不平與憤懣，《史記》、《漢書》、《資治通鑒》中都保存了很多當年流行的這類歌謠。《詩經》311 篇中，「十五國風」就有 160 篇。「國風」乃民間直抒胸臆之作，其表達之率直、與時代之貼近，無以能敵。清代的杜文瀾輯錄了從先秦到明代的謠諺 3300 餘首，而且逐首引述本事，注明出處。這些謠言大多出自民間，反應了民眾對社會尤其是時局時政的看法。劉毓崧在為《古謠諺》所做的序言中寫到：「抑知言志之道，無待遠求。《風》《雅》固其大宗，謠諺尤其顯證。欲探《風《雅》之奧者，不妨先問謠諺之途。誠以言為心聲，而謠諺皆天籟自鳴，直抒已志。如風行水上，自然成文。言有盡而意無窮，可以達下情而宣上德，其關係寄託，與《風》《雅》表裏相符。蓋謠諺之興，由於輿誦，為政者酌民言而同其好惡，則芻蕘葑菲，均可備詢」。以史為鑒，以民為鑒，在以網絡為民間敘事載體的今日，尤有意味。

孔子說：「詩可以興、可以觀、可以群、可以怨」。網絡流行語雖然不能簡單地解釋為「以詩言志」，卻毫無疑問地具有「興、觀、群、怨」的性質。當年的《國風》和現今的流行語都屬非虛構的文學寫作，其現實主義批判精神一脈相承。《伐檀》、《碩鼠》對統治階級的批判，「彼君子兮，不素餐兮」，何等直白明確；「被自殺、反正我信了」同樣針砭時弊，毫不躲閃。「風、雅之作，皆是一人之言耳。一人美，則一國皆美之；一人刺，則天下皆刺之」。由是觀之，流行語不論是從其民間性、現實性和批判性而言，還是從所針對的時代巨變和國家危機來看，都與中國政治文學的經典《詩經》，尤其是其中的《國風》，有著跨越數千年的呼應。可以說，流行語就是當代的「網絡國風」——它根植於我們的文化傳統，代代相傳。

二、是「普大喜奔」還是「細思恐極」

乍看起來，流行語所記錄、所表述乃至所反映的皆可謂「普大喜奔」。這個 2013 年出現的流行語，乃「普天同慶、大快人心、喜出望外、奔走相告」四個成語的縮寫，一派嬉笑痛快之意。

的確，當下中國似乎已經沒有什麼是不可反諷、不可搞笑、不可諧謔的了，從官方話語（「河蟹」／和諧）、文藝腔（「趕腳」／感覺），到精英人物（「叫獸」／教授）、社會事件（「欺實馬」／70 碼），網民把生活中方方面面的遭遇都通過流行語喜劇化、消遣掉了。更不要說與流行語和網絡段子相關的其他文藝形式了，遠的如肇始於「一隻饅頭引發的血案」〔註 1〕的文藝惡搞風潮，近的如霧霾天裏北京大學的蔡元培和李大釗雕塑被戴上口罩這類意味頗深的行為藝術。不會娛樂的中國民眾，在自發的非虛構的文藝活動中，迸發出天才的創造力，去摘錄、製造、傳播和演繹耳聞目睹的生活實踐。鮮見一個時代的文藝創作，如此迫近地來源於真實社會，並被普羅大眾如此熱切地接受與評議——活生生地造出一個「普大喜奔」的當下中國。

然而，「細細思考思考，卻讓人感到恐怖之極」——也是 2013 年出現的流行語「細思恐極」，恐怕就是大家「假裝在娛樂」之後，心知肚明的意會眼神罷了——「你懂的」。「我爸是李剛」的民間造句比賽，在「恨爹不成鋼，你值得擁有」、「俱往矣，數風流人數，還看李剛」的瘋笑裏，對階層固化以及「二代」之上那個腐敗的權勢階層予以了毫不留情的揶揄。「不怕狼一樣的對手，就怕豬一樣的校友」〔註 2〕，對涉嫌利用欺詐手段「複製成功」的所謂「商界名流」，其揭露和嘲諷同樣態度鮮明。

由此，流行語從最初集體負面情緒的有感而發，演變成為具有明顯集群性的社會反諷行為。道德權威、學術權威和信仰權威都面臨著來自網民的嘲笑和解構。歷史的教訓直觀而深刻，法國史專家羅伯特·達恩頓曾經明確指出：「儘管怪誕、虛假和簡單，這種版本的政治新聞不應該僅僅被視為神話而拋棄，因為製造神話和摧毀神話在舊制度最後的歲月中是強大的力量。當然，在十八世紀的法國，並不存在任何一致形式的『公眾』，而在公眾確實存在的時候，他們又被排斥，不能直接參與政治。他們痛恨這個制度本身，他們通過褻瀆這個制度的象徵、摧毀在大眾眼中賦予其合法性的神話以及製造墮落的專制制度的反神話來表達這種仇恨」。〔註 3〕甚至可以說，比起盧梭和伏爾泰的著作，話語這種「地下的火」，無情地揭露了教會、國王和貴族的虛偽面紗，摧枯拉

〔註 1〕《一個饅頭引發的血案》是 2005 年底大陸自由職業者胡戈創作的一部網絡短片，它重新剪輯了導演陳凱歌的電影《無極》和中央電視臺《中國法制報導》中的鏡頭，對《無極》的情節和主旨進行了「惡搞」，後陳凱歌發起相關訴訟並激起社會反響。「惡搞」概念從此進入流行文化。

〔註 2〕這是網民針對 2010 年 7 月方舟子揭秘唐駿學歷涉嫌造假系列事件創造出來的流行語，泛指從類似美國「西太平洋大學」這類資質存疑的國外「名校」獲得學位的學歷摻水者，並戲稱這類「留學歸國」並身處要職的人為「西畢生」。

〔註 3〕〔美〕羅伯特·達恩頓，劉軍譯，《舊制度時期的地下文學》，中國人民大學出版社，2012 年版，第 35 頁。

朽地動搖了高高在上的象徵秩序，是大革命來臨的真正啟蒙者。雖然不能簡單地將大革命前流佈甚廣的地下文學和暢銷禁書等同於今天的流行語和網絡段子，但是它們給我們的歷史啟示卻是同樣深刻而沉重的。

與嘲弄一切、解構一切相對應的，是坊間彌漫著的虛無氛圍。「哥X的不是X，是寂寞」成為熱門橋段，2009年竟被仿擬8390萬次。「神馬都是浮雲」〔註4〕，2010年的「神馬」終於成為當下「過度娛樂化」的標簽。過度的解構必然導致價值的虛無。「一切向錢看」和「一切為了革命」的摧毀性一樣慘烈，社會道德肌體已然潰爛不堪，中國人是否正在失去基本的道德感和價值立場？連「校長，開房找我」也可以變成酒店廣告，連政府官員也居然在回答記者嚴肅政治提問時回應「你懂的」，全民賣萌也不過是幼齒版的解構罷了。「另類國風」盛行，民間話語的無心狂歡和價值虛無主義的無底線調侃，往往也是社會性「肌無力症」和「道德失憶症」傳染的病態表徵，這怎不讓人「細思恐極」，步步驚心？

三、國風「小敘事」與文化「大敘事」

歷史確有驚人的相似，古今中外那些來自底層的語言風俗都在特定歷史時期成為了先聲和結集號，其影響勢必超越民俗、文藝甚至政治之上，昇華到民族的記憶乃至國民性當中去。在中國漫長的專制歷史中，《國風》歌謠背後的「小敘事」漸漸演變成為經學家們關注的「大敘事」，並深刻地影響了我們民族的「歷史敘事」。2007到2013年短短7年時間，以網絡流行語為代表的底層寫作，成為語言形式為媒介的自願性「大眾行為」，逐步進入當代中國人的社會記憶。「民間語文、山寨漢語或許只是一種最渺小且零成本的國家資源，可三五年乃至七八年後，我們不難發現，原來，某個『說法』本身，已是一種兼具記錄歷史、傳遞某種複雜微妙民情民心等多種功用的津梁，並因此顯出珍貴，乃至稀罕」。〔註5〕

思想與生活經驗相關聯。「不同時代的知識、知識的不同傳播方式、不同階層的知識興趣，都會引出不同的思想，作為思想的支持背景，不同知識中生

〔註4〕2010年國慶期間，天涯論壇一網民在討論帖中講述邀約網友「小月月」來上海遊玩的複雜經歷，稱其為「極品女」，「用任何詞語來形容她，都根本乏味得很，神馬網絡豪放女，浮雲！都是浮雲！」後表示什麼都不值得一提，有抱怨感慨之意。

〔註5〕黃集偉，《2008，民間語文的狂歡》，《南都週刊》，20090109-20090115。

成的是異常豐富的思想世界」〔註 6〕。對於當代中國而言，流行語及其「小敘事」裏也有鮮活的生活經驗和思想世界，包涵著民眾的中國想像、社會認知和生活常識。當「抗議公權腐敗、批判道德滑坡、慨歎人生艱辛」這三類社會情感和社會意志，在流行語裏反覆被言說的時候，它們已經變成了公眾自我教育的教材，構建著正負能量交織的「網絡上的中國」。

一旦語言風俗固化為常識和社會記憶，其所指涉的事件就升格為了「歷史事件」。歷史學家用來分析社會生活的時間性概念就是事件，一向重視和肯定事件的偶然性，強調事件集中了社會進程和各種偶然。流行語所針對的就是這樣的偶然事件，「小悅悅、動車、郭美美、霧霾、被自殺、土豪、屌絲、彭宇案」，凡此種種，其話語形式的發明無疑都是生活意外事件導致的話語偶然，卻實在地坐落於改革進入深水期時的歷史必然中，轉變著普羅民眾對於現實和政局的態度。一如歷史學者小威廉・H・休厄爾（William H. Sewell）所說：「事件性時間性概念認為偶然事件是關於整體的，它改變的不僅是社會關係的表層，甚至還包括社會關係的核心或者說是深層。這個概念認為，偶然、意外和本身不可預知的事件，能夠抵消或改變歷史最持久的趨向。有關整體的偶然性的假設，不是說所有事物都在持續變化，而是說社會生活中沒有什麼是不可改變的」〔註 7〕。

當代中國的改變首先是從偶然事件開始的，是從網民對這些偶然事件的底層寫作開始的——是從流行語成為「網絡國風」開始的。與其說社會轉型表現為各類利益集團之間的明爭暗鬥，不如說是存在於民間在爭取對語言及其象徵物的控制權而展開的意識鬥爭中。社會的合法性只有通過語言和文化得以再現，在這個意義上，流行語不僅是「國風」，更是「政治語言」。

「政治語言不僅表達了由下層社會利益與政治利益決定的意識形態立場，而且有助於形成對利益的感知，從而影響意識形態的發展。換句話說，革命的政治話語是修辭的；是勸服的工具，是重新構建社會世界與政治世界的方式」〔註 8〕。

〔註 6〕葛兆光，《思想史的寫法——中國思想史導論》，復旦大學出版社，2004 年版，第 35 頁。

〔註 7〕〔美〕小威廉・H・休厄爾，朱聯璧、費瀅譯，《歷史的邏輯：社會理論與社會轉型》，上海世紀出版集團，2012 年版，第 94～95 頁。

〔註 8〕〔美〕林・亨特，汪珍珠譯，《法國大革命中的政治、文化和階級》，華東師大出版社，2011 年版，第 37 頁。

我們不能將轉型期個體行動者自稱的意願相加，就能理解他們對自己所作所為的看法。然而，如果轉型期存在任何一致性的話，那麼它應該來自相同的價值觀和共有的行為期待，它們塑造了集體意圖與行動的價值觀、期待和隱形規則。這正是「網絡國風」的意義所在，因為它們提供了民間認知的事實經驗和價值判斷，即公眾行為的邏輯源泉。「我們應當注意到在人們生活的實際世界中，還有一種近乎平均值的知識、思想與信仰，作為底色或基石而存在，這種一般的知識、思想與信仰真正地在人們判斷、解釋、處理面前世界中起著作用，因此，似乎在精英和經典的思想與普通的社會和生活之間，還有一個『一般知識、思想與信仰的世界』，而這個知識、思想與信仰世界的延續，也構成一個思想的歷史過程，因此它也應當在思想史的視野中。」〔註 9〕

用這樣的眼光來看 2007 年至 2013 年互聯網在中國普及生根的這 7 年，無疑是民間話語型塑社會記憶的關鍵 7 年。思想不會隨著有形的器物、有限的生命一道消失，通過耳濡目染、通過社會的薰陶、通過語言文字，歷史不斷地重疊著歷史，記憶一代一代地在時間中延續下來。這 7 年也就有充分的理由成為一個「歷史時期」——就在這一時期，人們發現：流行語不僅是參與面甚眾的語言風俗，更是蘊含巨大效力的活動，它是文化轉型和意識轉變的鑄模。

〔註 9〕葛兆光，《思想史的寫法——中國思想史導論》，復旦大學出版社，2004 年版，第 14 頁。

參考資源

一、網站

1. 百度指數　http://index.baidu.com。
2. 國家語言資源監測與研究中心　http://cnlr.blcu.edu.cn。
3. 谷歌關鍵詞趨勢　https://trends.google.com。
4. 教育部官網　http://www.moe.edu.cn。
5. 人民網輿情　http://yuqing.people.com.cn。
6. 中國互聯網絡信息中心　http://www.cnnic.net.cn。
7. 中國數字空間　http://chiandigitaltimes.net。

二、中文

1. 蔡定劍，《公眾參與及其在中國的發展》，《團結》，2009 年第 4 期。
2. 陳嘉映，《語言轉向之後》，《江蘇社會科學》，2009 年第 5 期。
3. 丁鋼：《教育敘事的理論探究》，《高等教育研究》2008 年第 1 期。
4. 〔法〕高宣揚，《流行文化社會學》，中國人民大學出版社，2006 年版。
5. 國家語言資源監測與研究中心，《中國語言生活狀況報告 2008（下編）》，商務印書館，2009 年版。
6. 葛兆光，《思想史的寫法——中國思想史導論》，復旦大學出版社，2004 年版。
7. 胡明揚，《關於外文字母詞和原裝外文縮略語問題》，《語言文字應用》，2002 年第 2 期。

8. 李春麗、令小雄，《阿Q精神對「屌絲」青年的社會引力》，《當代青年研究》，2014年第1期。
9. 李宏圖，《歷史研究的「語言轉向」》，《學術研究》，2004年第4期。
10. 李行鍵，《現代漢語規範詞典》（第3版），外語教學與研究出版社，2014年版。
11. 李永剛：《網絡原住民的語文運動》，《社會科學報》2010年2月25日。
12. 李幼蒸，《理論符號學導論》，中國社會科學出版社，1993年版。
13. 李幼蒸，《結構與意義》，中國社會科學出版社，1996年版。
14. 林品，《「屌絲」：主體中空的公用能指》，《中國讀書評論》，2014年第2期。
15. 劉大為，《流行語中的語義泛化及其社會功能》，《語言文字學刊》（第一輯），漢語大詞典出版社，1998年版。
16. 劉大為，《網絡語言：節制還是任其擴散》，《新聞晚報》，2006年2月5日。
17. 劉大為，《從語法構式到修辭構式（上）》，《當代修辭學》，2010年第3期。
18. 劉敏菘，《古謠諺・序》，見杜文瀾，《古謠諺》，中華書局，1958年版。
19. 劉少傑，《社會學的語言學轉向》，《社會學研究》，1999年第4期。
20. 繆俊，《「山寨」流行中的語義泛化》，《修辭學習》，2009年第1期。
21. 穆泉，張世秋，《2013年1月中國大面積霧霾事件直接社會經濟損失評估》，《中國環境科學》，2013年第3期。
22. 〔日〕木村英樹，《漢語被動句的意義特徵及其結構上之反映》，Cahiers de Linguistique-Asie Orientale. 1997. 26(1), 21~35。
23. 潘慧峰，王鑫，張書宇：《霧霾污染的持續性及空間溢出效應分析——來自京津冀地區的證據》，《中國軟科學》，2015年第12期。
24. 沈家煊，《世說新語三則評說》，《當代修辭學》，2010年第4期。
25. 石毓智，《漢語語法演化史》，江西教育出版社，2015年版。
26. 陶東風：《論文化批評的公共性》，《文藝理論研究》，2012年第2期。
27. 王燦龍，《「被」字的另類用法》，《語文建設》，2009年第4期。
28. 王磊，《新華網絡語言詞典》，2012年版，商務印書館。
29. 辛儀燁，《流行語的擴散：從泛化到框填》，《當代修辭學》2010年第2期。
30. 徐大明、陶紅印、謝天蔚，《當代社會語言學》，中國社會科學出版社，

1997 年版。
31. 徐默凡，《流行語的遊戲心態和遊戲成分》，《當代修辭學》，2012 年第 1 期。
32. 閆肖鋒，《〈新週刊〉編輯大法——關於概念、關鍵詞與流行語》，《青年記者》，2008 年第 3 期（上）。
33. 楊國斌，《網絡空間的抗爭》，《復旦政治學評論》第十輯《集體行動的中國邏輯》，2012 年版。
34. 游汝傑、鄒嘉彥，《社會語言學教程》，復旦大學出版社，2004 年版。
35. 俞東明：《話語角色類型及其在言語交際中的轉換》，《外國語》1996 年第 1 期。
36. 鄭雯等，《中國抗爭行為的「文化框架」——基於拆遷抗爭案例的類型學分析（2003～2012）》，《新聞與傳播研究》，2015 年第 2 期。
37. 中共中央宣傳部，《習近平總書記系列重要講話讀本》，學習出版社、人民出版社，2016 年版。
38. 中國社會科學院語言研究所，《現代漢語詞典》（第 6 版），商務印書館，2012 年版。
39. 張洪忠、張燕、王雨欣、宋偉超，《無奈現實的虛擬釋放：流行語「屌絲」的網絡建構》，《新聞與傳播》，2014 年第 11 期。
40. 張誼生，《助詞「被」的使用條件和表義功用》，見吳福祥、洪波：《語法化與語法研究（一）》，商務印書館，2003 年版。
41. 祝華新：《網民成為壓力集團是社會進步的象徵》，《中國青年報》，2009 年 12 月 30 日。
42. 祝華新、單學剛、胡江春，《2009 年中國互聯網輿情分析報告》，《2010 年中國社會藍皮書》，社會科學文獻出版社，2009 年版。

三、譯文

1.〔法〕愛米爾·杜爾凱姆，鍾旭輝譯，《自殺論》，浙江人民出版社，1988 年版。
2.〔英〕安·格雷，《文化研究：民族志方法與生活文化》，許夢雲譯，重慶大學出版社，2009 年版。
3.〔英〕保羅·康納德，《社會如何記憶》，納日碧力戈譯，上海人民出版社，

2000 年版。

4.〔美〕伯格、〔德〕盧克曼，鄒理民譯，《社會實體的建構》，臺灣巨流圖書公司，1991 年版。

5.〔美〕戴安娜・埃倫・戈德斯坦，李明潔譯，《民間話語轉向：敘事、地方性知識和民俗學的新語境》，《民俗研究》，2016 年第 3 期。

6.〔法〕E・迪爾凱姆，狄玉明譯，《社會學方法的準則》，商務印書館，1995 年版。

7.〔瑞士〕費爾迪南・德・索緒爾，高名凱譯，《普通語言學教程》，商務印書館，1980 年版。

8.〔美〕克特・巴克，南開大學社會學系譯，《社會心理學》，南開大學出版社，1984 年版。

9.〔美〕林・亨特，汪珍珠譯，《法國大革命中的政治、文化和階級》，華東師大出版社，2011 年版。

10.〔英〕諾曼・費爾克拉夫，殷曉蓉譯，《話語與社會變遷》，華夏出版社，2003 年版。

11.〔美〕克利福德・吉爾茲，《地方性知識：事實與法律的比較透視》，見梁治平，《法律的文化解釋》，北京三聯書店，1994 年版。

12.〔美〕特里・N・克拉克，何道寬譯，《傳播與社會影響》，中國人民大學出版社，2005 年版。

13.〔美〕孔飛力，陳兼、劉昶譯，《叫魂：1768 年中國妖術大恐慌》，生活・讀書・新知三聯書店，2014 年。

14.〔英〕雷蒙・威廉斯，劉建基譯，《關鍵詞：文化與社會的詞彙》，生活・讀書・新知三聯書店，2005 年版。

15.〔美〕羅伯特・達恩頓，劉軍譯，《舊制度時期的地下文學》，中國人民大學出版社，2012 年版。

16.〔法〕羅蘭・巴特，敖軍譯，《流行體系——符號學與服飾符碼》，上海人民出版社，2000 年版。

17.〔德〕馬克斯・韋伯，胡景北譯，《社會學的基本概念》，上海世紀出版集團，2005 年版。

18.〔法〕莫里斯・哈布瓦赫，畢然、郭金華譯，《論集體記憶》，上海人民出版社，2002 年版。

19.〔英〕奈傑爾・拉波特等，鮑雯妍等譯，《社會文化人類學的關鍵概念》，華夏出版社，2005 年版。

20.〔法〕皮埃爾・布爾迪厄著，褚思真等譯：《言語意味著什麼》，商務印書館，2005 年版。

21.〔英〕喬納森・波特、瑪格麗特・韋斯雷爾，肖文明等譯，《話語和社會心理學》，中國人民大學出版社，2006 年版。

22.〔美〕喬納森・特納、簡・斯戴茲，孫俊才、文軍譯，《情感社會學》，上海人民出版社，2007 年版。

23.〔英〕諾曼・費爾克拉夫，殷曉蓉譯，《話語與社會變遷》，華夏出版社，2003 年版。

24.〔美〕小威廉・H・休厄爾，朱聯璧、費滢譯，《歷史的邏輯：社會理論與社會轉型》，上海世紀出版集團，2012 年版。

25.〔德〕揚・阿斯曼，金壽福等譯，《文化記憶》，北京大學出版社，2015 年版。

26.〔美〕約翰・甘柏茲，徐大明、高海洋譯，《會話策略》，社會科學文獻出版社，2001 年版。

27.〔美〕詹姆斯・斯科特，《弱者的武器》，鄭廣懷等譯，譯林出版社，2011 年版。

四、外文

1. Alan Dundes. "At Ease, Disease-AIDS Jokes as Sick Humor", *American Behavior Scientist*, Vol. 30, Issue 3. 1987.
2. Ashley Esarey and Xiao Qiang. "Political Expression in the Chinese Blogosphere: below the radar". *Asian Survey*, Vol.48, Issue 5.
3. Bourdieu, Pierre, *language and Symbolic Power*, Cambridge: Polity Press, 1991.
4. Davis, Fred. "Thing and Fashion as Communication". In M. R. Solomon, ed. *The Psychology of Fashion*. Lexington, MA. Lexington Books, 1985.
5. F. Lyotard, *Instructions païennes*, Paris: Galilée, 1977, F. Lyotard, *The Postmodern Condition*, Manchester University Press, 1984.
6. Fred Davis. "Thing and Fashion as Communication". In M. R. Solomon, ed.

The Psychology of Fashion. Lexington, MA. Lexington Books, 1985.

7. Gregor Benton. "The Origin of the Political Joke," in C. Powell and G. Paton (eds.), *Humor in Society: Resistance and Contro*l, New York: St. Martin's Press, 1998.
8. Haomin Gong, "Digitized parody: The politics of egao in contemporary China", *China Information*, March 2010, vol. 24.
9. Hong Zhang. "ASRS humor for the virtual community", in Deborah Davis, Helen Siu (eds.), *SARS: Reception and interpretations in three Chinese cities,* Routledge, 2007.
10. Hong Zhang, "Making Light of the Dark Side: SARS Jokes and Humor in China", in *SARS in China: Prelude to Pandemic*, eds. Arthur Kleinman &James L. Watson, Stanford Univeisity, 2006.
11. Marcella Szablewicz. "The 'losers' of China's Internet: Memes as 'structures of Feeling' for disiilusioned young netizens". *China Information*. Vol. 28, Issue 2. 2014.
12. Peidong Yang, Lijun Tang, Xuan Wang. "*Diaosi* as infrapolitics: scatological tropes, identity-making and cuitural intimacy on China's Intenet". *Media, Culture & Society*. Vol. 37, Issue 2. 2014.
13. Perry Link and Kate Zhou, "*Shunkouliu*: Popular Satirical Sayings and Popular Thought", in *Popular China: Unofficial Culture in a Globalizing Society*, eds. Lanham, Md.: Rowman & Littlefield Publishing, Inc., 2002.
14. Peter L. Berger, Thomas Luckmann. *The Social Construction of Reality: A Treatise in the Sociology of Knowledge*. London: Penguin, 1967.
15. Russell Frank, *Newswire: Contemporary Folklore on the internet*, University Press of Mississippi, 2011.
16. Yang Guobin, *The Power of the Internet in China: Citizen Activism*. New York: Columbia University Press, 2009.
17. Zhou Yongming, *Historicizing Online Politics: Telegraphy, the Internet, and Political Participation in China*. Stanford: Stanford University Press, 2006.

致　謝

這裡是一些必要的說明和感謝。

本書中的各節都以單篇論文的方式在國內的中文核心期刊（CSSCI）上發表過，在收錄此書時標題做過調整。最早的是寫於 2007 年，最晚的是完成於 2018 年底。前後經歷了十年有餘。其中，第一章第一節以《語言事實：正常現象抑或病態現象》為題，發表於 2007 年 9 月的《中國文字研究》總第 8 輯；第二節以《作為流行文化的流行語：概念與特質》為題，發表於《武漢大學學報》2013 年第 1 期；第三節以《流行語的符號本質及其意指結構》為題，發表於《語言文字應用》2011 年第 4 期；第四節以《年度詞語排行榜述評與流行語的概念辨析》為題，發表於《當代修辭學》2014 年第 1 期。第二章第一節以《從語錄流行語到詞語流行語》為題，發表於《修辭學習》2009 年第 3 期；第二節以《互聯網蒼穹下的語言與抗爭——以「喂人民服霧」為例》為題，發表於《華東師範大學學報》2016 年第 4 期；第 3 節以《「屌絲「的身份建構與價值觀博弈——兼談語言身份的特殊性》為題，發表於《中國青年研究》2016 年第 3 期；第 4 節以《「被自殺」與社會記憶的語言化——語言變異與文化記憶的關係例析》為題，發表於《貴州社會科學》2018 年第 6 期。第三章第一節以《非虛構言語實踐與新的語言轉向》為題，發表於《學海》2011 年第 6 期；第二節以《網絡時代的語言變異與文學轉型——淺議流行語現象對當代文學轉型的標誌意義》為題，發表於《文藝理論研究》2011 年第 1 期；第三節以《社會輿論、群體意志與話語互動》為題，發表於《求是學刊》2013 年第 6 期；第四節以《流行語：民間表述與社會記憶》為題，發表於《探索與爭鳴》2013 年第 12 期。

另外，書前的引言於 2017 年 12 月 6 日，以 The Subversive Power of Chinese Internet Slang（《中國網絡流行語的顛覆性力量》）為題，發表於澎湃新聞的英文版 Sixth Tone（《第六聲》）上；結語以《網絡「國風」的歷史時刻》為題，發表於《南風窗》2014 年第 8 期。

我要感謝這些學刊、雜誌和新媒體平臺發表我的論文和英文普及文章，感謝外審專家的評閱意見和編輯的審校工作。需要說明的是，因為這些章節原來是以單篇文章的形式發表的，各篇之間不免有重複雜沓、不相照應的地方，且創作時間跨越十年有餘，因此，我在編入此書時，盡可能地做了一些整理、補充或刪節，很多篇目也根據發表後聽到的批評意見做過修訂，已經和原來的文字有所不同。

我還必須感謝我的師友、同事和學生。在寫作過程中，很多想法直接得益於學界師友的幫助，其中不僅有劉大為教授、戈德斯坦（Diane Ellen Goldstein）教授和郝銘鑒編審（我在字裏行間懷念著他）等前輩，也有同輩學人徐默凡教授、蘇獨玉（Sue Tuohy）博士和王敏編審，等等。從 1991 年到 2015 年我曾在華東師範大學中文系任教，一共指導了 29 名碩士研究生，從 2006 年到 2017 年有 11 名以「當代中國的網絡語言」為其碩士學位畢業論文的研究對象，我也把他們的論文標題附在這裡，它們是：《技術條件下的會話結構研究》（王春，2006）、《討論帖的互文性研究》（魏夢曉，2007）、《流行語識讀在諸暨方言中的代際差異研究》（周萃俊，2011）、《事件性臨時稱謂語的社會語言學研究》（劉娛，2011）、《網絡會話中"呵呵"的功能研究》（汪奎，2012）、《吐槽語及其鏈接結構研究》（池文匯，2013）、《年度新詞語隱退的個案分析：以 2006 年和 2007 年年度新詞語為研究對象》（王維敏，2014）、《「屌絲」的隱與現：微博中「屌絲」用法演變的實證研究》（李琳，2016）、《流行語的語義演變及其事件動因——以流行語「土豪」為例的實證研究》（蔡彥如，2016）、《「泛禁忌化」網絡廣告語的社會語言學研究》（郜夢溪，2017）和《網絡不禮貌稱謂語的社會語言學研究》（李夢娜，2017）。感謝這些與時代共生的年輕人與我並肩觀察、記錄網絡國風的全景，並以初生牛犢的敏銳和熱情給了我很多面對當下的勇氣。

我也要感謝教育部青年骨幹教師出國研修項目和香港中文大學中國研究服務中心（謹此紀念她在當代中國研究領域不可替代的 58 年）訪問學者計劃的支持，使我有機會查閱到境外大量關於中國網絡語言的研究成果，使兼聽則明成為可能；感謝美國印第安納大學民俗學研究所給我一年的訪學機會，美國當代應用民俗學以「民間話語（Vernacular）」為目的和方法的倡導，給了我明確的指引。我曾受邀在美國康奈爾大學、美國印第安納大學、香港中文大學、香港浸會大學、臺灣中國文化大學、復旦大學、華東師範大學、上海大學、南方科技大學等高校和上海市社會科學界聯合會、國家新聞出版署上海培訓中心等機構發表網絡流行語相關專題的公開演講，我要感謝這些大學和機構提供的交流機會以及聽眾們提出的批評建議。我還要感謝華東師範大學中文系和社會發展學院諸位同仁的關照，使我在相對寬鬆的氛圍中教研寫作。

邵京教授先後在美國瓦薩學院（Vassar College）、加拿大麥吉爾大學（Mcgill University）和南京大學等中外高校任教，擁有語言學和人類學的雙重學養以及貫通中西的學術視野。他對人性有真切之關懷，在民間有切膚之沉潛，與後學懷春風之暖情。能有這樣一位學問、人品和膽識都令人敬重的大先生作序，並多次慨允周詳且通透之指教，幸莫大焉！我也要感謝其他三位學界前輩撥冗審讀我的初稿，並熱情予以推薦。戴慧思（Deborah Davis）教授 1979 年開始來中國大陸實地調研，她是美國國家科學院選派到內地的第一位社會學學者，2019 年 9 月我還陪同她在上海走訪；她編著的《後社會主義中國的財富與貧苦》等當代中國研究的多部專著都獨具「旁觀者清」的精準視角，感謝戴教授肯定網絡流行語對於中國民間話語和社交網絡的型塑作用。許紀霖教授的《當代中國的啟蒙與反啟蒙》和《民間與廟堂》等著作，啟發我以思想史的視野重審流行語的歷史價值；他較早將以流行語為代表的流行文化現象引入社會公共場域，2011 年 10 月在華東師範大學首屆「思勉人文思想節」上，率先主辦由我和梁文道先生等參與討論的主題論壇「新媒體正在改變我們的文化嗎？」，2016 年 1 月他又在上海新華書店邀請我和嚴鋒教授主講公益沙龍《移動互聯網時代的新語言、新文化與新族群》，感謝他一如既往地認定網絡交際所具有的新時代「語言革命」之意義。周永明教授早在上個世紀末就對國內網民的社會參與進行了實地調研，他的英文書《歷史語境中的網絡政治：電報、互聯網和中國的政治參與》（Historicizing Online Politics: Telegraphy, the Internet, and Political Participation in China）屬發軔之作，感謝他點醒我在宏闊的關懷下整合社會語言學和文化人類學等跨學科經驗，記錄下並解釋好可能正在被精英和民間遮蔽或戲說的當代思想史。

最後，請允許我把這本習作題獻給先父李光煜先生和母親劉幗英女士以及他們的同齡人。「天實為之，謂之何哉」（《詩經・邶風・北門》）。這些經歷共和國風雨動盪的平民百姓，勞作奔波，本值得安然不懼的一生，他們「曲折灌溉的悲喜」，未必都能立此存照，但他們堅忍的生命卻烙刻於後代，成為行走著的不言之國風。

李明潔

2020 年歲末於上海華東師範大學

補記

本書 2020 年末定稿，在出版過程中也遇到幾番周折。2024 年春蒙花木蘭文化事業有限公司關懷，幸得付梓。「彼黍離離，彼稷之苗。行邁靡靡，中心搖搖。」每本書都有自己的命運，而這本終於面世的小書讓我有機會記錄網絡流行語的來龍去脈，並藉此反思本世紀以來漢語言論環境的變化，或許也能幫助我們在心理上做好不憂不懼的準備。

2024 年仲春於紐約哥倫比亞大學